MACARENA LÓPEZ-ROBERTS
ANGIE CALERO

Honor

Las otras víctimas del crimen de los marqueses de Urquijo

ℐ

ALMUZARA

Primera edición en Almuzara: marzo de 2022

Editorial Almuzara • Novela

Director editorial: Antonio E. Cuesta López
Edición: Ángeles López
Maquetación: Joaquín Treviño
www.editorialalmuzara.com
pedidos@almuzaralibros.com - info@almuzaralibros.com

Imprime: Gráficas La Paz

ISBN: 978-84-16750-80-1
Depósito Legal: CO-1093-2021
Hecho e impreso en España - *Made and printed in Spain*

A Maritha y a Mauricio.
A Ángeles y José Luis.
Nuestros padres.

Nota de la editora

El presente libro es una novela ficcionada basada en el meticuloso análisis de los dos sumarios existentes sobre el crimen de los marqueses de Urquijo, en las entrevistas mantenidas con los personajes relacionados con el doble asesinato y en las aportaciones realizadas por periodistas e investigadores que indagaron sobre el caso más mediático de la Democracia. Aunque amenizada por pasajes y situaciones nacidas de la imaginación de las autoras, por el bien del relato, todo lo vertido en estas páginas es fruto de la interpretación de la legalidad y la indagación a través de los supervivientes con un único propósito: intentar saber quiénes fueron los verdaderos ejecutores y restablecer el honor de los condenados.

Quién es quién en el caso Urquijo

María Lourdes de Urquijo Morenés era tres veces marquesa —de Urquijo, de Loriana y de Villar del Águila— y grande de España. Tenía 45 años cuando fue asesinada con dos tiros en la madrugada del 1 de agosto de 1980 mientras dormía en su casa de Somosaguas, una urbanización a las afueras de Madrid. La marquesa descansaba en una pequeña cama situada en el vestidor de la habitación que compartía con Manuel de la Sierra Torres, su marido. El marqués consorte murió minutos antes que ella, a los 55 años, tras recibir un tiro a quemarropa en la cama común del matrimonio.

Myriam de la Sierra y Urquijo tenía 24 años cuando sus padres fueron asesinados. Meses antes del crimen de los marqueses de Urquijo, Myriam se separó de Rafael Escobedo —con quien se casó el 21 de junio de 1978— y formalizó su relación con Richard Dennis Rew, que hasta entonces había llevado en secreto.

Juan de la Sierra y Urquijo se encontraba en Londres cuando el 1 de agosto de 1980 recibió una llamada desde Madrid donde le comunicaron que habían matado a sus padres. Tenía 22 años cuando ocurrió el suceso. Era el pequeño de la casa. Tanto él como su hermana tenían una relación tirante con sus progenitores.

Rafael Escobedo Alday, marido de Myriam de la Sierra y cuñado e íntimo amigo de Juan de la Sierra, tenía 25 años cuando asesinó a los marqueses de Urquijo. Él mismo reconoció los hechos un año más tarde —en marzo de 1981—, pero siempre afirmó que no actuó solo. También lo sentenció el juez en julio de 1983, cuando escribió que lo hizo «solo o en unión de otros». *Rafi* se suicidó en julio de 1988 en la prisión de El Dueso, en Cantabria, mientras cumplía una condena de 53 años de cárcel por doble asesinato. Se llevó a la tumba los nombres de quienes le acompañaron esa noche.

La noche de los asesinatos JAVIER ANASTASIO DE ESPONA cenó con Rafi Escobedo en el restaurante madrileño El Espejo, en el Paseo de la Castellana. Varias copas y garitos después, Escobedo le pidió a Anastasio que lo llevara a la casa de sus suegros en Somosaguas, donde —según le dijo— había quedado con su cuñado Juan. Anastasio le llevó hasta la casa y se marchó. Dos días después, tiró al pantano de San Juan una bolsa que le dio Escobedo que contenía una pistola, lo que le llevó a ser procesado por coautor del crimen de los Urquijo. Javier Anastasio nunca llegó a ser condenado porque a finales de 1987, tras cumplir casi cuatro años de prisión preventiva, se fugó a Brasil, un país con el que España no tenía tratado de extradición.

MAURICIO LÓPEZ-ROBERTS Y MELGAR, V marqués de la Torrehermosa, casado con Maritha Derqui y padre de tres hijos —Macarena, Marta y Fermín—, tenía 38 años cuando mataron a los marqueses de Urquijo. En octubre de 1983, tras la condena de Rafi Escobedo —a quien consideraba como un hijo— Mauricio contó a la policía todo lo que sabía sobre lo ocurrido la noche de autos. Su declaración sirvió para detener a Javier Anastasio, pero también él fue procesado por encubrir a su amigo Escobedo. En 1990 fue condenado a diez años de cárcel.

RICHARD 'DICK' DENNIS REW llegó a España en 1977 para dirigir Golden, la empresa de estructura piramidal en la que trabajaban Myriam de la Sierra y Rafael Escobedo, donde la pareja conoció a Mauricio López-Roberts. Padre de dos hijos, Rew comenzó una relación con Myriam de la Sierra poco tiempo después de que ella se casara con Rafael Escobedo.

Cuando mataron a los marqueses de Urquijo, Myriam y Rew ya vivían juntos. Se casaron por lo civil en julio de 1986 y tuvieron dos hijos.

Diego Martínez Herrera era amigo de juventud del marqués de Urquijo y su persona de confianza. Actuaba como administrador de los bienes de la familia y estaba al corriente de todos los movimientos de los Urquijo, tanto personales como económicos. También se encargaba de la intendencia de la casa de Somosaguas. El 1 de agosto de 1980 ordenó al servicio de la casa que lavaran los cadáveres de los marqueses antes de que fueran trasladados al anatómico forense para realizarles la autopsia.

Vicente Díaz Romero era el mayordomo de la familia Urquijo. Fue de los primeros empleados de la casa en hablar con la policía y en contar la mala relación que existía entre los marqueses y sus hijos. En los días posteriores a los asesinatos, rescató y entregó a la policía muchos documentos del marqués que el administrador mandó quemar.

José Romero Tamaral y Cayetano Cordero fueron los inspectores de la Policía Judicial del Juzgado número 14 de Madrid que se ocuparon de investigar el caso Urquijo.

Luis Román Puerta Luis fue el juez que instruyó el primer sumario del caso Urquijo. Bienvenido Guevara redactó la sentencia de Rafael Escobedo y su hijo Félix Alfonso Guevara la de Mauricio López-Roberts.

Capítulo 1
Angie

Cuando bajé del taxi que me dejó en la puerta de mi casa, perdí el equilibro. Si no llega a ser por el conductor que bajó a ayudarme, habría terminado en el suelo. Aquel 23 de enero hacía mucho frío en Madrid y la acera resbalaba a causa de una tormenta que había caído la noche anterior. Le agradecí el gesto al taxista y le di una propina antes de coger fuerzas para subir las escaleras hacia mi portal. Cargaba con tres bolsas llenas de documentos, recortes de periódicos y fotografías. También había varios libros y cinco cintas de *cassette* con entrevistas que el periodista Manolo Cerdán realizó en la década de los ochenta a personajes relacionados con el crimen de los marqueses de Urquijo.

Cerré la puerta de casa con el pie derecho mientras me tambaleaba sobre el izquierdo. Me apresuré para llegar al salón. A la altura de la *chaise longue*, las bolsas de papel se resquebrajaron y todo lo que había dentro cayó sobre el sillón. Justo a tiempo, pensé. Me dirigí a la cocina, abrí el congelador para sacar un par de hielos y los puse en una copa malva de cristal troquelado. Eran las once y media de la mañana. No me pareció pronto para beberme una Coca Cola Light. Cuando estaba a punto de disfrutar del primer sorbo, mi móvil sonó. Me sorprendió ver que quien me llamaba era Macarena. Acabábamos de despedirnos después de una breve reunión con Manolo Cerdán y lo que no me imaginaba es que la razón de su llamada fuera decirme que había encontrado un papel sujeto en el parabrisas de su coche. «No metas tus narices en este asunto, o te arrepentirás», decía la nota.

Pensé que era una broma y no caí en qué *asunto* era ese en el que no podía meterse. Habían pasado dos semanas desde que Macarena me había propuesto desempolvar el caso Urquijo. Nos habíamos reunido con unas pocas personas y nuestros ratos libres los dedicábamos a leer todo lo que se había publicado sobre el caso. Aquel anónimo fue el preludio de una serie de amenazas e intimidaciones que se irían sucediendo durante los meses siguientes. Hasta ese día no podía imaginar que mi obsesión por un crimen cometido hace más de cuarenta años y la intención de Macarena de limpiar el nombre de su padre sobre su implicación en aquel suceso podría llevarnos a vivir una serie de situaciones por las que llegaríamos a temer por nuestras vidas.

Ahora que todo ha quedado atrás, podemos recordar lo sucedido, contarlo y divagar sobre por qué ocurrió. Y hablo de divagar porque nunca tendremos la certeza absoluta de las razones por las que nos persiguieron y acosaron durante semanas, del mismo modo que nunca sabremos qué pasó exactamente aquella madrugada del 1 de agosto de 1980, cuando los propietarios de uno de los principales bancos de España aparecieron con tres disparos a quemarropa en su casa de la urbanización de Somosaguas, a las afueras de Madrid.

Para entender el contexto del anónimo que Macarena encontró en su coche a finales de enero, hay que remontarse a dos meses antes. Era noviembre y se acababan de cumplir seis años desde que me había mudado a Madrid tras terminar la carrera de Periodismo. Casi al mismo tiempo en que empecé a trabajar en la sección de «Gente & estilo» del diario *ABC*, descubrí a través de un documental el crimen de los marqueses de Urquijo, que me atrapó por completo. Desde entonces, vivía obsesionada por saber qué ocurrió aquella noche. Por eso me hizo tanta ilusión conocer a Macarena y entrevistarla para el periódico, porque ella es hija de Mauricio López-Roberts, V marqués de la Torrehermosa, a quien condenaron a diez años de cárcel por encubridor en el caso Urquijo.

Di con Macarena a través de mi compañero Martín Bianchi, quien el día de antes a nuestro encuentro me había reenviado un correo de Carmen de Carlos, la corresponsal de *ABC* en Argentina. El asunto del *e-mail* prometía: «Novela. Crimen marqueses de Urquijo».

Decía Carmen que Macarena, una amiga suya de la infancia, acababa de publicar *La cara oculta del poliedro*, una novela en la que hablaba de las personas implicadas en el crimen de los marqueses de Urquijo con nombres falsos. «Cuenta de todo sobre el suceso», escribió Carmen. Aunque en el *e-mail* detallaba quién era Mauricio López-Roberts, para mí no necesitaba presentación. El padre de

Macarena era amigo de Rafael Escobedo —exmarido de Myriam de la Sierra Urquijo, hija de los marqueses—, quien fue a la cárcel en 1983 por haber asesinado a sus suegros, Manuel de la Sierra y María Lourdes Urquijo.

Cuando se conoció la condena de cincuenta y tres años de cárcel para Escobedo, Mauricio la consideró injusta: su amigo le había contado algunos detalles del crimen que le hicieron pensar que no había actuado solo, que no apretó el gatillo y que sería el único que pagaría por el doble asesinato. Mauricio contó a la Policía todo lo que Rafi le había confiado y fue procesado por encubrirlo a él y a Javier Anastasio, quien aquella madrugada del 1 de agosto de 1980 había llevado a Rafi —como le llamaban sus amigos y a partir de entonces los medios de comunicación— hasta la casa de Somosaguas. Allí, en principio, Escobedo había quedado con su íntimo amigo y excuñado, Juan de la Sierra. Al día siguiente, los cuerpos sin vida de los marqueses amanecían con uno y dos tiros a quemarropa en sus respectivas habitaciones.

El crimen conmocionó a todo el país y su sombra, más de cuarenta años después, sigue siendo alargada. Por eso entendía que Macarena hubiera escrito un libro, porque además el testimonio de su padre tuvo una gran relevancia en la investigación y Mauricio López-Roberts ha sido uno de los grandes olvidados en esta historia.

Con las prisas por hacer la entrevista, contacté con Macarena al día siguiente de recibir el *e-mail* de Carmen. La llamé a las nueve de la mañana y me dijo que le venía bien a las once y que podíamos vernos en un restaurante situado en el número 20 del paseo del Pintor Rosales. Quedamos en que le haría la entrevista y me llevaría el libro para leerlo durante el fin de semana. En los días siguientes le preguntaría cualquier duda que me pudiera surgir. No me consideraba una experta en el caso Urquijo, pero sí lo conocía lo suficiente como para poder comentarlo sin necesidad de haber leído el libro. Además, lo importante para el artículo era dejar que Macarena hablara para sacar declaraciones suyas. Al colgar con ella, pensé que me iba a caer bien.

En el taxi, de camino a la entrevista, estaba deseando comenzar para meternos de lleno en la historia. No creía que ella fuera a contarme nada nuevo sobre el caso o sobre lo que ocurrió aquella noche, pero una parte de mí deseaba fervientemente que lo hiciera. Aunque me preocupaba cómo abordar el asunto. Una cosa era que ella hablase de ello en su libro y otra muy diferente que yo le preguntara por detalles morbosos, cuando seguro que para ella tuvo que ser muy duro vivir la implicación de su padre en un caso tan mediático por el que acabó en la cárcel.

Al entrar en el restaurante pensé que la entrevista iba a salir bien. El sitio era acogedor y familiar, con chimenea, suelo de parqué, buena música y luz exterior. Lo marqué en mi lista de favoritos de Google Maps para futuras entrevistas. Constaté que Macarena y yo nos íbamos a llevar bien porque para mí una persona que sabe elegir bares y restaurantes suele ser de fiar.

Belén, la fotógrafa del periódico, estaba estudiando la localización para la sesión de fotos y señaló a Macarena, que en ese momento terminaba de hablar con el dueño del bar. Nos saludamos y me dijo que iba a bajar un momento al baño para maquillarse. La había abordado para cerrar la entrevista cuando salía del fisioterapeuta y no le había dado tiempo a arreglarse para las fotos.

—¡Pero si estás estupenda! —dije.

No me pega nada hacer ese tipo de cumplidos, pero supongo que me salió así por los nervios.

Al volver, Macarena se sentó en una butaca y posó para las fotos con su libro entre las manos. En la portada se podía ver la ilustración de una chica retocada en 3D con un acabado poliédrico. Después supe que se trataba de su propio retrato. Cuando terminó la sesión nos despedimos de Belén y le propuse sentarnos en la terraza para empezar la entrevista. Hacía un día espectacular. Llegamos a estar en manga corta y lo comentamos. Rompimos el hielo con la típica conversación trivial sobre el tiempo.

Macarena me contó que había trabajado durante más de una década en el diario *El Mundo*, en el Departamento de Marketing y Comunicación, y que los últimos tres años había viajado con frecuencia a Brasil por motivos familiares. Allí decidió ponerse a escribir y dar rienda suelta a su imaginación. Así nació Alejandra Terry (la protagonista de su novela), una publicista de éxito que alarga el momento de llegar a casa, donde le esperan un hijo adolescente y un hombre al que ya no ama. Para crear al personaje de Beltrán Terry, el padre de Alejandra, Macarena se inspiró en algunos rasgos de su padre: el amor por el campo, la afición a la caza, su tradición taurina o el valor de la familia y de la amistad.

La escuché durante un rato mientras intentaba establecer vínculos entre lo que me contaba y el crimen de los Urquijo. No había ninguno. La historia no tenía nada que ver con el caso. No me esperaba que, literalmente, Carmen de Carlos me hubiera vendido la moto. Ninguna de las dos habíamos ido hasta allí para perder el tiempo, así que decidí preguntarle directamente por el crimen.

—*¿Qué hay del caso Urquijo en el libro?*

—*El crimen de los marqueses de Urquijo ha acompañado a mi familia durante casi cuarenta años. Sobre ese tema no escribiría porque ya está todo dicho.*

—*Entonces, ¿su libro no tiene nada que ver con los asesinatos?*

—*Por favor, Angie, háblame de «tú». Sobre tu pregunta: el libro no tiene nada que ver con los Urquijo, pero es inevitable que existan ciertas reminiscencias.*

—*¿Pero no hablas de los crímenes ni sobre los implicados?*

—*La novela no tiene nada que ver con el caso.*

—*¿Y no has pensado nunca en escribir algo sobre el crimen en relación con tu padre?*

—*La única espinita que me queda es hablar sobre la persona que fue mi padre al margen del caso Urquijo. Su nombre, como sabrás, salta a la palestra cada vez que hay una efeméride sobre el caso.*

—*Cualquier aniversario sirve para hablar de un crimen que quedó sin resolver.*

—*Es una pena, porque así el nombre de mi padre nunca tendrá el lugar que le corresponde.*

—*¿Y no has pensado en hacer algo al respecto?*

—*Lo único que quiero es escribir a Google para que borren todos los resultados de búsqueda con su nombre.*

—*¿Qué crees que te contestarían?*

—*Seguramente rechazarían la solicitud alegando que sigue siendo un tema de actualidad. Algo que me parece injusto.*

Solo llevábamos quince minutos hablando y no sabía por dónde encauzar la entrevista. El libro de Macarena no tenía nada que ver con el crimen de los Urquijo, que era de lo que pensaba que íbamos a hablar. Supongo que Carmen nos vendió así la novela para que nos pareciera un tema con gancho para entrevistar a la autora. Decidí aferrarme a esas «reminiscencias» que ella me había planteado para seguir profundizando en la figura de su padre y el papel que jugó en la investigación del caso.

Antes de comenzar con la batería de preguntas que tenía preparadas me interesé por saber cómo era Mauricio más allá del caso Urquijo. «*Mi padre era una persona cultísima, que hablaba varios idiomas. Era un maestro cetrero, domador de caballos, le gustaba el esoterismo, pero también la literatura»*, contó Macarena, al tiempo que mostró un gesto de disgusto: *«Nadie conoció a la persona, y al hombre que trituró este caso tan mediático, mucho menos. Aquello fue un Hiroshima emocional para él y para todos nosotros»*. Por eso quizá se planteara escribir sobre su padre en un futuro: para poder limpiar su memoria y contar la verdad de Mauricio.

También me explicó que a su padre siempre le movió un sentimiento de profunda lealtad hacia sus amigos. Eso le llevó a callar durante algún tiempo lo que Rafi Escobedo le había contado sobre el crimen de sus suegros. Por él también le prestó dinero a Javier Anastasio, a quien le sugirió que se fugase antes de que la Policía supiera que había estado implicado en el crimen. *«Mi padre creía en la inocencia de Rafi, nunca pensó que él hubiera hecho semejante barbaridad»*, afirmó. Macarena consideraba que fue un tema moral, de principios: si Mauricio hubiera creído que Rafi Escobedo podía hacer algo así, no le habría defendido. Pero todo apuntaba a que su amigo no era capaz de empuñar un arma y matar a sangre fría.

Nuestra charla se prolongó hasta las dos y media del mediodía. Pese al malentendido inicial, me sorprendió la conexión tan especial que habíamos tenido desde el principio. Además de eso, tenía un buen relato para publicar la semana siguiente en el periódico. No habíamos hablado prácticamente nada sobre su novela, pero iba a publicar una doble página en el periódico con la fotografía de Macarena y la portada del libro. Nuestra conversación interesaba porque hablaba de las intrigas del caso Urquijo.

Crucé el centro de Madrid en plena hora punta. El comedor de la redacción ya estaba cerrado cuando llegué. Comí un sándwich de la máquina de *vending* y me senté frente al ordenador. Saqué el móvil y conecté los cascos.

Otra de las razones por las que nunca olvidaré la entrevista con Macarena es porque fue la primera que me costó transcribir más de dos horas. Ahora ya hay programas que procesan entrevistas eternas, pero en ese momento echaba mucho de menos a las teclistas que había antes en las redacciones. Nunca las llegué a conocer, pero me habían hablado de ellas.

Destaqué las principales preguntas en otro color:

—*¿Cuántos años tenías cuando mataron a los marqueses de Urquijo?*

16

—*Era muy pequeña, doce años. Cuando mi padre fue condenado tenía veintidós. Por aquel entonces trabajaba en* El Mundo *y no era fácil estar en un medio de comunicación donde tu padre era noticia casi a diario. En cada reunión profesional, incluso después de tanto tiempo, a veces me preguntan: «López-Roberts, ¿de qué me suena?»*

—*¿Cuál era la hipótesis de tu padre sobre lo que ocurrió aquella noche?*

—*Mi padre dijo que aquello lo orquestaron Juan y Myriam de la Sierra, junto con Diego Martínez Herrera (el administrador de los marqueses), y que los disparos los hizo un profesional.*

—*Javier Anastasio no llegó a fugarse cuando tu padre le dio el dinero. Lo hizo después, en diciembre de 1987, cuando los dos ya habían sido procesados. ¿Cómo se tomó Mauricio su huida?*

—*No pensó que fuera un agravio contra él. Decía que si sus circunstancias hubieran sido otras, a lo mejor también se habría fugado. Javier era un crío con toda la vida por delante, mi padre tenía una mujer y tres hijos.*

—*Los marqueses fueron asesinados en 1980, pero tu padre no fue condenado hasta 1990. ¿Cómo viviste esos diez años? ¿Y tus hermanos?*

—*Mis hermanos, Fermín y Marta, no querrían ni oír hablar de esta conversación. Eran un poco más pequeños y lo llevaron de otra forma. A mí me pilló en plena adolescencia. Recuerdo que cuando conocía a un chico, me quedaba mirándole y pensaba: ¿sabrá todo lo que está pasando? Por eso la primera conversación que tenía con alguno que me gustaba empezaba con un ¿tú sabes quién es mi padre? No sabía qué información manejaban, ni siquiera si era veraz o no. Me desagradaba sentirme el foco de curiosos, en ocasiones no muy bien intencionados.*

—*Tu padre fue condenado a diez años y pasó casi cinco en prisión, ¿cómo fue su vida después de la cárcel?*

—*Todos cerramos filas con él. Nos veíamos con mucha frecuencia. Comíamos juntos los fines de semana. Él no solía hablar sobre su estancia en la cárcel. Era agradable estar a su lado y me da pena que ya no esté.*

—*¿Qué decía sobre el caso?*

—*No hablaba de ello porque se dio cuenta de que ya no tenía nada más que hacer. Rafi murió en 1988 en la prisión de El Dueso, nunca se supo si se suicidó o lo mataron. Huelga hablar de un hecho que te ha truncado la vida para siempre. El crimen de los Urquijo es una huella difícil de borrar, como los hierros de las ganaderías para marcar reses.*

La entrevista salió publicada una semana después en la sección de «Gente & estilo» de *ABC*. La titulé con una declaración de Macarena: «Mi padre nunca creyó que Rafi Escobedo fuera el asesino de los marqueses de Urquijo». Aunque el contenido estaba muy bien, apenas hablamos de su libro. Algo me decía que a ella le iba a molestar. Durante nuestra conversación me había dicho que estaba cansada de que se hablase sobre su padre y el caso Urquijo y era justo lo que yo había hecho.

Mis sospechas se confirmaron semanas después, cuando a raíz de la presentación de su libro, me mandó un enlace de un medio de comunicación que decía que en *La cara oculta del poliedro*, Alejandra Terry y otros personajes de la novela guardaban «cierto paralelismo» con el caso Urquijo, como yo había escrito en la entrevista para sacar la percha de actualidad.

Aunque en alguna ocasión, medio en broma medio en serio, Macarena me lo ha reprochado, diré en mi defensa que ella me contó que esas similitudes existían. Quizá le pareció que estaba un poco cogido con pinzas; pero, si hubiera sido Macarena Martínez, y no López-Roberts, a lo mejor solo le hubiéramos dedicado un breve a su libro. O quizá ni eso. El interés era el que era.

Capítulo 2
Macarena

En aquellos días de primavera en Santiago de Compostela, las palabras de Chely calaron en mí con una profundidad de la que no fui consciente hasta un año después. Según sus estudios de Kabalá, al acercarse una mujer al meridiano de la vida, los mimbres con los que tejemos nuestro equilibrio se fortalecen para alcanzar un nivel superior. Lo definió como un ascenso al mundo de la comprensión que trasciende al de las emociones. Lo racional frente a lo subjetivo. Decía que ahora empezaba lo bueno. El afianzamiento de una nueva actitud ante la vida despojada de trivialidad.

«Goza mucho de esta etapa, mi Maca querida. Vas a vivir una catarsis. Lo que está por llegar será pronto, bueno y abundante». Y añadió con su dulce acento mexicano: «Primero Dios».

No me había planteado hasta ese momento si estaría preparada para una revolución de semejantes proporciones. Me consideraba hábil en el manejo de mis emociones y no había profundizado aún en lo que quería cambiar. Un mensaje en forma de letrero luminoso resonaba en mi interior: «Todo va a ir bien».

Hacía tiempo que me rondaba la idea de intentar acogernos al derecho al olvido. El detonante para ponerme en marcha fue la entrevista que publicó *ABC* sobre mi primera novela, en la que la única frase que aludía al contenido de mi ópera prima decía que tanto la protagonista como la mayoría de los personajes guardaban cierto parecido con el caso Urquijo. ¿En serio? En nada se asemejaban las peripecias de la protagonista, Alejandra Terry. Una mujer joven que había viajado al corazón de Brasil en busca de su padre biológico.

Estaba a un par de días de la presentación de la novela en el Club Allard, cuando Carmen de Carlos me llamó desde Buenos Aires, donde trabajaba como corresponsal, para decirme que una colega de

ABC se pondría en contacto conmigo para entrevistarme. Se llamaba Angie y, por el tono de su voz, me pareció una chavala de veintitantos. Coordinamos un encuentro en Rosales 20. Acababa de salir del fisio cuando recibí su llamada. Me preguntó si podría ser esa misma mañana. ¿Con la cara lavada y el pelo recogido en un moño? Dijo además que la acompañaría una fotógrafa. Dudé si aplazar el encuentro. Ella insistió. Cogí la oportunidad al vuelo. Conduje hasta el lugar en el que habíamos quedado, no sin antes rebuscar en un pequeño neceser donde encontré mi salvación estética: una barra de labios y un rímel que había conocido momentos mejores.

Cuando la vi llegar me pareció aún más joven. Era menuda y vestía con estilo clásico y alegre. ¿Cuántos años tendría? Calculé unos veinticuatro o veinticinco. Se mostró cercana y cariñosa desde el principio. Su interés en mí era genuino, pero no así en la novela. Lo que de verdad llamaba su atención eran los entresijos del caso Urquijo. Sus ojos chispeaban emocionados cuanto más profundizábamos en la cuestión. A pesar de su juventud y de su vago interés por mi criatura literaria, me cayó bien.

La mañana del domingo en la que se publicó la entrevista, me llamó un íntimo amigo para darme la enhorabuena por el libro y por lo estupenda que había salido en la foto de la doble página del diario *ABC*. Fue la primera persona a quien tuve que aclararle la temática de la novela. Las siguientes matizaciones a lo largo de los meses fueron incontables. Poco tiempo después supe por Angie que Carmen había sido quien le había asegurado que en mi novela lo contaba todo sobre el caso. Pensé en llamarla, pero no lo hice. ¿Qué sentido tenía? ¿Pedir una rectificación? ¿Planificar una nueva entrevista? No imaginaba a mi padre exigiendo rectificaciones a diestro y siniestro. Algo que nunca tuvo lugar y que habría sido legítimo. Cuando salí de casa para comprar un ejemplar y lo vi con mis propios ojos, no di crédito. A lo mejor Angie se sentía más satisfecha que yo. Había salido en el prestigioso diario *ABC*, ¿qué más podía pedir? Como para reclamar nada. Por mi experiencia sabía que los periodistas solían hacer lo que se les antojaba y no dudé de que la intención de Angie había sido buena y sincera. He de reconocer que tampoco sentía demasiado aprecio por la profesión, y aunque el diario *El Mundo* había sido mi casa y mi escuela durante más de una década, en ocasiones me sentí como Mowgli en la selva, criada entre lobos.

A raíz de esa primera información tuve claro que cualquier entrevista haría referencia al maldito caso Urquijo. Si por lo menos me hubiera garantizado un incremento en las ventas, habría valido la pena. ¿Qué pensarían los lectores morbosos al comprar un ejemplar que nada tenía que ver con el sórdido crimen? ¡Que reclamen al maestro armero! La implicación de mi padre en el caso solo podía perjudicarme. Nada nuevo, por cierto. Por muchos años que hubieran pasado, por muy erguida que caminase, orgullosa de ser quien era, el apellido López-Roberts tenía la virtud de hacerme pasar por momentos incómodos.

Había llegado la ocasión de profundizar sobre cómo suprimir cierta información. Ningún caso del que pudiera haber oído hablar se parecía al de mi padre, pero estaba dispuesta a indagar un poco más. Fue entonces cuando contacté con mi amiga Teresa Bueyes. Fuera de los platós de televisión, es una mujer profunda y dulce. Nada tiene que ver con la imagen frívola que se proyecta de ella, como la abogada defensora del honor de los famosos. Es una mujer madura, plena y sin complejos, con una visión generosa del mundo que destila empatía por los cuatro costados.

—Hola, preciosa, ¿cómo estás?

—Quería consultarte algo. ¿Qué puedes contarme sobre el derecho al olvido?

—A ver si adivino, ¿estás pensando en algo referente al caso Urquijo? Siento decirte que no tienes nada que hacer, bombón, pero veámonos y te cuento con calma.

—He pensado en escribir a Google.

—Es un primer paso. Cuenta con que te van a decir que no. Espera, déjame ver. Mañana estoy liada con un cliente al que han acusado de descuartizar a su novia, un horror, pero a estos tipos alguien tiene que defenderlos. El viernes podemos quedar en Casa Mono a las dos y cuarto. Por cierto, ya te contaré cuando nos veamos; el otro día Jimmy habló de tu padre en Telecinco. Hizo ciertos comentarios que atentan contra su honor.

El honor de un padre. La vulneración de sus cualidades morales, de sus valores y convicciones. Otro zarpazo a su dignidad, por tanto a la mía, y por extensión a la de cualquiera que lleve mi apellido. Estaba acostumbrada a escuchar barbaridades de todo tipo, pero si Teresa me lo comentaba, sería desagradable.

Abrí el portátil sentada en el despacho de casa donde solía trabajar. Tecleé Google con una intención diferente a cualquiera de las búsquedas realizadas en los últimos veinte años. Navegué con el interés de quien sabe lo que busca en las profundidades del gigante de los contenidos, hasta encontrar la pestaña que decía: «Retirada de contenidos en virtud de la ley de privacidad de la UE». Me costó un rato dar con la información adecuada. Rellené un formulario en nombre de Mauricio López-Roberts y Melgar en el que detallé el parentesco y los motivos por los que me ponía en contacto con ellos. Adjunté algunos enlaces como muestra de los artículos que me parecían ofensivos y que me gustaría que fueran retirados. Transcurridos unos minutos, obtuve una respuesta automática a través de un *e-mail*: «Hemos recibido tu solicitud legal. Conserva tu ID del caso: 8-0180000025188». Calculé mentalmente el número que daba la suma: 5, símbolo de la libertad, el cambio, la independencia. No estaba mal. Recordé las palabras de Chely en Santiago sobre los cambios que iba a vivir. A veces uno ve lo que quiere ver, aunque a la hora de la verdad la numerología no iba a jugar un papel relevante en mi particular cruzada hacia el olvido.

***

El restaurante era de estilo neoyorkino, con escasa decoración.

Resaltaban elementos básicos formados por vigas de hierro oxidado, grandes estructuras con ventanales de techo a suelo, paredes de ladrillo visto rojizo y lámparas de diseño industrial con bombillas de filamento. Teresa me esperaba en una mesa amplia en una esquina. Me acompañó hasta ella un camarero de rasgos asiáticos. Me pareció alto para ser japonés, pero sus ojos almendrados y juntos despejaron mis dudas.

Según nos acercábamos, la silueta de su cuerpo iba tomando forma. Vestía un jersey de cuello cisne rojo de rayas fucsia y negro. Los vivos colores daban luz a su cara resaltando el color de sus gruesos y perfilados labios, en contraste con el castaño oscuro de sus ojos que me miraban con dulzura. Teresa era bella por dentro y por fuera, una mujer despampanante que llamaba la atención por su inconfundible estilo de diva de los años cincuenta, femenina, de proporciones y curvas sinuosas, ajena a los cánones de belleza del siglo veintiuno, en el que casi es pecado vestirse con ropa de una talla que comience por el número cuatro. ¡Sacrilegio! «A coserse la boca», decían en mi casa.

Se levantó para besarme. Sonrió al muñeco nipón con una de sus sonrisas irresistibles y le pidió un par de botellas de agua con gas y limón exprimido para empezar.

—¿Cómo está tu maridito? ¿Es que no piensa volver de ultramar? El otro día me preguntó mi socio en el despacho si ya os habíais separado. Le dije que no tenía noticias. Perdona que sea tan directa, Maca; cuando nos conocimos entendí lo que él veía en ti, pero te confieso que no sé qué ves tú en él. El próximo te lo voy a buscar yo. Soy buenísima en la elección de los demás. Yo ya no me equivoco ni con mis amigos.

—Todo el mundo me hace la misma pregunta y no sé qué contestar.

—¿No tendrá una amante? Los hombres no saben estar solos.

Teresa insistía en presentarme a su amigo David, El Brujo. Decía que las chicas del despacho estaban revolucionadas porque adivinaba cosas increíbles. Aunque también había otras a las que no les hacía ni pizca de gracia que les contaran lo que iba a pasar en sus vidas.

—Yo al principio desconfiaba también, pero gracias a él pude recibir un mensaje que mi abuelo tenía que darme. Entonces dijo: «Tengo una vibración espiritual. Tu abuelo me está diciendo que esta es la señal que estabas esperando. ¿Significa algo para ti?». Casi me da un pasmo. Tenía una relación especial con mi abuelo, por eso supe que era él quien hablaba a través de David.

Mientras ojeábamos la carta, me asaltó un recuerdo de mi padre que casi había olvidado. A Mauricio, además de ser un maestro cetrero y un consumado cazador, le apasionaba leer. Especialmente libros de filosofía, mística y esoterismo. Conservaba algunos ejemplares suyos de un filósofo búlgaro llamado Aïvanhov, que reflexionaba sobre temas tan diversos como la energía sexual, lo humano y lo divino, la felicidad o la educación antes del nacimiento. Si hoy tuviera los mismos años que entonces, cuando él dirigía mis lecturas, podría afirmar con más orgullo que sorpresa que mi padre era un auténtico friki.

La pregunta del camarero sobre qué nos apetecía comer me hizo volver a posar la vista en las sugerencias del chef. Decidimos compartir unas berenjenas gratinadas, tartar de salmón y rollitos vietnamitas. Me sorprendía el parecido que tenían todas las cartas de los restaurantes modernos de Madrid. Formatos verticales con diseños llamativos en el exterior y descripciones en el interior de platos sencillos, apoyados por minúsculos símbolos identificadores de alergias e intolerancias alimentarias de todo pelaje y condición. Nada excitante.

—He escrito a Google —dije.

—En unos días te responderán que no consideran que deban eliminar el contenido informativo y que te sirvas de emprender las acciones legales que estimes oportunas. Yo puedo ayudarte, pero no te garantizo nada.

—Lo que mantiene vivo el caso Urquijo es que aún no está resuelto. No importa el tiempo que pase. Supongo que habrás visto alguno de los refritos que se emitieron en agosto. Es un caso manoseado que desprende olor a naftalina. No le interesa a nadie por mucho que se empeñen los medios de comunicación en disfrazarlo con pinceladas de novedad.

—Tu padre al final fue a la cárcel, ¿no?

—Cumplió casi cinco años de prisión. Se le juzgó y condenó como encubridor.

—Ahora lo recuerdo. Prestó dinero a Javier Anastasio para que huyera de la justicia y le sugirió que se fuera a un país donde no hubiera extradición. ¡Qué barbaridad! Hoy en día tu padre no habría sido condenado. La Justicia que se impartía en los años ochenta carecía de las garantías al reo que hoy presiden nuestros tribunales y que proporcionan una mayor seguridad jurídica. Fue un caso vergonzoso.

—Javier Anastasio viajó con veinticinco mil pesetas a Londres y volvió al día siguiente acompañado por su novia y uno de sus hermanos. No empleó el dinero para huir. Además estuvo casi cuatro años en prisión preventiva a la espera de juicio. El día que mi padre se entregó a la Policía yo hubiera preferido que se fugase.

—¿Tú sabes la verdad de lo que pasó? Los inductores están libres. Rafael Escobedo confió su secreto a una persona muy cercana a mi familia.

—¿En serio?

—No tiene ningún valor. Esta persona ha fallecido y su testimonio no demuestra nada. Escobedo se llevó su secreto a la tumba. Anastasio vivió como prófugo de la justicia más de veinte años. Tu padre recibió un castigo tan desproporcionado como injusto. A nadie le interesó descubrir qué piezas faltaron para completar el puzle.

—Buda decía que hay tres cosas que no pueden permanecer ocultas por mucho tiempo: el sol, la luna y la verdad.

—Si lo que te cuento hubiera servido para ayudarte a restablecer el buen nombre y el honor de tu padre, te lo habría dicho antes. Pero después de casi cuatro décadas, ¿a quién le podría interesar rebuscar en las cloacas de este drama? —dijo Teresa.

—Lo que yo quiero es que mis hijos no tengan que pasar por lo mismo que yo. Me fastidia que puedan ser señalados por personas ignorantes que tocan de oído. ¿Qué hacemos si Google dice que no?

—Negaré haberlo dicho, pero hay que salirse de los cauces legales. Conozco a alguien que podría ayudarte. Es un *hacker* al que asesoro en temas que están en el filo de la legalidad. De momento no está infringiendo ninguna ley, pero está en el límite de cruzar algunas líneas rojas. Lo quiero mucho y tengo confianza de sobra para que le contemos tu caso.

—¿Cómo se llama?

—Cripto. Solo puedo decirte que es un fuera de serie en el mundo de la tecnología. Trabaja para los servicios de inteligencia de varios gobiernos.

—Cuéntame lo de Jimmy. ¿Sabes que Mauricio y él eran amigos de la infancia? Fueron juntos al colegio de Santa María de los Rosales. Vivían a un portal de distancia en la calle Castelló. Más que amigos, eran hermanos.

—Me pongo mala solo de acordarme. Lo que pasó es que Jimmy empezó a meterse con Kiko Matamoros llamándolo soplapollas. No me digas cómo, pero la cosa derivó en que Jimmy dijo que Mauricio López-Roberts se prendió fuego los genitales con gasoil para acabar con unas molestas ladillas.

—Quizá fuera cierto.

—¿Lo de prenderse fuego? ¡Qué barbaridad! Aunque lo fuera, existe una intromisión al derecho a la intimidad y al honor del aludido.

—Quizá lo suyo sería demandarlos a todos; a Jimmy, a la cadena, a la productora y al sursuncorda. ¿De qué te ríes?

—Pienso en tu padre. Me habría encantado conocerlo.

Salimos juntas a la calle, nos abrazamos y prometió darme noticias sobre su amigo Cripto. El interior del coche estaba templado por los rayos de sol del mediodía. Me reconfortó. Aún quedaban unos minutos antes de que el *ticket* de aparcamiento caducara. Cerré los ojos pensando si sería capaz de encontrar una puerta de atrás para ejercer mi derecho a preservar el honor de mi familia.

Capítulo 3
Angie

Mientras esperaba un taxi en la puerta del periódico, encendí un cigarrillo y eché un vistazo a los principales medios del corazón por si había alguna noticia de última hora. No encontré nada. El tema del día era que la Audiencia Provincial de Valencia había considerado el caso de paternidad de Javier Santos contra Julio Iglesias como cosa juzgada. En la sentencia, los tres magistrados de la sala no entraban a discutir la filiación entre el cantante y el joven valenciano, quien en un documento anexo a la demanda de paternidad había aportado una prueba de ADN que confirmaba una coincidencia genética de un 99,8 por ciento entre ambos.

Como en la década de los noventa la madre de Javier ya se enfrentó a Julio Iglesias por este asunto y llegaron hasta el Tribunal Supremo, donde le dieron la razón a él, la estrategia del cantante treinta años después había sido clara: demostrar que, aunque ahora era Javier el que le demandaba, la cuestión era la misma y un caso no puede ser juzgado dos veces.

La noticia había saltado a las once de la mañana y aquel día solo llevábamos una página, por lo que conseguí salir a las ocho y media de la tarde. Trabajando en un periódico es muy difícil compaginar los cierres de la edición con los eventos de última hora, pero ese día la fiesta era por la noche. Había quedado con mis amigos para ir a los premios de la revista *GQ* en el Hotel Palace. Por si no me daba tiempo a pasar por casa, ya había ido vestida de noche a la redacción. Llevaba un mono de raso negro con las mangas de pedrería, que durante todo el día disimulé con una rebeca de punto negra *oversize*, que mi amiga Ana Salas bautizó esa noche como «la chaquetilla que todo lo tapa».

Me desplomé en el asiento de detrás del taxi y aproveché para llamar a mi madre.

—Hola, hija. ¿Has salido ya?

—Sí. Estoy de camino al centro, que esta noche tenemos la fiesta de los Hombres GQ del año.

—¡Hija mía, no sé cómo te lo montas, pero siempre estás por ahí! ¿Con quién vas?

—Con Patri y Sil, Dan, Alvarito y Simón, Juls, José Luis Coloma, Jorge Grau…

—¡Ah, ya sé! ¡Tus amigos periodistas! En esa revista es donde trabajan Iñaki y Javo, ¿no? Por cierto, he visto lo de Julio Iglesias. Por lo que he leído, la sentencia está muy bien fundamentada.

—Me ha dicho el abogado del hijo que recurrirán al Tribunal Supremo. Si no le admiten el escrito dice que mejor, que así no pierden tiempo y van directamente al Tribunal Constitucional, donde alegarán indefensión. Lo que está claro es que el caso va para largo y que si hace falta llegarán al Tribunal de Derechos Humanos de Estrasburgo.

—¿Has podido hablar con el chico?

—A Javier no le ha sentado muy bien, claro, pero está acostumbrado porque lleva toda la vida tropezando con la misma piedra. Su abogado tiene razón en una cosa: la ciencia y la justicia han de ir de la mano. ¿Cómo puede ser que una cosa ya juzgada no pueda revisarse si aparecen nuevas pruebas? ¿Qué hay más concluyente que un ADN que determina que son padre e hijo?

—Es fulminante. Pero recuerda que ese test genético no deja de ser un indicio de prueba, por lo que no tiene validez en el juicio.

—¿Y qué pasaría si se encontrasen nuevas pruebas en el caso Urquijo?

—Todo depende del tiempo. Si no han pasado treinta años desde que se cometió el crimen, sí se podría abrir una investigación. En el caso de Rafi Escobedo, por ejemplo, parece claro en la sentencia que él pudo actuar con otras personas.

—Entonces, en este caso, aunque fuera cosa juzgada sí que cabría otra investigación. Por eso cuando Mauricio López-Roberts contó lo que sabía procesaron a Javier Anastasio.

—Pero si hubiera nuevos indicios después de treinta años, no se podría hacer nada porque la causa habría prescrito. Por eso Javier Anastasio volvió a España.

—Eso tampoco me parece justo. Los delitos de sangre no tendrían que prescribir. Si ahora se supiera lo que pasó aquella noche, no se podría llevar a los culpables a juicio.

—Por cierto, me gustó mucho la entrevista a la hija de Mauricio López-Roberts. Pobre chica, vivir con eso a cuestas toda la vida no debe de haber sido fácil.

—Un infierno, sí. Creo que a ella lo que le da rabia es que no se recuerde el motivo por el que su padre estuvo implicado. En realidad, él no tuvo nada que ver.

—Lo que no entiendo es por qué no acudió antes a la Policía.

—Según me dijo ella, su padre pensaba que a Rafi Escobedo no le condenarían sin pruebas. Se calló para no implicarle.

—Antes de entrevistarla, ¿sabías algo sobre su padre?

—No mucho. Creo que es el gran desconocido del caso Urquijo.

—Qué interesante. A todo el mundo le intriga saber lo que pasó aquella noche.

—Me encantaría sentarla un día frente a Javier Anastasio para que hablen sobre lo que pasó.

—¿Anastasio sigue fuera de España?

—No. Volvió hace tres años.

—Cambiando de tema, ¿en esa fiesta os dan de cenar?

—¡Claro!

—Vale. Come bien y cuídate, por favor. Tu padre me pregunta si ya has dejado de fumar.

—Estoy en ello. Un beso, mamá. Os quiero.

Mi madre es mi mejor lectora y siempre me dice lo que piensa sobre todo lo que escribo. Recuerdo que al principio no le hacía mucha gracia que me dedicase al mundo del corazón. Cuando entrevistaba a cantantes o actores, me decía: «Estos artículos están muy bien porque así, poco a poco, puedes hacerte un hueco en la sección de Cultura». Reconozco que a mí también me costó un poco al principio, porque además no sabía quién era la gente de la aristocracia y la farándula que salía en las revistas. Y, como ella, yo también creía que los temas de gente eran solo los que sacaban en el programa *Sálvame*, pero no. Con el paso del tiempo cogí el ritmo de la sección de «Gente» y me encantaba trabajar ahí, aunque me seguía picando el gusanillo de la sección de «Nacional».

Mis padres no lo saben, pero son los culpables de mi vocación por el periodismo. Los dos son juristas y en casa les he escuchado muchas veces hablar sobre cuestiones de actualidad relacionadas con su profesión: reformas de leyes, casos de corrupción, violencia machista, fraudes fiscales, estafas… Sin que ellos se dieran cuenta, sus conversaciones sobre el sentido de la justicia y la búsqueda de la verdad me llevaron a ser periodista. A veces pienso que quizá les tendría que haber hecho caso y haber estudiado Derecho, pero yo quería estar al otro lado de donde están ellos para contar las historias que defienden en los tribunales y dar voz a la gente que se siente desprotegida. Supongo que por eso empaticé con Macarena cuando la conocí. Hasta ese momento había pensado en la familia de Rafi Escobedo, en la de Javier Anastasio o en los hijos de los marqueses; pero no había podido profundizar en la de Mauricio.

Antes de conocer a Macarena, la imagen que me había creado sobre Mauricio era la de un marqués aficionado a la caza que era amigo de Rafi Escobedo y que sabía lo que había ocurrido aquella noche. Desconocía que había sido una pieza clave para que la Policía llegase un poco más lejos en la investigación. Tampoco reparé en que tuviera familia. Mauricio mantuvo al margen a su mujer Maritha y sus tres hijos. En los medios de comunicación no publicaron nada sobre ellos. Al conocer a Macarena, le puse cara al sufrimiento colateral de otra familia cuya felicidad se truncó a raíz del caso Urquijo.

El atasco a la entrada de Madrid era insoportable a esas horas. Siendo muy optimista, tenía por delante como media hora más de trayecto. Llegaba un poco justa, pero llegaba. Saqué del bolso un ejemplar de *ABC* que había guardado con la entrevista de Macarena. Volví a ojearla y me paré en el destacado donde hablaba de que quería enviar una carta a Google para que eliminase cualquier resultado de búsqueda relacionado con su padre.

Desde el teléfono tecleé el nombre de Mauricio López-Roberts entre comillas en el buscador. Salieron casi siete mil resultados. El primero era de *El País*, con un *link* que te llevaba a todas las noticias sobre su padre. Después había una entrada de Wikipedia errónea que hablaba de su abuelo, que había sido diplomático y cuya foto correspondía a Mauricio. La entrevista en *ABC* a Macarena venía a continuación. «Muere López-Roberts, encubridor del crimen de los marqueses de Urquijo», decía el siguiente resultado de búsqueda de 2014. «El fin del marqués encubridor» o «Muere el condenado por encubrir el crimen de los Urquijo» eran otros titulares de noticias relacionadas.

El fallecimiento de Mauricio en 2014 también sirvió de percha para desenterrar el caso en los medios. Aparecían otras efemérides como la muerte de Rafi Escobedo, o cada 1 de agosto de los años posteriores al crimen. En YouTube había vídeos de Mauricio de aquella época, cuando visitó varios platós de televisión para contar su versión sobre lo que ocurrió y defender a su amigo. En Google Imágenes se podía ver una captura de un artículo de *Interviú*, donde llamaban a Mauricio «el cazador» y hablaban de un silenciador que encargó días antes de los asesinatos. La Policía había comprobado la coartada del padre de Macarena, por lo que aquella publicación no era veraz.

Volviendo a las noticias de Google, di con el titular más llamativo: «Muere López-Roberts, cómplice de Rafi Escobedo en el crimen de los marqueses de Urquijo». Este sí le podía hacer daño a Macarena, porque hay una gran diferencia entre ser cómplice de un crimen o ser encubridor.

Unos días antes, mientras escribía la entrevista de Macarena, había buscado en el *Diccionario jurídico para periodistas* de Teodoro González Ballesteros, catedrático del Departamento de Derecho Constitucional de la Complutense, el significado del término «encubrimiento». Rebusqué en sus más de dos mil páginas hasta que di con la definición, que aparece en el Código Penal dentro de los delitos contra la Administración de Justicia.

> Será castigado el que, con conocimiento de la comisión de un delito y sin haber intervenido en el mismo como autor o cómplice, interviniere con posterioridad a su ejecución, de los modos siguientes:
>
> 1.º Auxiliando a los autores o cómplices para que se beneficien del provecho, producto o precio del delito, sin ánimo de lucro propio.
> 2.º Ocultando, alterando o inutilizando el cuerpo, los efectos o los instrumentos de un delito, para impedir su descubrimiento.
> 3.º Ayudando a los presuntos responsables de un delito a eludir la investigación de la autoridad o de sus agentes, o a sustraerse a su busca o captura, siempre que concurran algunas de las circunstancias siguientes.
>
> a) Que el hecho de encubrimiento sea constitutivo de traición, homicidio del Rey, de cualquiera de sus ascendientes o descendientes [...] rebelión, terrorismo, homicidio, piratería, trata de seres humanos o tráfico ilegal de drogas.
> b) Que el favorecedor haya obrado con abuso de funciones públicas [...].

Entendía la impotencia que debía sentir Macarena al leer este tipo de titulares, pero como periodista me planteaba dónde terminaba el interés público y el derecho a la información, y dónde empezaba el derecho al olvido. ¿Dónde estaba esa línea tan fina que podía determinar que una información dejaba de ser relevante y, por tanto, podía ser eliminada de la telaraña de Google? Es complicado hacer esta división y establecer un límite. Internet tiene poco más de treinta años de vida. Es un joven gigante y en este universo todavía hay muchas cosas que se deben regular. La legislación es férrea cuando se trata de publicaciones en la red que tienen que ver con delitos sexuales, piratería, ciberacoso… pero todavía no hay una ley como tal para casos relacionados con el derecho al olvido. Existe un código legislativo enmarcado en distintas leyes, pero no un ordenamiento concreto que lo regule. Si algún día existiera esa ley, estaríamos perdidos. El derecho al olvido se convertiría en una especie de censura en Google a la que podría recurrir cualquiera.

Di un respingo en cuanto el taxista me dijo que habíamos llegado. La cena estaba a punto de empezar y todavía tenía que dejar la chaqueta en el ropero del hotel. Atravesé el vestíbulo a toda prisa. Pero en cuanto vi los *flashes* de las cámaras me relajé. El *photocall* no había terminado. Distinguí a mi querido Juan Avellaneda con Aldo Comas y a Fer Guallar con Juan Betancourt.

En cuanto dejé las cosas, me dirigí al salón circular y busqué con la mirada entre las mesas. Patri levantó la mano para que pudiera localizarlos. Abracé a todos al llegar. Llevaba días deseando que llegara esa noche. Los cierres del periódico habían sido horribles en las últimas semanas y no había podido ver a mis amigos. Nos pusimos al día durante la cena y nos reímos muchísimo contando anécdotas que nos habían pasado durante esos días.

Al terminar, mientras nos hacíamos fotos para subir a Instagram, Patri se acercó a una escalera donde yo estaba con Sil.

—No te gires, pero tienes a Germán detrás.

—¿Qué dices? ¿Me ha visto?

—Creo que no.

Germán. El guapo de Germán. Le conocí al poco tiempo de llegar a Madrid. Para mí, era el tío más atractivo del mundo. Siempre me había gustado y sabía que yo a él también, porque estas cosas siempre se saben. Cuando nos veíamos yo sentía que el mundo se paraba. Pero nunca había pasado nada entre nosotros. A veces, recurría a él para temas de trabajo. Más como una excusa para hablar con él que por necesidad. Tenía su propio despacho de abogados y llevaba la representación legal de algún empresario famoso sobre el que me había tocado escribir alguna vez.

Cuando me giré, él ya me había visto. Patri le saludó de lejos. Los dos sonreímos, nos acercamos y nos dimos un abrazo.

—¿Qué haces aquí? —pregunté.

—He venido a acompañar a un cliente.

—¡Qué alegría verte!

—¡Sí! ¡Qué guapa estás! ¿Cómo va todo? ¡Te sigo en Instagram y no paras!

—Todo genial, la verdad. Como siempre.

—Leí el otro día la entrevista que publicaste sobre el crimen de los marqueses de Urquijo. No lo conocía y empecé a leer más cosas y flipé. Es muy fuerte lo que pasó ahí.

—Ya. Yo cada vez vivo más obsesionada con esta historia. Tú, que eres abogado, ¿qué opinas sobre el derecho al olvido?

—No es mi campo, pero si te refieres a lo que te dijo esa chica —¿cómo se llamaba? ¿Macarena?— sobre Google, creo que hay mucho por legislar.

—En el hipotético caso de que Google accediera a eliminar los resultados de búsqueda de su padre, eso no quiere decir que las informaciones desaparezcan de Internet, ¿no?

—Exacto. Continuarán en las hemerotecas digitales de los periódicos.

—¿Cuál sería la alternativa?

—Que escribiera a cada portal o medio de comunicación para que eliminasen esas publicaciones.

—Pero eso es una locura. En Google hay miles de páginas en los resultados de búsqueda.

—Si hiciera lo que te digo, ir medio por medio, todos le responderían que el crimen de los Urquijo forma parte de la crónica negra de España. Fue un suceso tan mediático que cuando llegó a los tribunales se convirtió en uno de los primeros casos donde se produjo un juicio paralelo por parte de la opinión pública.

—No sé. Por un lado entiendo a Macarena, pero creo que es necesario que esas informaciones sigan apareciendo en Google. Habrá artículos inexactos que no le gusten, pero de ahí a eliminarlo todo...

—Si algo no le pareció bien a su padre, tendría que haber exigido a los medios su derecho de rectificación en aquel momento.

—Tampoco creo que borrar el rastro de su padre sea la solución si ella piensa que no se le trató bien. Lo que tendría que hacer es reivindicar su figura, limpiar su nombre.

—¿Y qué debería hacer? —preguntó Germán—. Bueno, espera. No contestes. ¿Por qué no vamos a la barra a por una copa y me sigues contando?

—Venga vamos.

Caminamos hacia la zona de bebidas que había más apartada de la pista de baile. Mis amigos me hicieron un gesto de aprobación al verme con Germán. Yo les respondí con una sonrisa de resignación. Germán siempre había roto mis esquemas. Me gustaba mucho y me apetecía conocerle más, pero lo que sentía por él me bloqueaba tanto que era incapaz de dar el paso y lanzarme a la piscina y proponerle vernos un día. Con lo que tú eres, me decía a mí misma.

Ya en la barra, Germán pidió un *gin-tonic* para él y un vodka con agua con gas para mí.

—Bueno, sigamos. ¿Qué crees que debería hacer Macarena respecto a su padre? —preguntó.

—Pues justo lo contrario. Hablar de Mauricio.

—Madre mía, cuando te pones a maquinar das miedo.

—¿No te parece que el derecho al olvido es una forma de censura?

—Depende de cómo lo mires. Imagínate que en lugar de un tema de hace cuarenta años, donde la mayoría de noticias se han perdido porque no había Internet, se trata de alguien que aparece ahora en los medios por un caso de corrupción que luego resulta que no ha cometido o, peor todavía, por un crimen también.

—Hombre, pero si se demuestra que no lo ha hecho, los medios publicarán que al final es inocente.

—Pero por el camino, a esa persona le han jodido la vida. Además, sabes de sobra cómo funciona la prensa.

—¿A qué te refieres?

—Una noticia así ocuparía en papel una página o dos. Por contra, la sentencia que diría que el acusado es inocente saldría en pequeño formato en cualquier esquina.

—Eso no es verdad. Depende de muchas cosas.

—Angie, por favor…

—Para empezar, los periodistas tenemos una responsabilidad a la hora de publicar, tanto para los lectores como para los protagonistas de las noticias. Si sale una doble página es porque el medio tiene documentos que acreditan los hechos. No publicamos a la ligera y sin pruebas. Y luego, como tú dices, el derecho de rectificación está para algo.

—Pero con Google los tiempos son otros. El derecho de rectificación, lo de que el diario tiene una semana para dar la versión del aludido, ya no sirve.

—¿Por qué?

—Por lo que has dicho sobre el padre de Macarena: porque si ahora buscas su nombre aparecen noticias de los años ochenta en los primeros resultados. Por tanto, un tema de hace cuarenta años está a un clic de convertirse de nuevo en actualidad.

Se hizo un silencio. Me quedé embobada mirando las burbujas de gas que se abrían paso entre los hielos de la copa hacia la superficie. ¿Cuántas veces se volvía a leer en *ABC* una noticia publicada hace años porque en otros medios, como en la televisión, estaban recordando ese tema? También ocurre con personajes que están de actualidad y en el marcador de noticias más leídas se cuela un tema antiguo de ese famoso sobre algún escándalo que protagonizó años atrás. Pasa lo mismo con las efemérides.

Aunque entendía la postura de Germán, no estaba de acuerdo en que el borrado de las noticias en Google se redujera a un mero trámite administrativo. Si en el futuro era así de fácil, estaríamos perdidos. Tenía que seguir profundizando sobre la supresión de contenidos; de momento, y aunque me costaba reconocerlo, no tenía argumentos para seguir debatiendo con él.

Cuando iba a decirle que dejásemos de hablar sobre eso, que estábamos en una fiesta y que me contase qué tal estaba —con la idea, cómo no, de saber si en ese momento estaba soltero—, un chico vino a saludarle y nos interrumpió. Me mordí la lengua. Era una señal, seguro.

Observé a Germán mientras tanto. Veía cómo se desenvolvía, cómo sonreía y lo bien que le sentaba el esmoquin. No me podía gustar más. Cuando terminó la conversación, volvió a mirarme y sentí una especie de fogonazo en el corazón.

—Bueno, Angie. Te tengo que dejar, que mañana tengo una reunión a primera hora.

—Vale. Me ha encantado verte.

—A mí también.

Me dio un tímido beso en la mejilla y se marchó. Me apoyé en la barra y di un sorbo largo a mi copa mientras veía cómo Germán se perdía entre el bullicio, los bailes y la actitud desinhibida de los invitados a la fiesta. El mundo se había vuelto a parar entre él y yo, como tantas otras veces, y mi cuerpo experimentaba en ese momento todas las velocidades de una coctelera emocional. Sentí alegría, frustración y pena. No entendía por qué un chico podía gustarme e imponerme a la vez. No entendía por qué me abrumaba tenerle cerca. No podía soportar la idea de que entre Germán y yo pudiera existir un nosotros que nunca ocurría.

Mis amigas me saludaron desde el fondo de la pista. Tienes dos opciones, me dije. O te vas a casa dando un paseo mientras te regodeas en la mala suerte que tienes y te machacas preguntándote por qué entre Germán y tú no hay algo más o te pides otra copa, te pones a bailar y, ya cuando se te pase, te vas a la cama. Un tío no iba a condicionar mis planes ni mi ánimo, así que opté por reducir las revoluciones de mi cabeza. Le pedí al camarero otra copa y me fui a bailar.

Capítulo 4
Macarena

Teresa había cumplido su promesa citándome para reunirnos con su contacto junto al puente de Segovia. Me envió una ubicación que no hacía referencia a ninguna calle en concreto. Cripto había sugerido que nos viéramos a media tarde para evitar coincidir con alguno de sus clientes. Qué misterioso, pensé.

Aparqué en el punto indicado mientras esperaba a Teresa. Había traído conmigo el libro que acababa de publicar Melchor Miralles sobre el exilio de Javier Anastasio en Latinoamérica. Lejos de ser una novela trepidante, me pareció una secuencia de hechos cronológicos bien narrados que volvía a sembrar la duda sobre los inductores y verdaderos culpables del caso.

Javier no contaba nada nuevo, pero sí había introducido algunas escenas protagonizadas por mi padre y, ¡oh, sorpresa!, también por mi madre, a quien hasta la fecha nadie había conseguido tiznar. ¿Sería cosecha de Melchor, o del propio Javier? ¿De qué van estos tíos? Afirmaban que Mauricio denunció a Javier por celos. Me pareció la justificación más delirante de todas las que había leído hasta ese momento. Aún peor era la parte donde insinuaban que un día cualquiera, entre semana, Javier se había dejado caer por nuestra casa para saludar a mis padres. Así, como por casualidad, provocando con su presencia la ira de mi padre. Flaca memoria. Mis padres se habían separado en la primavera del año ochenta y dos. Javier decía que los había visitado en diciembre del año siguiente.

Los últimos rayos de luz coloreaban de ocres los tejados de Madrid. Terminé de leer las páginas que me quedaban, más por disciplina que por interés. Estaba deseando perderlo de vista. Teresa se acercó a mi coche, tocó suavemente el cristal con los nudillos y me hizo una señal para que saliera.

—¿Qué lees?

—La historia del caso contada por Javier Anastasio.

—¿Otro libro más? Me regalaron el de Myriam cuando lo publicó. No recuerdo mucho, pero me parece que era una especie de manual de autoayuda o algo así, raro. Este pollo, ¿de qué va?

—Nada nuevo. Afirma que solo acercó a su amigo Rafi a Somosaguas y que después se deshizo del arma. Lo que me molesta es que haya metido a mi madre en una escena tan falsa como morbosa.

—Habría que demandarlos por intromisión a la intimidad —dijo Teresa.

—¡Cómo te gusta el lío!

—Deberías hacerlo. A Javier, a la editorial, a quien atente contra el buen nombre de tu familia y a todo quisqui. No sé por qué tu padre no lo hizo en su momento contra aquel artículo de *Interviú*. ¿Cómo era el título?

—«El cazador».

—¿Por qué no ejerces tu derecho al honor? Estas cosas hay que decidirlas así, en caliente. Te conozco. Se te pasará el berrinche y lo dejarás correr, como has hecho toda tu vida. Ya está bien de tragar.

Teresa me cogió del brazo y acercó su cabeza a la mía. Parecía intuir que no tenía ganas de seguir con la conversación. Mientras caminábamos me fijé en que su atuendo poco tenía que ver con la discreción que había impuesto hasta ese momento. No sabía a quién íbamos a ver, ni cómo se llamaba. Ni siquiera tenía una dirección exacta. Sus botas mosqueteras de charol negro marcaban el paso con un sonido rítmico y grácil que me hizo sonreír.

—Vas a flipar. Este tío es una especie de marciano, hiperinteligente. Tiene una dualidad curiosa; corazón de artista y cabeza de genio tecnológico. Trabaja para gente importante. Lleva un rollo medio clandestino.

—¿Cómo lo conociste?

—Un cliente del despacho lo ha contratado para sacarle de un lío. Ya sabes, confidencial.

—¿Lo conoces bien?

—Lo suficiente. Soy su abogada favorita.

Sonrió pícara y no pregunté más. Anduvimos un poco hasta llegar a un tramo de escalera que desembocó en un callejón sin salida. Frente a nosotras, había un edificio al que se accedía a través de una puerta de madera de iglesia. Sobre la pared, un telefonillo exterior con un solo botón. Pulsamos unos segundos. El portal estaba en un estado ruinoso. Un cartel escrito a mano sobre la jaula de hierro forjado del ascensor decía: «En reparación». Miré hacia arriba pensando qué piso sería mientras sorteaba cascotes de ladrillo enredados en plásticos cubiertos de polvo y pintura reseca.

Entre los tacones y el estrecho vestido en el que se había enfundado, a Teresa le costó subir los seis tramos de escalera hasta llegar al ático. Todo el edificio parecía haber conocido tiempos mejores. En los rellanos de cada piso, vidrieras con motivos bucólicos complementaban la mortecina iluminación de las bombillas de bajo consumo que colgaban de los techos. A derecha e izquierda puertas sin felpudos, sin placas, ni membretes. Por fin, alcanzamos el objetivo con la respiración entrecortada y un cierto jadeo que delataba nuestro bajo estado de forma.

—¡La madre que lo parió! Podía haberme avisado —dijo Teresa—. ¿Has estado en Roma? No sabes lo mal que lo pasé cuando subí a la cúpula de San Pedro en el Vaticano. ¿Dónde habré metido mi inhalador?

Ante nosotras una única puerta pintada de rojo. Sobre el marco, una pequeña cámara parpadeaba de forma intermitente. Un chico joven al que no le quedaba un centímetro de piel sin tatuar en los brazos abrió y nos invitó a pasar. Cripto estaba terminando una reunión en una sala contigua con un grupo de veinteañeros con los que hablaba en italiano.

Su casa era un espacio diáfano con escaso mobiliario. No parecía un hogar, ni tampoco un despacho, y mucho menos lo que uno podría imaginar como la guarida de un *hacker* experto en tecnología.

Teresa me llevó a la terraza mientras veíamos cómo se ponía el sol sobre el Palacio Real. Tras unos minutos de espera, se acercó a nosotras.

Cripto era un tipo gordito de sonrisa bonachona. Calculé que no tendría más de treinta y cinco años, aunque su cabeza empezaba a clarear. Vestía con atuendo deportivo, pero su aspecto delataba la falta de ejercicio físico. ¿Cómo sería el día a día de un *hacker*? No tenía la menor idea.

Él besó a Teresa en la mejilla y se acercó a mí con los brazos abiertos como el Cristo del Corcovado. Recibí su abrazo y permanecimos un instante en silencio, inmóviles mientras me susurraba al oído: «Un abrazo tiene que durar seis segundos como mínimo. No lo olvides». Acto seguido se acomodó en un sofá desgastado de estilo inglés y nosotras en unas butacas de diseño ochentero, mientras el que parecía ser su ayudante nos ofrecía algo para beber.

—Teresa debe de quererte mucho —dijo.

—Oye, ¿qué ha pasado en el edificio desde la última vez que vine? —preguntó Teresa.

—Lo han vendido —dijo mirando sus botas—. Si quieres ve a la cocina para limpiarlas, tengo unos paños sobre el fregadero que puedes usar. Como si quieres descalzarte, a mí me da lo mismo. Estás en tu casa.

—Pues sí, porque me han costado una pasta —dijo Teresa sacudiéndose el polvo del vestido.

—Perdona el retraso, estoy armando la reputación en redes de estos chavales que has visto. *Influencers*, ya sabes: fama rápida y efímera con muchos ceros de facturación. Lo cachondo es que no saben hacer ni un huevo.

Mientras Cripto hablaba, no pude evitar fijarme en la decoración. Un robot de más de dos metros de alto con alas de ángel presidía una de las paredes desnudas de la estancia. En otra, colgaba una fotografía gigante y luminosa de una máscara cibernética tras la que resaltaban unos ojos de mujer. Junto a la puerta de la terraza, apoyado en el suelo, me hizo gracia un cuadro que parecía un homenaje al arte pop de Warhol: una miniserie de cartones de leche, en vez de latas de sopa Campbell. También tenía unos cactus de diferentes tamaños y una iguana que dormitaba en su terrario bajo la luz de una bombilla infrarroja. Él se dio cuenta, me miró fijamente y dijo:

—Veo que te interesa el arte.

—¿Eres coleccionista? —pregunté.

—Esto son los restos de una época en la que yo estaba megaforrado.

—También te gustan los animales.

—Me hace compañía y no hay que prestarle demasiada atención. Ven conmigo y te la presento. Estamos juntos desde que terminé la carrera en el MIT.

«Una de las mejores universidades del mundo», pensé mientras nos acercamos al terrario. Cripto deslizó la tapa que lo cubría, metió su mano y le acarició el lomo con suavidad. La iguana ni se inmutó, pero pude ver en sus ojos la ternura con la que se relacionaba con ella. Tras colocar de nuevo la tapa señaló unas esposas que estaban dentro de una vitrina y nos acercamos para verlas mejor. La obra se titulaba *Fin de semana de siete días* y pertenecían a Emile Durkheim, uno de los artistas alemanes contemporáneos más cotizados. Pero lo que tenía verdadero interés era la caja de terciopelo negra que las contenía.

Teresa volvió de la cocina con sus botas relucientes. Le preguntó a Cripto por el equipo de música en forma de calavera que había junto al sofá y que había pertenecido a Jean Michel Jarre. Junto a él, un cartel original de la central nuclear de Chernóbil.

—Me gusta tu casa —dije.

—¿No te encantaría tener un sitio así para trabajar? —preguntó Teresa.

—Estoy muy cómodo.

—Te habrán pitado los oídos porque no he parado de decirle a Maca lo estupendo que eres.

—No seas boba. Si yo soy más de estar por casa. Esperad, que me la han liado con un tema. Lo remato y os presto toda mi atención —dijo mientras consultaba su móvil.

Sobre la mesa de *pallets* de madera que completaba la decoración del desnudo salón había un fino cohete de casi medio metro de alto.

—Esto es muy fálico, ¿no? —pregunté.

—Es un misil auténtico —dijo.

—Qué pequeños son y qué daño hacen —dijo Teresa.

—¿Esos carteles están en ruso? —pregunté.

—Búlgaro. Perdonad pero necesito medio minuto más.

Cripto dictó un mensaje a su teléfono: «Posponemos-la reunión-coma-te-escribo-cuando-todo-esté-bajo-control-punto-avisado-contacto-en-destino-punto». Se habían solapado dos reuniones en su agenda, la nuestra y otra que debía anular para poder atendernos.

—Ya estoy con vosotras.

—Macarena es como si fuera mi hermana. Puedes hablar con libertad delante de ella —dijo Teresa.

—Cuéntame de ti —dijo.

—No, no, cuéntame tú qué haces. Como si Teresa no me hubiera dicho nada.

—Mejor tú primero, no vaya a ser que seas izquierdosa o algo así y no pueda hablar sobre determinados temas.

—Al contrario. Puedes estar tranquilo —dije.

—No eres periodista ni nada de eso, ¿verdad? Huyo de ellos como de la peste. Tengo mis razones, no creas que es gratuito.

—Ni periodista ni puñetera ni petarda.

—¡Vale! ¡Vale! —dijo.

Su relación con el arte venía de lejos. Había sido marchante. Apenas conservaba algunas obras valiosas de las muchas que había tenido que vender para poder financiarse. Su socia lo había desplumado.

Por su tono de voz, no parecía sentir hacia ella ni afecto ni rencor. Una vez aprendida la lección, aseguraba que no volvería a mezclarse con políticos.

Con algo de dinero y una mente privilegiada se había propuesto crear una empresa tan vanguardista que no hubiera nada similar. No dijo el nombre, pero se le veía satisfecho. Me preguntaba si un *crack* tecnológico como él publicitaría sus servicios en la red. Suponía que no.

—La empresa va como un tiro. Yo me dedico a fabricar —la ventaja— en el puro sentido de la palabra. ¿Quieres ser famoso? Puedo alterar todos los ratios de Internet para que lo seas. ¿Quieres propulsar tu carrera política? ¿Controlar el terrorismo? ¿Manipular redes sociales? ¿Identificar defraudadores? Aquí lo que tenemos son capacidades. ¿Ciberseguridad? ¿Geolocalización? *Peanuts* para mí.

—Ha convertido sus aptitudes en dinero. Ya te dije que era un fuera de serie —dijo Teresa.

—La movida fue crear una empresa en la que el activo fuese el conocimiento. Lo que hacemos nosotros es influir en el futuro. Imagínate que tienes un restaurante y te está jodiendo el de enfrente. Encontrar una mosca en la sopa de uno de sus clientes es solo el principio. Lo que sigue es una inyección en Internet de comentarios negativos para él y positivos para tu negocio.

—¿Qué pasa cuando se dan cuenta de lo que está ocurriendo? —pregunté.

—¿Qué van a hacer? Joderse.

—No hay nada ilegal en lo que hace —dijo Teresa.

—Yo tengo que ser más veloz que el ritmo que lleva la legislación internacional. ¡Es una locura!

—¿Qué me dices de los medios de comunicación? —pregunté.

—Yo no *hackeo* sus webs. Hago que las noticias no puedan ser encontradas, que es distinto.

Habíamos llegado al punto que me interesaba. ¿Sería Cripto capaz de hacer lo mismo con las noticias que había sobre mi padre en relación con el caso?

—Eso es justo por lo que hemos venido a verte. ¿Has oído hablar del caso Urquijo? ¿El asesinato de unos marqueses en los años ochenta? —preguntó Teresa.

—Es antiguo —dijo.

—Bien. Pues había varios personajes implicados en el caso. ¿Te suena Rafi Escobedo? —pregunté.

—Lo metieron en la cárcel, ¿no?

—Solo o en compañía de otros, según ponía en la sentencia. Sin pruebas de convicción —dijo Teresa.

—Igual el pobre fue un cabeza de turco —dijo Cripto.

Le hablé de Javier Anastasio, de su vida en Brasil como prófugo de la justicia y de las memorias que acababa de publicar.

—¿Prescribe un caso de asesinato? —preguntó.

—Los únicos delitos que no prescriben son los genocidios —dijo Teresa.

—¿Estamos locos o qué? —dijo.

—Y el último es mi padre, Mauricio López-Roberts, que fue condenado en 1990 a diez años de prisión como encubridor. Él declaró lo que le contaron. Ni estuvo en el lugar de los hechos, ni participó en nada. Rafi habló en plural. Lo que quiere decir que no estaba solo.

—Me suena que el caso tuvo una repercusión del copón —dijo.

—Se han escrito varios libros. Mi padre escribió uno junto con Jimmy Giménez-Arnau que fue retirado por orden del juez. En él contaban su teoría de la conspiración. Pero su testimonio no sirvió para ayudar a su amigo, sino para perjudicarse a sí mismo.

—¿Cuántos años estuvo en la cárcel? —preguntó.

—Casi cinco.

—¿Cinco años? ¡Es de locos!

—Me llamo Macarena López-Roberts. Llevo cuarenta años con el caso Urquijo sobre mis espaldas. Con el: «¿López-Roberts? ¿De qué me suena?». Un clásico en mi vida. Mi hermana Marta se licenció en Derecho, se cambió el apellido y nunca ejerció. Es solo un ejemplo que ilustra por lo que hemos tenido que pasar. Lo que a mí me gustaría después de que mi padre ha fallecido habiendo cumplido con la justicia y la sociedad es que no se hable de él ni de nosotros. Que mi hija de diecisiete años, que está al tanto de su propia historia familiar, no tenga que revivir el drama de su abuelo cada vez que ponga su apellido en cualquier documento.

—Lo entiendo perfectamente. El derecho al olvido obliga a los medios de comunicación a eliminar los contenidos que jurídicamente han sido probados, que son falsos o no son noticiables. Mi mundo es diferente —dijo.

—Escribí a Google y me han respondido. No tienen ninguna intención de retirar nada. Como dijo Teresa que pasaría, nos animan a utilizar los canales legales que consideremos oportunos.

—Pues esos otros canales somos nosotros. La desindexación informativa es difícil, pero se puede intentar. Depende de la viralización que se haya generado. Si metes el nombre de tu padre en Google, ¿cuántas entradas tiene?

—No lo sé. ¿Quieres mirarlo tú?

Cripto se acercó a lo que parecía ser su zona de trabajo. Trajo consigo un portátil y volvió a acomodarse en el sofá. Lo puso sobre sus piernas, dio un buen trago a su Coca Cola y comenzó a teclear a gran velocidad.

—Pobre hombre. Vaya putada. ¿Tiene guion en medio?

—Supongo que te saldrá de las dos formas —dije.

—¡Siete mil! ¿A ver? Tú también has generado noticias hablando del tema.

—Fue tras la publicación de mi primera novela. No pude evitarlo.

—Esto es delicado. Tendría que hacer unas llamadas y contarte cómo funcionan las tripas de mi negocio para que lo entendieras. De momento, ya sabes que las noticias no desaparecen. ¿Sabes? Me habría gustado haberte conocido hace diez años.

—Cuando volvamos a hablar se habrán generado algunas nuevas, como la publicación del libro de Javier Anastasio o la celebración del cuarenta aniversario.

—Yo si fuera tú denunciaría a Javier —dijo.

—¡Ojo! Mauricio ya no está y la libertad de expresión tiene un amplio espectro —dijo Teresa.

—Otra posibilidad que tienes es tumbar el libro de Anastasio. Todo depende de lo que quieras invertir. Podríamos meterle una tonelada de mierda.

—¿No has pensado en escribir la historia de tu padre? —preguntó Teresa.

—¡Eso! Cuantos más contenidos positivos seas capaz de generar, mejor. Como solemos decir los que nos dedicamos a esto: «Si quieres esconder un cadáver, el mejor sitio es la tercera página de Google, porque allí no llega ni Perry Mason».

El insistente sonido del telefonillo nos sobresaltó. Había anochecido. Cripto miró su reloj y consultó una pequeña libreta de papel que sacó del bolsillo de su sudadera. Cerró su portátil y se puso de pie como un resorte mientras se rascaba la coronilla con la mirada fija en su zona de trabajo. Nos pidió disculpas y dio por finalizada la charla. Quedamos en que hablaría con sus socios al otro lado del mundo y nos daría una respuesta, aunque también advirtió que no sería pronto.

Antes de despedirnos dijo que al salir nos cruzaríamos con la policía, vestidos de uniforme, o quizá de paisano. Teresa le preguntó cómo lo sabía y si quería que se quedara. Él contestó que la visita no estaba en su agenda y que solo ellos llamaban de esa manera. Afirmó que tenía toda la información *sensible* encriptada en la nube. Podían requisarle cuanto quisieran. Los ordenadores estaban vacíos, como su teléfono móvil, como su salón.

Después de abrazarnos, respetando los famosos seis segundos, pulsó desde la cocina el botón que abría la puerta de iglesia del portal, se puso la mano en el corazón y nos deseó toda la suerte del mundo hasta que volviéramos a vernos.

Capítulo 5
Angie

La vuelta de las vacaciones de Navidad, como siempre que desconecto de la actualidad más de cuatro días, había sido dura. Me cuesta retomar el ritmo de la redacción; aunque lo que de verdad me produce estrés es tener que encargarme otra vez de todo lo que tiene que ver con la intendencia de mi casa, como poner lavadoras y llenar la nevera.

Era mi primer turno de libranza después de diez días de trabajo y ya lo tenía todo programado. Después de mi clase de pilates, desayuné en Toma Café con mi amiga Viena, hice la compra y, antes de subir a casa, pasé por la tintorería. A la una había quedado con Macarena en el bar Richelieu, que está a dos manzanas de casa. Justo el día anterior me había llegado *Las malas compañías: hipótesis íntimas del asesinato de los marqueses de Urquijo*, el libro que su padre escribió al alimón con Jimmy Giménez-Arnau. Tenía ganas de saber lo que contaba.

Cuando terminé de colocar todo lo que había comprado en la nevera, Macarena me envió un mensaje para avisarme de que ya había llegado. Era una mujer puntual. Cogí el bolso y bajé a la calle para reunirme con ella. No estaba segura de la razón por la que quería verme. A lo mejor solo quería charlar conmigo para aligerar posibles tensiones. No sabía nada de ella desde la publicación de la entrevista y deduje por algún mensaje que me mandó después que no estaba demasiado contenta. Pero en el fondo, y pese a todo, nos habíamos caído bien.

La encontré sentada en la terraza del restaurante. Nos dimos un abrazo y nos sentamos una frente a otra en una mesa junto a la barra. El camarero, vestido con una chaquetilla blanca impoluta, me preguntó si quería beber lo de siempre y le contesté que sí.

—Veo que eres parroquiana de este sitio —dijo Macarena.

—Es práctico, lo tengo cerca de casa y abre todos los días del año.

—He pedido un sándwich, si quieres lo compartimos.

—Están buenísimos. No te preocupes, ahora pido otro.

El camarero trajo mi bebida y dos platos con pececillos de pan y queso manchego. Entre el trajín de cada movimiento miré de reojo a Macarena e intuí que tenía ganas de contarme algo.

—¿Qué tal han ido las vacaciones? —pregunté para romper el hielo.

—Muy bien, pasé unos días en el Valle de Arán.

—¡Qué maravilla! Yo he estado en Valencia con la familia. Les echaba de menos.

—¿Cómo están?

—¡Estupendos! No sabes lo que han crecido mis sobrinos. Están ideales.

—Quería verte para contarte que la semana pasada envié la petición a Google.

—¿Te han contestado?

—No hay nada que hacer porque no soy la persona afectada. El derecho al olvido lo tiene que reclamar el protagonista de las noticias.

—¿Cuándo murió tu padre?

—El 7 de junio de 2014. Lo tendría que haber reclamado él. Les da lo mismo que yo sea familiar de primer grado.

—Cuánto lo siento.

—No pasa nada. Me he puesto en contacto con un *hacker*.

Al oírla decir eso casi sale volando uno de los peces que estaba a punto de comerme. Contuve la risa. Su cruzada con Google parecía no tener límites.

—¿Has contratado a un *hacker* de verdad? —pregunté.

—No, es un cliente de Teresa Bueyes, la abogada.

—Sí, la conozco. Lleva temas de famosos.

—Se llama Cripto. Me dijo que quizá pueda ayudarme a conseguir que la información no pueda ser encontrada. Tiene que valorarlo.

—Ya sabes que yo no soy partidaria de que desaparezca la información de tu padre.

—Eres periodista, no esperaba otra cosa.

—No quiero parecer petulante, pero Mauricio acabó en prisión porque se lo buscó.

Me arrepentí al instante de haber dicho aquello. Aunque era lo que pensaba, también era cierto que Mauricio pagó un precio altísimo primero por callarse y después por hablar. Esperé una reacción por parte de Macarena, pero ella continuó como si no le hubieran molestado mis palabras.

—Las dos sabemos que su condena fue injusta —dijo.

—Tu padre supo por Rafi cómo había sido el crimen en 1980, poco después de que se cometiera. Pero no contó a la Policía lo que sabía hasta octubre de 1983, cuando su amigo entró en la cárcel con una condena firme.

Nos quedamos calladas. No sabía a dónde quería llegar. No entendía nada de lo que estaba pasando. Decidí rebajar el tono.

—Borrar el rastro de mi padre es casi imposible de conseguir. Si el *hacker* me dice que sí, lo intentaremos. Aunque dependerá del dinero que me pida.

—¿Entonces? ¿Qué planeas?

—La segunda opción, que me la dio él, es generar noticias positivas sobre mi padre. Que tengan un buen posicionamiento SEO para que aparezcan en los primeros resultados de búsqueda. Y aquí es donde entras tú.

—¿Yo? ¿Por qué?

—Quiero escribir ese libro del que hablamos cuando nos conocimos.

—Pero un texto sobre Mauricio, sin entrar en el caso Urquijo, no le interesaría a nadie.

—Es que sí hablaremos del caso. Durante todos estos años mucha gente me ha dicho que mi padre investigó el crimen por su cuenta. Que estaba en contacto permanente con la Policía y que hizo mucho más de lo que parece para que se supiera la verdad.

—¿Qué propones?

—Desempolvar el caso y devolver a mi padre al lugar que le corresponde. Quiero que lo hagamos juntas.

—Yo encantada. Pero ¿lo has pensado bien?

—Lo he meditado durante las vacaciones y no se me ocurre nada mejor. Mi padre lo pagó muy caro al intentar proteger a un amigo, pero no tuvo nada que ver con los asesinatos. Además, soy muy intuitiva. Que tú y yo nos hayamos conocido no es una casualidad.

—Quizá encontremos cosas que no te gusten.

—Por eso tu punto de vista es importante, porque no estás contaminada por el caso.

—Empezamos cuando quieras.

Después de comer Macarena pidió un *moscow mule* y yo una crema de orujo. Saqué un cuaderno que llevaba en el bolso y empezamos a hacer una lista de personas a las que queríamos entrevistar. Decidimos dividirlo en dos categorías: allegados a Mauricio, familiares y amigos; y periodistas relevantes cercanos al caso de prensa escrita, revistas, radio y televisión. Firmas importantes y destacadas de la década de los ochenta a los noventa. Muchos de ellos habían pasado por la sección de «Sucesos».

Al final de la Transición en España, los medios mostraban los sucesos de forma descarnada y morbosa, con imágenes de mal gusto tanto en prensa como en televisión. Las noticias de sucesos, junto con los escándalos sociales y la corrupción, marcaron en gran parte el periodismo de investigación de los años ochenta, en contraposición con los años del franquismo, en los que la prensa había estado sometida a una férrea censura, tanto para distraer a la población de cuestiones políticas como para mostrar un aparente estado de bienestar social. Los sucesos despertaban la atención de los lectores y hacían vender ejemplares.

El diario *El Caso* creó uno de los equipos más serios de investigación periodística, sobre todo en el ámbito criminológico. De igual manera, las revistas publicaban reportajes de investigación centrados en sucesos, como *Cambio 16*, *Interviú* o *Tiempo*.

Mariano Sánchez Soler, del diario *Ya*, encabezaba la lista. A continuación anoté el nombre de Alfredo Semprún, de *ABC*. Le seguía Ángel Colodro, quien había trabajado en *El Caso*, entre otros periódicos y cadenas de radio nacionales. Macarena había sugerido que hablásemos también con José Yoldi y Julio Martínez-Lázaro, ambos del diario *El País*, además de Jesús Duba, quien había sido jefe de sucesos en el diario *Ya*. Por último, cerraban nuestra lista Carlos Aguilera, también de *El Caso*, y Juan Madrid, de *Cambio 16*. Además de Manuel Cerdán, Antonio Rubio y Melchor Miralles, quienes habían trabajado en *Interviú* y *Diario 16*, con los que Macarena tenía contacto directo.

De la segunda lista que Macarena había preparado, lógicamente, no conocía a nadie. Comenzaríamos hablando con Campana, una de las hermanas de Mauricio. Según ella, su tía podía aportarnos mucho respecto a su padre y al caso Urquijo. Así, podría conocerle un poco mejor.

A las cinco y media de la tarde nos despedimos. Subí a casa y me desplomé en el sofá. Escribir un libro sobre un tema que me apasionaba me parecía un regalo. Por otro lado, la experiencia me había enseñado que a la gente se la conoce bien conviviendo o viajando, y trabajando. Era la segunda vez que veía a Macarena y, aunque nos llevábamos bien, una aventura como esta podía terminar muy bien o fatal. ¿Y si nos embarcábamos en el proyecto, le dedicaba el poco tiempo libre que tenía y luego ella decidía echarse atrás?

En cualquier caso, lo que Macarena me había propuesto me pareció una buena oportunidad para hacer algo que me gustaba, escribir sobre informaciones de sucesos y, además, seguir aprendiendo. Decidí no darle más vueltas al asunto y apostar.

Cogí el paquete de la librería de segunda mano donde suelo encontrar libros descatalogados y saqué *Las malas compañías*. Todavía no sé cómo pudieron encontrarme un ejemplar. Según me había contado Macarena, esa primera y única edición fue secuestrada y la mayoría de los ejemplares se destruyeron por mandato del juez de instrucción del caso Urquijo en mayo de 1985.

En la portada, sobre un color rojo sangre, aparecían las siluetas en blanco y negro de María Lourdes Urquijo y Juan Manuel de la Sierra. Debajo, las ocho personas sobre las que pivotaban las hipótesis del asesinato de los marqueses de Urquijo. De izquierda a derecha, en dos filas, se podía ver a Dick Rew, Myriam de la Sierra, Rafi Escobedo, Juan de la Sierra, Vicente Díaz Romero (el mayordomo), Diego Martínez Herrera (el administrador), Javier Anastasio y Miguel Escobedo (el padre de Rafi). Todos ellos fueron señalados.

Estas mismas fotografías aparecían en la contraportada del libro, a modo de radiografías sobre un fondo negro. Aquí, las imágenes sonrientes de los marqueses se habían sustituido por las escalofriantes fotografías de los cadáveres del matrimonio. Unas imágenes que realizó la Policía la mañana del 1 de agosto de 1980, cuando entraron en las habitaciones de los marqueses. Las instantáneas fueron publicadas en todos los medios de la época. Arriba, sobre las imágenes, se podía leer:

Las informaciones que surgieron, en honor a la verdad que pueda contenerse en el síndrome Urquijo, no tienen desperdicio. Solo faltó inculpar a Gandhi de los asesinatos, a Bogart de la inducción y a las hermanas Fleta del encubrimiento. Por lo demás, todo fue presentado como verosímil. Lean y no se asusten, que así fue decorado y condecorado el pastel. Y, por favor, no vean maquiavelismo ni crueldad en nuestro estilo: más crueles y maquiavélicos se mostraron los que ejecutaron a los marqueses y cuantos impiden que este caso se resuelva.

El libro se publicó en 1985 —cuando Mauricio ya había sido procesado por un delito de encubrimiento—, y fue uno de los más completos hasta entonces. Me llamaba la atención que lo hubiera escrito con Jimmy Giménez-Arnau, un personaje que yo conocía por ser colaborador en el programa *Sálvame* y porque estuvo casado con Merry Martínez-Bordiú Franco.

Estaba escrito con mucha sorna y retranca. Mauricio y Jimmy, en su «aviso para transeúntes» al principio del libro, advertían:

> Este libro es fuerte. Absténgase de pasar a sus páginas el pusilánime, la neurótica, el paranoico, el ama de casa asustadiza [...] Es una historia primitiva de 54 rombos, un caso crudo como un *steak tartare* sazonado con ajos asesinos y pimienta bengalí.

Las primeras páginas, teñidas de un *beige* que delataba su antigüedad, parecían una yincana. Se podía ver la portada de *ABC* del 4 de julio de 1983, cuando trascendió a los medios la condena de Rafi Escobedo, que decía que el caso Urquijo era una «novela policiaca» que revelaba las «insuficiencias de la justicia» y cuyos relatos del crimen parecían sacados de un escrito de Agatha Christie.

El primer capítulo empezaba con un árbol genealógico de la familia Urquijo y seguía con una «galería de animadores», donde se podían ver imágenes de los principales personajes con breves descripciones. Para rematar este episodio había un epígrafe titulado «Presentación de la fauna», donde Mauricio y Jimmy hablaban del buitre altivo, el koala, el dodo, la hiena, el jabalí o la lamprea, entre otros animales, como las especies en las que se podrían haber reencarnado los protagonistas del caso.

Para que el lector pudiera situarse sobre los pasos de los asesinos de los marqueses, incluyeron imágenes y un plano de la casa. La residencia de Somosaguas era majestuosa, aunque bastante tétrica. En la piscina cubierta, donde la marquesa hacía ejercicio a diario, se podía ver una estatua y algunas plantas. Se decía que en el salón contiguo, sus hijos organizaban grandes fiestas con amigos, propias del Madrid aristocrático de los ochenta. Por la puerta de esa misma estancia hicieron un agujero en el cristal y accedieron a la casa «el convicto y los supuestos colaboradores». Las «escaleras por donde ascendieron los asesinos» y el «pasillo que condujo a la muerte» también estaban retratados.

La casa me recordaba un poco a los chalés donde hacía retiros espirituales cuando iba al colegio. Con suelos de mármol, madera oscura en exceso, tapicerías de flores y visillos hasta en las vitrinas.

El libro recogía las autopsias de los cuerpos, donde los doctores Raimundo Durán Linares y José Antonio García-Andrade exponían que: «Ambos cadáveres ingresaron [en el Anatómico Forense] sin ropa y lavados, por lo que no se pudo realizar el estudio de los vestidos, manchas de sangre, pruebas de parafina o de los posibles estigmas de ahumados».

Tras unas imágenes de Rafi Escobedo en la cárcel de Carabanchel y parte de la cartas que escribió a la familia López-Roberts desde prisión, Jimmy y Mauricio dejaban descansar un poco al lector con un capítulo más liviano pero igual de entretenido, donde incluían la entrevista que el colaborador televisivo le hacía al padre de Macarena. Contaba que «Myriam y Dick, Juan y Martínez Herrera» eran quienes más se habían beneficiado de esa «refriega».

J.— Rafael dice que hay que procesar a más gente. Pero ¿a quiénes y por qué?

M.— A Myriam y a Herrera, siempre según Rafael, por estar allí la noche del doble asesinato, y a Juan por estar al corriente y consentir que se desatara la barbarie, y esto también lo afirma Rafael.

J.— ¿Y tú que afirmas sin apoyarte en lo que dicen los demás? Vomita un poco, si me haces el favor.

M.— Según dije en mis declaraciones, que me han valido el procesamiento que ahora me cuelga, Rafael me contó lo del chorrito de sangre que manaba del cuello de su suegra.

J.— ¿Cuándo te lo contó?

M.— Cuatro o cinco meses después de los asesinatos. También me contó que Javier Anastasio le había llevado allí y que se quemó el brazo al meter la mano por la puerta de madera de la piscina, cosa que no es cierta. Primero porque Javier siempre me ha negado que entrara en aquella casa la noche de los crímenes y, segundo, porque tras la prueba que le han hecho, por ahí no le cabe ni el antebrazo. Eso sí, Javier siempre ha reconocido que llevó a Rafael y se largó. Horas más tarde [Javier] iría tirando los trastos de matar por la carretera que conducía al pantano de San Juan, a cuyas aguas tiró la pistola.

Lo que más me impactaba de lo que había leído del libro hasta el momento era que Mauricio se atreviera a publicarlo si estaba procesado. Cuando salió a la venta, Rafi cumplía condena en El Dueso. ¿Lo publicó Mauricio para defender la inocencia de Rafi?

El libro también hablaba de la empresa Golden, la primera de estructura piramidal que hubo en España. Este capítulo era interesante porque hablaba de cómo Myriam y Rafi empezaron a trabajar ahí para ganar dinero y no tener que depender de sus familias, sobre todo de los marqueses. Ella quería a toda costa ser una mujer independiente, algo que no estaba bien visto en aquella época, máxime cuando Myriam era la única hija de los propietarios del Banco Urquijo.

En Golden fue donde Rafi y Mauricio se conocieron. Pero, sobre todo, Golden supuso el principio y fin del matrimonio entre Myriam y Rafi. Se casaron el 21 de junio de 1978 en la iglesia de Húmera y el convite se celebró en la casa familiar de Somosaguas, al que asistieron desde la duquesa de Alba hasta los compañeros de trabajo de los recién casados. Al parecer, el matrimonio estaba roto a la vuelta del viaje de novios, ya que Myriam se había enamorado de Dick Rew, el americano que dirigía Golden y que se instaló en España poco antes de la boda.

En el libro también había una imagen de Vicente Díaz Romero, el mayordomo. En el pie de foto se podía leer una declaración suya: «La impresión que me dio es que allí a nadie le importaba que los hubieran matado, la verdad es que yo mismo lo esperaba desde hacía meses».

Gracias a él, la Policía y todos los que siguieron por la prensa las pesquisas del crimen —que dio un giro a un mes de agosto que se anunciaba hastiado e inapetente— conocieron la mala relación que los hijos mantenían con sus padres y que en aquella casa se respiraba de todo menos paz.

Diego Martínez Herrera aparecía en varias imágenes del juicio contra Rafi Escobedo. Jimmy y Mauricio resaltaban en el libro la respuesta que le dio al fiscal durante una vista oral, donde le preguntaron la razón por la que el 1 de agosto llegó a la casa de Somosaguas vestido de luto preparado para asistir al funeral: «¡No iba de luto, uso muchas camisas negras, en mi casa tengo siete!». Diego no solo llegó vestido de negro, también con un arañazo en el brazo. El administrador de los Urquijo puso como excusa que esa herida se la había causado el perro de la familia y que lo habían tenido que sacrificar. ¿Era Boly, el mismo perro que esa noche estaba en la casa y al que nadie oyó ladrar? «Confieso que de este caso ya solo me interesa el perro», escribió Manuel Vázquez Montalbán en una columna.

Apasionada con el relato llegué a un capítulo que se titulaba «Sesiones de hipnosis». No me lo podía creer. Sometieron a cuatro individuos a tratamientos hipnóticos para introducirlos «en persona, que no en espíritu, en la casa de Somosaguas».

Los prejuicios científicos son el complejo de inferioridad de los mediocres. No eviten esta frase, porque telepatía, clarividencia y retrocognición son los caminos para penetrar en otra mente humana, conocer las cosas ocultas y volver al pasado para rescatar los hechos ocurridos en el más estricto anonimato.

Así comenzaba el capítulo. Un joven estudiante de quince años llamado Paco fue el primero en ser hipnotizado. El psicólogo le durmió con una fotografía de los marqueses asesinados entre las manos.

—Quiero que toques esta foto, a ver si puedes ver de quién se trata. Estoy aquí, tranquilo, tranquilo. Paco, tócala, pasa tus dedos por las dos caras, ¿los puedes ver? [en este instante el chaval tira la foto y se convulsiona]. ¿Qué ha pasado, qué ha pasado? ¿Has visto algo? Cuéntamelo, Paco, cuéntamelo. ¿Qué has visto? ¡Cuéntamelo ya!
—¡Muerta!
—¿Muerta, Paco, estás seguro?
—¡Muerta!
—¿Una mujer?
—¡Mujer!, sí.
—¿Es joven o vieja?
—Vieja. Muerta.
—¿Ella solo?
—No, no.
—¿Hay muerto alguien más?
—¡Sí!
—¿Un hombre o mujer? ¿Joven o viejo?
—Hombre.
—Es tremendo, Paco, es tremendo, pero tranquilízate. Tú estás junto a ellos en persona pero no te pueden ver, tranquilo. Cuéntame más cosas. A ver, fíjate bien, ¿ella dónde está?
—En la cama.
—¿Cómo está vestida?
—Camisón.
—¿Camisón? Sí, claro, es de noche, está dormida.
—¡No, no! ¡Muerta, muerta!

Sonó un ruido en mi casa que me era poco familiar. Miré el reloj, eran las doce de la noche y me había olvidado hasta de cenar.

Tenía la ventana abierta y todo parecía tranquilo afuera. Volví a escuchar ruidos. Malditas sesiones de hipnosis.

Apagué las luces del salón y me encerré en la habitación. Aquella noche dormí con la luz encendida.

Capítulo 6
Macarena

Teresa se comunicaba con Cripto a través de una aplicación de mensajería instantánea de forma privada y segura, donde los mensajes estaban programados para su destrucción inmediata tras ser leídos. Una vez instalada, le envié mi primer mensaje con la inquietud de estar metiéndome en algo prohibido.

—Hola Cripto, soy Macarena. Te escribo desde aquí por sugerencia de Teresa. No te molesto. Un abrazo.

—¡Hola! Tú no molestas. Aún no tengo la info. ¿Qué te parece si cenamos un día de esta semana? Si puedes, te espero el jueves a las 21:00 en Martinete.

—Allí estaré.

—¡Guay! Un beso, guapa.

Martinete era un restaurante conocido con aire de bistró que estaba en una de las esquinas de la plaza del Marqués de Salamanca. Justo enfrente de la armería que mi padre había tenido a finales de los años setenta. La última vez que había estado allí fue con motivo de una de las escasas visitas que recibía de ultramar. Me puse triste al recordar ese último cóctel y algunas pinceladas difusas de lo que fue una conversación trivial. Tuve un arrebato de nostalgia por lo no compartido. Había dejado de importarme cómo irían las apuestas sobre mi matrimonio. Para mí los tiempos en los que nos creíamos invencibles habían llegado a su fin.

Pensé mientras me arreglaba que Cripto estaría abonado a la comodidad de la sudadera de algodón, el vaquero y la zapatilla deportiva. Me vestí lo más casual que pude para no desentonar: unas viejas All Star, un vaquero negro ceñido y una camiseta suelta de rayas. Faltaban diez minutos para las nueve. Entré y me acerqué hasta el atril de madera donde el que parecía ser el metre repasaba el listado de reservas mientras se ajustaba una pajarita escocesa. No sabía si el nombre de Cripto era un nombre comercial, un alias, incluso un acrónimo. ¿Cómo se llamaría en realidad? Se me ocurrió que podría ser Cristóbal, Críspulo, ¿tal vez Crispín? No, Crispín no.

—Buenas noches. He quedado para cenar con un amigo. No sé su apellido —dije.

—Sé quién es señorita. Ha llegado pronto. ¿Me acompaña, por favor?

Sorprendida por la habilidad del jefe de sala para no decir a nombre de quién estaba la reserva, lo seguí hasta la mesa ubicada en mitad del salón. Sobre la superficie, junto a unas flores naturales diminutas que me parecieron nomeolvides y una vela, descansaba un cartelito que el metre retiró con presteza. Eché un vistazo a mi alrededor. Nos habían ubicado en la mesa más llamativa de todas. Tenía forma de media luna y no cabía otra opción que sentarnos el uno al lado del otro. El metre me preguntó si quería que llevara mi abrigo al guardarropa. Mientras me ayudaba a quitármelo me giré hacia el ventanal y entonces le vi a lo lejos, en una esquina. Era Jimmy. Estaba sentado junto a dos señoras rubias y enjoyadas que parecían siamesas. Lucían un color de piel tan dorado que si no hubiera sido porque estábamos en invierno, habría pensado que venían directas de Ibiza. Como me pareció que él no me había visto, evité acercarme a saludarlo. Solo hacía un par de semanas que nos habíamos encontrado en su casa. Cuando llegué volvía de pasear a su perra cubierto con una bufanda escocesa y la nariz enrojecida. Hacía un frío de mil demonios y enseguida nos refugiamos en el portal. Hacía años nos había regalado un mastín y un san bernardo que estuvieron en la dehesa durante un tiempo. Me encantaban esos perros, pero no recuerdo qué pasó con ellos. Un vez en su casa, me dio a elegir entre un café con leche para entrar en calor o una cerveza. Acepté la cerveza y lo esperé sentada en el sofá de su salón. Tenía prendida la chimenea y unas velas que olían a magnolias. Al volver de la cocina, lo ayudé con la bandeja en la que traía dos copas heladas y un par de botellines.

Jimmy sabía que el motivo de nuestro encuentro era para hablar de su amigo Mauricio. Me contó un par de anécdotas de juventud que había compartido con mi padre. Se reía mientras hablaba de una bombona de butano que hicieron explosionar sobre una hoguera, para demostrar que el fuego de los pozos petrolíferos se extingue del mismo modo, al provocar una detonación. Me pareció un disparate, pero no me extrañó de mi padre. Me sonreí al pensar en Teresa, molesta con Jimmy por contar intimidades de su amigo en televisión. La segunda batallita tenía que ver con una novia que compartieron. Esa no tenía ninguna gracia. Él se dio cuenta. Parecía estar poniéndome a prueba, entretanto se recreaba con mi reacción al decirle que no necesitaba conocer los detalles.

Mientras apurábamos nuestras cervezas recordé que hacía más de veinte años que no había vuelto a hablar con él. A mi madre le extrañó que no le hubiera dado el pésame tras el fallecimiento de mi padre ni hubiera asistido a su funeral. El tiempo había pasado para ambos. Yo había ganado en madurez y seguridad en mí misma. Él en volumen corporal, sin perder una pizca de su atractivo, ni de agilidad mental. Su humor seguía siendo afilado como un escalpelo. Se expresaba con una mezcla de elegancia y descaro, de ironía mordaz y dialéctica provocadora. Si no fuera por la insistencia de Angie en que debíamos entrevistarlo, no creo que me hubiera puesto en contacto con él. Aunque Mauricio lo quería como a un hermano, a mí me parecía un tipo poco fiable. La última vez que había hablado con él había sido para exigirle que arreglara un tema económico que afectaba a mi padre. Debió de hacerlo y me olvidé del asunto. Recordaba haberlo visto en algún programa de televisión y de vez en cuando leía sus columnas de opinión en el diario *Marca*. No había nadie mejor que él para que me contara la génesis de *Las malas compañías* y la razón por la que el libro había sido secuestrado. Para mi sorpresa, Jimmy no quiso hablar de Mauricio aquella tarde. Nos despedimos tras un encuentro breve y le escribí al llegar a casa.

—*Esta tarde me has dicho que te costaba hablar de mi padre, pero quiero pedirte que hagamos un esfuerzo. Te llamaré para vernos la semana que viene —dije.*

—*Me parece bien, pero no quiero hablar de M.*

—*¿Por qué no? —pregunté.*

—*Porque me entristece. Para mí, M no ha muerto. Prefiero mirarte a los ojos y olvidarme de todo —respondió.*

—*Hagamos una cosa: si te sientes con ganas, llámame.*

—*Por supuesto que te llamaré. Incluso, escribiré para ti cuatrocientas palabras sobre M. A cambio de estar cien horas contigo, ¿estás de acuerdo?*

¿Olvidarse de todo haciendo qué? Este tío está como una cabra. Sus palabras me incomodaron. Permanecí muda unos instantes con la mirada fija en los puntos suspensivos que mostraba la pantalla, mientras él seguía escribiendo.

—Cien horas en silencio. Cuatro días por cuatrocientas palabras. ¿Es mucho pedir? Así empezaré: «Macarena, la hija de Mauricio, me dice que su padre ha muerto. Me da igual porque para mí siempre estará vivo. Jamás dejará de existir».

¿Cuántos días habían transcurrido desde aquel último mensaje que había dejado sin responder? No importaba el tiempo que hubiera pasado, ni la relación que tuvieron, las aventuras vividas o los pactos de juventud. En la naturaleza jerárquica de los lobos, el macho alfa, líder de una manada, respetará a su rival y a su descendencia. Jimmy se pasaba los códigos por el forro. Yo lo sabía. No me eran desconocidas sus mañas de depredador.

Estaba inmersa en mis pensamientos cuando Cripto llegó. Me levanté para saludarlo. Esa noche me di cuenta de lo ancha que tenía la espalda, casi no podía rodearlo con mis brazos. Nos fundimos en un abrazo, olía a limpio. Una camarera permanecía de pie mientras nos acomodábamos el uno al lado del otro. Me senté dándole la espalda al lado del salón donde estaba Jimmy e intenté olvidarme de su presencia y de la sensación de malestar que me provocaba recordar sus insinuaciones.

—¿Cómo sabía el metre quién era yo? —le pregunté.

—Le dije que había quedado con una amiga de piel pecosa que diría no saber cómo me apellido. ¿He acertado?

—Tampoco sé si tu nombre es Cripto.

—De momento, mejor así. Pero antes de nada dime qué te apetece beber. No te vas a creer de dónde vengo.

—Un *bloody mary*, por favor.

—¿Saben lo que van a cenar? —dijo la camarera mientras anotaba en su libreta.

—No tienes pinta de ser de esas que se alimentan de crudités —dijo.

—Conozco este sitio por su coctelería. Sugiere lo que te apetezca.

—Vas a flipar con la cocina —dijo mientras le guiñaba un ojo a la camarera—. Croquetas de jamón ibérico, pulpo a la parrilla y arroz salvaje con crujiente de pato, que es el mejor que he probado en mi vida. Aunque el pato para cenar, no sé yo.

—Compartimos lo que te apetezca —dije.

—¿Seguirán con agua? —preguntó la camarera.

—San Pellegrino, con hielo y limón para mí —dije.

—Lo mismo —dijo él.

Cripto acababa de llegar de una reunión a la que había asistido con chaleco antibalas. Decía haberlo dejado dentro del maletero de «el pollito». Deduje que sería un coche de color amarillo, pero no se lo pregunté.

—Si me notas un poco cansado, es porque lo estoy —dijo.

—Podríamos haber quedado cualquier otro día.

—Me apetecía verte.

—A mí también.

—Mi vida es así. Duermo una media de cuatro horas los días que tengo suerte. Cuando trabajas con socios israelíes, las semanas son de seis días laborables. Cultura judía, ya sabes: el viernes por la tarde, desaparecen. El sábado es sagrado. Su domingo es como un lunes. Así ando, como puta por rastrojo.

—No sabía que tuvieras socios ni que fueran judíos.

—Solo trabajo con gente de la que me pueda fiar. Cuanto menos sepas de mí, mejor.

Mientras mordisqueaba el apio de mi *bloody mary*, Cripto asintió a la vez que chequeaba su móvil. Esperé que volviera a prestarme atención. ¿Qué hacía yo cenando con un experto en tecnología al que acababa de conocer, en vez de estar con mis amigas en el teatro? Entretanto llegaron los platos que habíamos pedido. Él se movía en la mesa con soltura y repartía la comida con delicadeza. A cada bocado podía oír los sonidos de agrado que emitía con una naturalidad casi infantil.

—Tengo un conflicto de intereses con un cliente a quien no podemos ofrecerle nuestra tecnología. Israel no vende inteligencia a países árabes —dijo.

—¿Por eso vas con chaleco antibalas?

—Mis socios me obligan. Protocolo de seguridad.

—¿Pesa mucho?

—Eso es lo de menos. Alrededor de kilo y medio, pero va muy pegado al cuerpo y yo empiezo a sudar y no paro. Algunos pensarán que estoy cagado de miedo.

—¿Tienes familia? —pregunté.

—Tuve una familia prestada durante siete años.

—¿Qué pasó?

—Incompatibilidad de biorritmos. Ella a las nueve de la noche se quería morir y yo hasta las cuatro no me metía en la cama. Dos hijos y tres perros. Escasas coincidencias. ¿Y tú?

—Lo mío es una historia de amor a ocho mil quilómetros, rota por la distancia —dije.

—Esas historias pueden durar una eternidad.

—Es lo que dicen los que están hastiados de sus matrimonios. Te aseguro que no es fácil. Además, lo nuestro debe de ser ilegal porque no cumplimos un tiempo de convivencia mínimo.

—Amores de lejos son de pendejos —dijo.

Cripto me hizo reír. Puso su mano sobre la mía y sonrió con ternura mientras me ofrecía una porción de tarta de manzana caramelizada, cortesía de la casa.

—Tienes sentido del humor, tía —dijo.

—¿Y tú? ¿Sales con alguien?

—Lo mío son las amantes de madrugada. Ninguna se queda a desayunar. Además, todas las mujeres con las que me he topado son fetichistas.

—Pensaba que el fetichista eras tú.

—¿Lo dices por las esposas que tengo en el estudio?

Había algo en Cripto que me resultaba familiar. Teníamos complicidad. Era fácil hablar con él. Parecía carecer de prejuicios. Quizá fuera por su lado artístico que le confería un grado extra de sensibilidad.

Después de cenar se recostó a mi lado para mostrarme algunas fotos que colgaba en sus redes sociales. Me dijo que me había investigado y que era la tía menos activa que se había echado a la cara. Aun así me invitó a seguirlo para poder compartir curiosidades. Parecía un adolescente, riéndose de sus propias ocurrencias. Había estética y belleza en las fotos que compartía. Al margen de la inteligencia de la que Teresa alardeaba, Cripto tenía una sensibilidad extraordinaria. Me sorprendió ver una foto en la que besaba en el hocico a su reptiliana mascota, que se mostraba rígida, con las patas estiradas como si quisiera abrazarlo.

Después de recoger nuestros abrigos en el guardarropa, miré de reojo hacia la mesa donde estaba Jimmy. Allí seguía con sus amigas sin prestar atención a su alrededor. Al salir del restaurante nos fuimos hacia el *parking* donde ambos habíamos aparcado. Me mostró orgulloso su coche de líneas redondeadas, moderno y eléctrico que al final resultó ser blanco, no amarillo como pensaba.

—¿Te gusta el boxeo? La semana que viene un amigo mío disputa el campeonato de España de pesos pesados. Si no tienes un plan mejor, podríamos ir a verlo y después cenamos —dijo.

—Al boxeo no sé si me apunto. A la cena, si no se te hace muy tarde, sí.

—Ya me imaginaba que no te iba a molar ver a dos tipos partirse la jeta. Te daré un toque por si cambias de opinión.

—¿Has pensado en lo de mi padre?

—No me olvido, lo tengo en el coco. Ten paciencia, es un asunto complejo.

—Paciencia es algo que me sobra. Estoy entrenada.

—Me gusta verte. ¿Sabes? Me siento cómodo contigo. Bueno, me piro que tengo que currar.

Repetimos el abrazo de oso bajo las luces mortecinas del *parking*. Un beso de despedida y una caricia en la mejilla antes de darse la vuelta para verlo marchar hacia su coche con un gracioso movimiento oscilante que delataba su paso inestable. Era medianoche. Las calles estaban medio vacías. El camino a casa era largo, como el de Cripto, que conducía rumbo a un pueblo en un radio de distancia de cincuenta kilómetros, cuyo nombre tampoco sabía.

Capítulo 7
Angie

Aquel día había sido agotador. Madrugué para llegar pronto a la Audiencia Provincial de Madrid. Allí, a las diez de la mañana, declaraba Lucía Bosé. Las herederas de su tata Reme la habían llevado a juicio al afirmar que había vendido un Picasso que les pertenecía tras la muerte de su tía. Según Bosé, la Tata le regaló aquel dibujo porque no le gustaba y, en un momento de necesidad económica, la madre de Miguel Bosé lo vendió.

Las escalinatas de los juzgados eran interminables y a mí me parecieron maravillosas. Los acusados tenían que hacer el paseíllo y para los periodistas era muy fácil interceptarlos. Y así había pasado toda la mañana: primero esperé a Lucía Bosé, después tomé notas en la vista oral y, al terminar, corrí otra vez detrás de ella y de las herederas de la Tata.

A las seis de la tarde había terminado. Cogí un taxi y me pilló un atasco increíble en la M-30. Aquel día volví directamente a casa y escribí la crónica del juicio para enviarla al periódico. Casi no me dio tiempo a comer.

En cuanto terminé el artículo, devoré lo que tenía en la nevera y, antes de caer rendida en las profundidades de mi sofá, me senté en la mesa del salón y saqué el teléfono para buscar la entrevista de Campana López-Roberts, la hermana de Mauricio y tía de Macarena. Justo antes de darle al *play* para ponerme a teclear, Germán me escribió con la única intención de reírse de mí. Me había visto por la televisión haciendo alguna maniobra de contorsionismo entre varios compañeros para grabar una posible declaración de Lucía Bosé. Me pasó el número de su fisioterapeuta por si lo necesitaba.

«Vaya fuerza de voluntad tienes», me dijo cuando le comenté que me quedaba una noche muy larga por delante. Más que disciplina, siempre he achacado mi dinamismo por el crimen de los Urquijo a una intriga desmedida por el caso.

La entrevista a Campana la recordaba larga. Había durado cuatro horas y media, lo que suponían unas seis horas de teclear de forma literal. Envidio a quienes pueden hacer transcripciones selectivas. Yo soy de apuntarlo todo, incluso tengo la manía de señalar cuándo el entrevistado se ha reído, ha mirado hacia otro lado o ha hecho alguna mueca según la pregunta.

Recuerdo que el día que entrevistamos a Campana también me tocó madrugar. Me lie con los trenes de cercanías y me perdí. Tuve que llamar a Macarena para que viniera a rescatarme.

—Hola, querida. ¿Dónde andas? —preguntó con entusiasmo.

—Pues no lo sé. Creo que estoy cerca de San Sebastián de los Reyes.

—¡Ufff! ¡Estás lejísimos de mi casa!

—Ya, no me pidas más. Soy incapaz de ubicarme en el mapa.

—Vale, hagamos una cosa. Mándame localización y voy a por ti.

—Ya la tienes. Mientras tanto, voy a comprar algo para beber y un paquete de Fortuna blando para Campana.

—Genial. Voy a llamarla para decirle que nos retrasamos, aunque no estamos lejos de su casa.

Enseguida localicé un estanco. Era un local donde lo mismo te vendían tabaco que material escolar o artículos de higiene. Me entretuve ojeando las portadas de las revistas del corazón. Para ser miércoles no había ninguna noticia reseñable.

Recordé una portada de ¡Hola! que había visto recientemente, donde aparecía Myriam de la Sierra en la cama de un hospital, en julio de 1987, con su primer hijo en brazos, fruto de su matrimonio civil con Dick Rew en julio de 1986.

Divisé el Audi rojo de Macarena al salir del estanco. Tras un par de bromas sobre lo paleta que me vuelvo si me sacan de la M-30, atravesamos ciudades dormitorio de las afueras de Madrid.

Tenía mucho interés en que hablásemos con su tía Campana porque había estado muy unida a Mauricio. Los únicos datos que yo tenía sobre ella eran los que aparecían en Las malas compañías. Campana y Mauricio entablaron amistad con Myriam y Rafi cuando vendían jabones de uso industrial en Golden entre 1977 y principios de 1980. Unos años felices y prósperos donde se gestó, sin que nadie lo supiera, el drama que vivirían después.

Puse la dirección de Campana en Google Maps. Desde San Sebastián de los Reyes estábamos a dieciocho minutos en coche. Por el camino, y mientras indicaba a Macarena la ruta, me contó que su tía era una mujer con mucho carácter. Su padre, al que adoraba, había sido diplomático. Desde pequeña había vivido en varios países como Argentina, Chile y Ecuador. Los últimos años de colegio los había estudiado en Inglaterra. Hablaba varios idiomas y era una mujer muy culta. Desde joven optó por romper con su círculo social con la única intención de ser libre. Al divorciarse se dedicó a su hija, a trabajar y a moverse por el mundo cuando tuvo ocasión. Decía mucho de ella que se hubiera hecho budista.

Campana nos dio la bienvenida rodeada de varios gatos y un perro, que se acomodó a nuestros pies y no se separó de nosotras en toda la mañana. Era más menuda de lo que había imaginado. Lo que más me sorprendió fue que se parecía muchísimo a Mauricio. Entramos por el jardín de la casa, que a pesar del invierno, me pareció que estaba bien cuidado.

Nos acompañó hasta una estancia rectangular en la parte baja de la casa que estaba dividida en tres ambientes. Desde la cocina se veía la calle y al otro lado, separados por una mesa de cristal, había dos sofás orientados hacia un ventanal que daba a la parte trasera del jardín. En este lado, una estantería moderna con cientos de libros ocupaba unos cinco metros de pared y tenía un estilo que se entremezclaba con muebles isabelinos y una enorme bandera del Atlético de Madrid.

Los sofás de tres plazas formaban una ele. Cuando hago entrevistas donde hay más de una persona, procuro situarme a un lado para tener una visión más general de los entrevistados. Macarena y su tía se sentaron juntas y yo me acomodé en el que estaba situado frente al ventanal.

Campana empezó a hablar y entendí que tenía un mundo interior inmenso. Se mostró reflexiva y nostálgica al haber vivido en una época que, aunque según ella era mejor que la que vivía ahora, sintió que no era la suya. Los años le permitían rememorar el pasado sin rencor y con humor. Decía que ella pertenecía «*a la última generación de dinosaurios*», que le habría gustado «*haber nacido en la Edad Media, pero siendo hija de marqués*» y que a ella jamás se le habría ocurrido decir que era «*una señora*» porque no le cabía duda de que lo era.

Macarena le explicó que la intención de nuestra reunión no era otra que hablar sobre Mauricio y de la relación que ella mantuvo durante aquellos años en Golden con Myriam y Rafi.

—*Pues enchufa la grabadora y empecemos, bonita* —me dijo—. *Pero os adelanto que, aunque tengo mucha memoria, hay cosas que ya no sé si las escuché, las leí o me las contaron.*

—*¿Cómo era tu relación con Myriam y Rafi?*

—*De amistad. Ellos entraron en Golden a través de una prima mía, Pilar Muguiro, y allí les conocí. Eran los novios más enamorados que te puedas imaginar: deliciosos, jóvenes y con ganas de hacer muchísimas cosas juntos. Eran maravillosos. Él lo único que quería era hacerla feliz.*

—*¿Te comentaron que los marqueses no aceptaban su relación?*

—*En cuanto cogimos confianza me contaron que los padres de Myriam no querían que se casara con este señor. Ni siquiera que estuviera con él. Pero Myriam siempre ha tenido un arranque de rebeldía... cosa que Juan no. Era una chica con una personalidad muy fuerte, y siguió con Rafi y se casaron.*

—*¿Fuiste a la boda?*

—*Sí, y fue una de las bodas más tensas que recuerdo. Los padres estaban absolutamente en contra. El marqués tenía una cara de funeral aquel día... Estaba muy disgustado. Recuerdo que Myriam me dijo: «Hoy me he casado, pero también me han desheredado».*

La boda tuvo lugar el 21 de julio de 1978. La ceremonia fue en la iglesia de Húmera, muy cerca de la casa de Somosaguas, donde después se celebró el convite. Siendo Myriam la hija de los marqueses de Urquijo, Campana recordó que en el banquete había mucha gente, y *«mucho canapé escaso en variedad»*. Los trabajadores de Golden estaban todos en un rincón *«por aquello de que no hubiera mezclas entre clases sociales»*. Los compañeros de Campana miraban a lo lejos con cierta fascinación a Cayetana de Alba, que ese día *«iba muy discreta para lo que era ella»*. A Campana no le asombraba, estaba acostumbrada a verla en la playa de San Sebastián.

El cuchicheo general de los invitados a la boda fue que a Myriam la habían excluido del testamento esa misma mañana. Pese a ello, cuando los marqueses murieron, todo estaba perfecto en los documentos.

—*Ella heredó exactamente igual que Juan. Con la diferencia de que su hermano eligió lo que quiso y ella aceptó lo que le dieron. Pero no es lo mismo aceptar lo que te dan que quedarte solo con la legítima* —explicó Campana.

Lo que más le impactó de aquel reparto fue que Myriam se quedara con el cabecero barroco de la cama donde murió el marqués, ese de madera oscura que salió en todos los medios de comunicación en agosto de 1980, cuando se publicaron las fotos de los marqueses asesinados mientras dormían.

—*Después de la boda, ¿cómo fueron las cosas entre Myriam y Rafi?* —le preguntó Macarena.

—*De mal en peor. Ese matrimonio duró poco más de un año. Antes de que Rafi y Myriam se separasen, yo viajaba con ella y con Dick a los centros de Golden que había por España. Todo comenzó a desmoronarse cuando Myriam y Dick se liaron, y yo iba de cesta, de carabina y tapando. Hasta que me di cuenta, me cabreé y dije que no volvía a viajar con ellos.*

—*Dick también estaba casado, ¿no?* —continué.

—*Sí, pero se cruzaron en lo profesional y se enamoraron. Dick llegó a Golden y se encontró con una mujer con mucha clase que le hablaba de un mundo (el de la aristocracia y el poder) que él desconocía, pero que desgraciadamente atraía mucho a la gente, y se colgó de ella como un loco. Y Myriam, que estaba casada con un mindundi, se enamoró de un tiarrón que no cabía por la puerta y que la iba a proteger como no lo había hecho nadie. Porque Rafael Escobedo no era un asesino en potencia, pero sí un don nadie.*

En *Las malas compañías*, Mauricio y Jimmy Giménez-Arnau relataron cómo fueron aquellos meses desde que Myriam de la Sierra comenzó su romance con Dick Rew y hasta que decidió separarse de Rafi. Ese amor que destilaban al principio por las oficinas de Golden se había evaporado y Myriam ya no soportaba a Rafi. Tuvieron varios encontronazos de los que Campana fue testigo de forma indirecta.

—*Un día me llamó Myriam llorando pidiéndome que fuera a buscarla. La recogí en coche y me la llevé a casa. Me contó que Rafi le había pegado y que no se atrevía a volver.*

—*¿Pero era Rafi Escobedo una persona violenta?* —le pregunté.

—*Para nada, pero eso fue lo que dijo ella y no me contó las razones de la discusión. Ella llevaba varios días sin dormir, la metí en la cama, le di una taza de manzanilla y le dije que podía quedarse el tiempo que quisiera. A los dos días se volvió a su casa y yo no pedí explicaciones, pero luego vino Rafi llorando. Me contó que la paliza había sido porque una de las cosas que él decía que ella le hacía era ponerle la alarma del despertador cuando mantenían relaciones íntimas y decirle: «Tienes veinte minutos».*

Campana dejó Golden a principios de 1980 y perdió el contacto con Rafi y Myriam, quienes se separaron también a principios de ese año, aunque la relación entre Myriam y Dick empezó en abril de

1979. Al enterarse Campana de que habían asesinado a los marqueses, llamó por teléfono a Myriam.

—*Le dije que lo sentía muchísimo y que qué espanto, y que si necesitaba cualquier cosa ya sabía dónde estaba* —dijo Campana.

A raíz de esa conversación, hablaron periódicamente durante el mes de agosto, y después del verano Myriam le propuso a Campana que trabajara con ella y con Dick en Shock, la empresa de venta directa de bisutería que habían fundado un año antes.

—*Entré en Shock porque yo soy capaz de vender hielo en Laponia. Un día Myriam me dijo que estaba preocupada porque la Policía iba a acabar diciendo que había sido Rafi quien había matado a sus padres. Yo le dije que eso era imposible. Hablando sobre quién podía haber sido, le comenté que menos mal que mi hermano esa noche había estado con los primos Melgar y que, mientras no se demostrase lo contrario, Mauricio podía ser listo pero el don de la bilocación no lo tenía.*

»*Al día siguiente, Myriam se fue con Dick de viaje y a mí me llamó la Policía porque querían hablar conmigo. Les dije que hablaba con ellos sin problema, pero que como la canción de Cecilia: «No sé nada y además tampoco quiero saberlo». Al colgar, me llamó Myriam para preguntarme si me había llamado Tamaral. En ese momento no me cuadraba nada y no sabía lo que Myriam estaba buscando. Aunque ya habían detenido a Rafa, en la Policía estaban presionados para dar con los culpables y nadie sabía nada. Habían pasado dos inspectores por el caso y todo seguía sin resolverse.*

Campana acudió a plaza de Castilla al día siguiente acompañada por su marido. Allí le esperaba José Romero Tamaral «*entretenido en colocar unas revistas*». Les contó anécdotas de cuando acusaron a Rafi, que le habían metido en una celda «*y que era mentira que le hubieran desnudado frente a su padre, que también estaba detenido*». Hablaron de unas cosas y de otras y, cuando Campana estaba más relajada, pensando que mantenía una conversación con él más que un interrogatorio, Romero le preguntó por la implicación de Mauricio en el caso, recordándole a Campana una frase que ella le había dicho a Myriam.

—*Usted ha comentado que, si a su hermano le meten en la cárcel, a su madre tendrían que llevarla al cementerio de San Isidro* —le dijo el inspector a Campana.

—*Es que, como usted comprenderá, que encarcelen a un hijo no es agradable para nadie. Y menos por semejante barbaridad. También le digo que no he hablado con mi hermano sobre este tema ni lo voy*

a hacer. Así, si ustedes me vuelven a llamar, les contestaré lo mismo
—respondió ella.

Campana prestó declaración durante una hora y media. Salió de comisaría *«cabreada como una mona»* porque sentía que Myriam le había hecho una encerrona diciéndole a Romero que hablase con ella por si Mauricio se había inventado su coartada. Era cierto que Campana no habló con su hermano sobre el crimen, pero jamás dudó de la inocencia de Mauricio y prefirió ocultarle su encuentro con Romero. Entendió que la única forma que tenía para estar a salvo era seguir sin saber nada sobre el crimen.

—*¿Y Myriam qué te dijo?* —pregunté.

—*Al volver de viaje le dije que me diera mi finiquito porque no estaba dispuesta a echarle la culpa a mi hermano y que mirase en su casa primero y después en la mía.*

Cuando Mauricio entró en prisión a primera hora de la tarde del 27 de febrero de 1990, Campana, que no solía quedarse a ver el último telediario del día, se enteró de la noticia por la televisión.

—*Nadie de mi familia me lo contó* —afirmó Campana mientras le daba una calada a su cigarrillo. Y matizó—: *Es que somos muy raritos, ya te lo digo yo.*

En ese momento, Macarena se levantó para coger un vaso de agua y se rio.

—*Tú que conocías a papá, ¿qué crees que le llevó a meterse en ese berenjenal?* —le preguntó Macarena desde la cocina.

—*Creo que hubo un momento en que su conciencia no le dejaba no decir lo que sabía, lo que le habían contado. Hasta que un día se agarró una cogorza y escribió una declaración de nueve folios que le entregó a Cayetano Cordero, el inspector que estaba cuando Romero Tamaral empezó a investigar. A Cordero le pareció absurda y la rompió.*

—*Cuando mamá se enteró de esa declaración le preguntó a papá por qué lo había hecho. Le dijo que él no era un chivato* —dijo Macarena, sentada de nuevo junto a su tía.

—*Mauricio tenía una naturaleza madrastra: solía ir contra sí mismo. Se creía don Quijote de la Mancha, pero sin mancha y sin quijote. Aquello fue una estupidez. El único pecado que cometió tu padre fue meterse donde no le llamaban y no saber salir de ello.*

Escuchándolas hablar, yo opinaba como ellas. Me preguntaba cómo Mauricio, siendo padre de familia, no acudió desde el principio a la Policía para contar lo que sabía. Si lo hubiera hecho en el momento adecuado, no le habrían condenado por encubridor. Es de sentido común y, además, lo hemos visto en muchísimas películas. Por la confianza que ya tenía con Macarena, había perdido un poco el pudor a la hora de preguntarle según qué cosas sobre su padre, pero no sabía cómo reaccionaría Campana a mi siguiente pregunta.

—¿*Tenía Mauricio afán de protagonismo?* —le pregunté a Campana, que ni se inmutó al escucharme.

—*A mí me lo parecía. Lo de su paseo por los platós fue grotesco, pero él era el quinto marqués de la Torrehermosa y pensó que alguien le iba a agradecer lo que había hecho. Si a mí me hubiera preguntado Romero Tamaral si le di dinero a Javier Anastasio, le habría dicho: «Claro. Javier es amigo mío y yo a mis amigos les doy dinero cuando me lo piden y no pregunto para qué lo quieren». Así Mauricio se habría librado. Pero no, en lugar de hacer eso, mi hermano jugó a ser Superman, Roberto Alcázar y Pedrín.*

—¿*Crees que Javier Anastasio estuvo más implicado de lo que se ha podido demostrar?* —preguntó Macarena.

—*Él sabía y sabe lo que pasó. De lo que ya no estoy segura es de si era consciente de hasta qué punto le estaban comprometiendo. Javier llegó a Somosaguas y le dijeron que se esperase. Cuando ya estaba todo hecho, le dieron la pistola para que se deshiciera de ella.*

—*Él mantiene que llevó a Rafi y se fue. Y que al día siguiente quedaron y le dio la bolsa con todo* —dije.

—*No. Javier llevó a Rafi y le esperó. Luego Rafi salió, le dio la bolsa y le dijo: «Hemos matado a mis suegros». No recuerdo si lo dijo en plural o en singular. En ese momento, Javier estaba más pringado que Carracuca. ¿Cómo podía demostrar él que no entró en la casa? Eso le convirtió en cómplice de un doble asesinato, aunque no supiera nada del tema.*

—¿*Cuál crees que fue el móvil del crimen?* —preguntó Macarena.

—*Rafi nunca aceptó que Myriam no le quisiera. Tampoco habría pensado jamás que él lo hubiera hecho, pero yo creo que fue algo pasional por parte de Rafi y que había una motivación económica por parte de los hijos para heredar. No sé quién orquestó todo, pero sí que hubo una persona que le vendió una historia a alguien para que participara, cargara con el muerto y se implicara para sentirse parte de algo. ¿Y que fue solo o en compañía de otros? Por supuesto. Mira, una de las víctimas de este asesinato fue el perro, Boly, que era un caniche. Cuando estábamos en Shock, Myriam empezó a decir que estaba muy viejo y cosas así. Trajeron al perro a la oficina porque lo iban a sacrificar. Decían que estaba sufriendo mucho, yo lo miraba y ese* perro estaba perfecto. *Ese día entró en mi despacho dos veces Diego Martínez Herrera y el perro se levantó, miró al administrador y le gruñó. Se le tiraba a morder. Esa fue la razón por la que se sacrificó al perro.*

Se especuló con la implicación del administrador del marqués en los crímenes. Campana también lo pensaba. Por eso actuaba así el caniche. Tampoco le cuadraba que el día que mataron a los marqueses Dick se fuera de viaje, dejando a Myriam en Madrid porque estaba indispuesta.

—*Fue una enfermedad extraña porque a la hora de comer estaba en casa de sus padres. Ese día se dijo en la comida delante de Myriam y de Diego que la criada no iba a estar esa noche. Cuando trabajas en una casa desde hace tiempo y sales un momento, coges la puerta y te vas, nadie sale a despedirte, ¿verdad? Eso fue lo que hizo el administrador, salir a despedir a la chica. Los restos de cristales de la piscina, por donde se supone que entraron, estaban fuera, en el jardín, no en el interior. Si tú estás fuera y rompes un cristal, lo lógico es que los trozos de cristal que se caen, caigan hacia adentro. ¿Por qué estaban afuera?*

—*¿Cómo sabes eso, Campa?* —preguntó Macarena.

—*Porque lo contaron y a mí ese dato no me encajaba.*

Macarena y yo nos miramos sorprendidas. Teníamos que revisar bien el sumario por si decía algo de eso y acordarnos de preguntárselo a Romero Tamaral.

La conversación se estaba desviando. Mi intención con esta entrevista era conocer en profundidad a Mauricio y Campana nos estaba ofreciendo un testimonio bien argumentado y reflexionado.

—*Cuando conocisteis la sentencia, tengo entendido por Macarena que barajasteis la idea de que Mauricio se marchase, como hizo Javier Anastasio* —dije.

—*Lo dijo mi madre. No había dinero para mantenerlo fuera, pero lo hubiéramos sacado de debajo de las piedras* —contestó Campana.

—*Él respondió que no se lo deseaba a su familia. No habríamos podido comunicarnos con él con la Policía vigilándonos.*

—*¿Queríais vosotros otra cosa?* —preguntó Macarena.

—*Es que daba igual lo que nosotros quisiéramos. Había que hacer lo que Mauricio dijera. Él quería entregarse. Respetamos su decisión.*

—*En el caso de la familia Anastasio, no lo dudaron* —dijo Macarena.

—*Porque quizá Javier decidió que se iba. Tu padre quiso asumir lo que había hecho. Se dio cuenta de que había metido la pata hasta el* corvejón y que estaba en un enredo absurdo por no contar lo que sabía en su momento y por prestarle dinero a Javier. Mauricio no fue un chivato, y esa fue una de las pocas veces que asumió un error.

El 26 de febrero de 1990 Macarena escuchó la sentencia de su padre por la radio. Terminó el último anuncio por palabras que le quedaba por redactar en *El Mundo* y se fue a casa de su tía Isabel, donde estaba su padre. El juez Félix Alfonso Guevara, quien en ese momento era el presidente de la Sección Tercera de la Sala de lo Penal de la Audiencia Provincial de Madrid, contó a *ABC* el 27 de febrero que, el viernes anterior (el día 23) había ordenado la busca y captura de Mauricio. Horas después, los agentes le comunicaron que Mauricio no estaba en su domicilio.

Marcial Fernández Montes, su abogado, señaló que tanto él como su cliente se habían enterado de la sentencia por los medios de comunicación. A las 16:00, Mauricio se entregó.

—*¿Visitabas con frecuencia a papá en la cárcel?*

—*Cuando entró en prisión todos recibimos la misma consigna: había que ir a verle todas las semanas. Estuvimos todos unidos y cerramos filas. Nadie se preguntó si era culpable o no.*

—*¿Cómo fue su primer permiso?*

—*La primera vez que salió fui yo a recogerle. Recuerdo que lo único que hacía era sacar la cabeza por la ventana.*

Días después del ingreso de Mauricio en prisión, la revista *Época* publicó unas imágenes en portada donde se le podía ver esposado en el portal de casa de su tía Isabel. En otra fotografía aparecía Macarena abrazando a su padre. Quien vendió esos negativos fue una periodista amiga de Mauricio que colaboraba con el semanario. «Jamás se lo perdonaré», dijo Macarena con la mirada fija en algún punto, como si en su mente se estuviera reviviendo ese abrazo de despedida. Después de unos segundos, se recompuso, miró a Campana, le sonrió y cruzamos nuestras miradas.

***

Eran las cuatro y media de la madrugada. Me dolía la espalda y me escocían los ojos. Me faltaban quince minutos de grabación por escuchar. Sucumbí entonces a la transcripción selectiva que tanto odiaba.

Macarena.— Es la primera vez que Campana y yo hablamos sobre mi padre y el caso Urquijo.

Angie.— ¿Y eso por qué?

Campana.— Porque nos educaron de tal forma que no podíamos expresar nuestros sentimientos. Yo en mi vida habré llorado un total de ocho veces, incluso podría enumerártelas.

M.— Y a mí me lo transmitieron así. En casa nos enseñaron que debíamos contener nuestros sentimientos. Hemos sido de tapar y de decir que todo está bien para que nadie se dé cuenta de que sufrimos.

C.— Es que ya te digo yo que en mi familia somos muy especialitos.

A.— Yo creo que eso es algo propio de vuestra generación.

C.— Sí. Nos educaron para que pareciera que teníamos plumas, pero en realidad pasábamos muchísimo frío.

M.— Esta es la gran carga de vuestra época. No podíais sentir ni en público ni en privado.

C.— Fíjate si era así que no recuerdo haberle preguntado a tu padre cómo llevó sus cinco años en la cárcel.

A.— Qué fuerte eso, Campana.

C.— Él nunca habló de cómo estaba y yo jamás le pregunté.

M.— Espero que mis hijos hayan tenido un aprendizaje distinto. Ojalá se sientan libres para expresar todo lo que sientan.

Apagué la grabadora, levanté la cabeza y me quedé mirando varias fotografías que hay en mi nevera junto a las indicaciones sobre cómo reciclar. Entonces recordé un papel que hay en el frigorífico de casa de mis padres con distintas definiciones del verbo «callar». Desde que aprendí a leer, las repetía por inercia todas las mañanas en silencio mientras desayunaba antes de ir al colegio.

Eran demasiado trascendentales como para que una cría de seis años las entendiera. Las leía más por reafirmarme en el hecho de que sabía leer que por su significado.

> Callar sobre uno mismo es humildad. Callar sobre los defectos de los otros es caridad. Callar cuando se está sufriendo es heroísmo. Callar cuando otro habla es delicadeza. Callar cuando hay necesidad de hablar es prudencia. Callar cuando Dios nos habla al corazón es silencio. Callar ante el sufrimiento ajeno es cobardía. Callar ante la injusticia es flaqueza.

Mauricio tardó tres años en romper su silencio. Con la sentencia de Rafi decidió hablar. Hasta entonces fue prudente. Pensó que no iría a la cárcel si no había pruebas contra él; por eso, cuando supo lo injusta que era su condena, habló.

¿Fue Mauricio un héroe? Según Campana, quiso serlo. Yo prefiero pensar que se armó de valor para no incurrir en un acto de cobardía y así ayudar a su amigo. Lo hizo por Rafi, pero también por él: para que el silencio que se impuso en un principio no le persiguiera de por vida por no haber contado la verdad.

Capítulo 8
Macarena

Estaba preparándome para asistir a una reunión por Skype con un cliente portugués. A través de las ventanas del despacho veía las ramas de los árboles peladas por el invierno. Mientras tomaba una segunda taza de té recibí una llamada que me descolocó. Se presentó como la ayudante de producción del equipo de Melchor Miralles. Llamaba de su parte. Había coincidido con él a principios de agosto en una taquería pegada al Ritz. Era el día idóneo para evocar a Juan Rulfo: «Hace tanto calor en Comala, que muchos al llegar al infierno, regresan por su cobija». Así se llamaba el lugar. Nos saludamos y quedamos en vernos pronto. Como suele ocurrir, el encuentro no había tenido lugar. Ella me hizo recordar.

—Estamos preparando una serie documental sobre la vida de Javier Anastasio y su relación con el caso Urquijo. Una historia contada desde la perspectiva que dan los años. Hemos contactado con varias personas que estuvieron relacionadas, expertos jurídicos y policiales, con la intención de recrear aquella época. Nos gustaría contar con el testimonio de tu madre para dar voz a la figura de Mauricio. ¿Qué te parece? —dijo.

—¿Cómo se titula el documental?

—Igual que el libro: *El hombre que no fui.*

Una broma de mal gusto, es lo que me pareció. Melchor me enviaba como avanzadilla a una de sus ayudantes. Habría preferido que me llamara él. La chica, educada y profesional, había introducido con soltura el tema, pero había pinchado en hueso. La última vez que Javier había concedido una entrevista a un medio de comunicación, habló de Mauricio con desdén. Me tocaba las narices su documental, la historia de Javier en el exilio y el título de la serie. También yo deseé que mi padre no fuera a la cárcel la tarde en la que se entregó a la Policía. ¿Qué tipo de hombre fue Javier al huir? ¿Qué tipo de hombre fue mi padre al quedarse? Las dos caras de una misma moneda. Dos caras perdedoras.

—No creo que mi madre acceda. Prefiere mantenerse al margen. Nosotros queremos olvidarnos del caso. Mi padre ya cumplió con la justicia. Me parece que poco podemos aportaros.

—¿Y a ti, no te gustaría hablar de tu padre? Por favor, piénsatelo. Le diré a Melchor que hemos charlado del tema. Te llamará.

«Piénsatelo». ¿Qué había que pensar? El tono dulce de la ayudante me hizo acordarme de Angie. Tendrían una edad similar. Ella habría visto una oportunidad de oro en la propuesta. Yo solo veía complicaciones. Atrás quedaron los tiempos en los que mi padre desfilaba por los platós de televisión hablando de lo que le contaron. Su participación en *La máquina de la verdad* fue una de las más celebradas. No por mi familia y mucho menos por mí. La emisión del programa de Julián Lago coincidió con mi noche de bodas. Salió airoso con su testimonio veraz y un jugoso cheque en el bolsillo que compartió con generosidad entre los suyos. Dinero fácil que gastaba con rapidez. Mi recién estrenado marido y yo lo vimos sentados en el sofá de la *suite* del hotel. Durante el bloque de anuncios previo, abrimos una botella de champán cortesía del director. Lo esperado habría sido brindar por nuestra felicidad, pero no lo hicimos. Bebimos una primera copa casi sin respirar y una segunda mientras esperábamos que empezara el programa. Cuando enfocaron un primer plano de mi padre sentado en la silla frente al polígrafo, se me encogió el corazón. No soportaba verlo como un títere. Se había dejado el pelo largo y lo llevaba húmedo y recogido en una pequeña coleta. Me pareció que tenía aspecto de señorito andaluz. No recuerdo las preguntas que le hicieron, pero sí que se comunicaba con el experto en inglés y en buena sintonía. Apuré la segunda copa y una tercera, hasta que no quedó una gota en la botella. Pedimos otra al servicio de habitaciones y algo de comer. El programa terminó y yo acabé en el cuarto de baño llorando en silencio, enjugándome las lágrimas en el camisón de seda que no pude estrenar. Al día siguiente tenía cierre de fin de semana en el periódico. Había pactado con mi jefe que pospondría una semana mi viaje de novios a Londres, a cambio de un par de días libres. Al entrar por la puerta del Departamento de Publicidad, mis compañeros me felicitaron y no hubo ningún comentario en mi presencia sobre el programa. Agradecí la discreción y me tragué la rabia y la pena.

La llamada de Melchor no se hizo esperar. Retomamos el tema un par de días después. Comentó que había conseguido los testimonios de algunas personas en relación con el caso. Muchos habían fallecido. Le dije lo mismo que a su ayudante de producción.

—Es una pena que no quieras participar.

—No nos aporta nada, Melchor. A nosotros nos mueve lo contrario, formar parte del olvido. Es inevitable estar en boca de todos cada vez que se publica un nuevo libro, el enésimo artículo o los refritos por el aniversario en los que queda suspendida en el aire la misma pregunta sin respuesta: ¿han sido juzgados todos los implicados? No ha habido aún nadie capaz de arrojar luz sobre este asunto. Ya se ocupó la justicia de dejarlo herméticamente cerrado hace más de treinta años. ¿Qué aporta el testimonio de Javier? ¿Qué aportaría el mío? Simples conjeturas y teorías indemostrables —dije.

—Nosotros vamos a agitar el avispero con una novela trepidante y esclarecedora.

Evité decirle que la había leído y que me había acordado de toda su familia y de la de Javier.

—Una mentira mil veces repetida acaba convirtiéndose en una verdad. Javier sabe lo que pasó y no lo va a contar. O quizá no pueda hacerlo —dijo.

—¿Crees que Javier querría entrevistarse conmigo? A solas, quiero decir. En un encuentro privado.

—Se lo puedo preguntar.

—Me gustaría hablar con él. Algo informal y distendido —dije.

—La semana que viene rodamos en Argentina. Te diré algo a la vuelta.

—¿Puedo pedirte otra cosa? Me gustaría leer el sumario.

—Ármate de valor porque es una auténtica pesadilla meterle mano a semejante tocho.

Soy un ser humano contradictorio. Tenía que llamar a Angie para contarle que había rechazado participar en un documental sobre el caso. Yo seguía fiel a mí misma. Aunque nos habíamos comprometido en escribir un libro en honor a mi padre, la idea de olvidar me parecía la más acertada de las decisiones y no quería desviarme de mi objetivo. Me sorprendí a mí misma pidiéndole a Melchor encontrarme con Javier. Había llegado el momento de aprovechar la oportunidad y conseguir citarlo. Imaginaba la cara de Angie al recibir el mensaje de texto que le acababa de enviar. Entusiasmada ante la posibilidad de vernos sentados uno frente a otro.

¿Qué recordaba de aquel hombre alto, flaco y desgarbado? Apenas formaba parte de mi recuerdo. De Rafi me acordaba con nitidez a pesar del tiempo transcurrido. Una noche mis padres trajeron una pequeña cabra a casa. La habían bautizado con el nombre de Escobedone. Me hizo gracia. La cabra durmió conmigo en mi cama. A la mañana siguiente fuimos a llevársela a la finca de Cuenca donde pensaba retirarse una temporada. Justo en el lugar donde lo detuvieron. En casa entraban y salían animales de todo tipo y con bastante frecuencia. Era algo normal. En una ocasión trajo un cría de zorro malherida que cuidé en Madrid como si fuera un perro. Y, en otra, un polluelo de cernícalo al que había que alimentar, o un par de hurones para cazar conejos, que por supuesto estaba prohibido tenerlos para tal fin. Comían higaditos de pollo y olían fatal. Con todo, eran muy divertidos. Mi padre me enseñó cómo darles de beber en la palma de la mano mi propia saliva. Aquellos momentos se grabaron en mi mente infantil para toda la vida.

Rafi bebía Coca Cola y fumaba sin parar. Jugaba con mi madre al *backgammon* y horneaba bizcochos de plátano mientras nos daban de cenar. Me llamaba «tesoro», arrastrando mucho la ese. Por aquella época solíamos pasar los fines de semana en la dehesa de Ávila. Rafi vino en una ocasión. Como no había sitio para que se quedara a dormir, mi padre instaló una tienda de campaña en el jardín. Por la mañana, paseaba descalzo por la hierba vestido con un batín de seda de rayas, mientras mi abuela lo miraba sorprendida desde la escalera de piedra, sin decir una palabra.

Yo quería a Rafi. No sé cuánto tiempo formó parte de mi familia. Quizá fueran tres o cuatro años. Después de su detención no volvimos a verlo. Mis padres procuraban no hablar de él ni del caso delante de los niños. El hermano mayor de mi madre empezó a venir a casa con mucha más frecuencia de lo habitual. Ejercía de padre con ella. A mí no me gustaba verlo con tanta asiduidad y me daba cuenta de la tensión que provocaban en mi madre sus visitas. Me molestaba tener que atenderlo y lo sentía como un intruso. Procuraba disimular para que nadie se diera cuenta de mi desagrado. En casa las cosas no marchaban bien. El caso Urquijo terminó de rematar una relación que ya estaba herida de muerte. Los silencios y las miradas se cruzaban cuando les sorprendía en alguna conversación de las que no debía presenciar. Vivía en una inquietud permanente. Cuando por fin mis padres se separaron, pude descansar. Mi padre se fue a vivir una temporada a casa de unos primos en la Sierra de Alcaraz y estuvimos meses sin verlo. Después volvió a casa de mi abuela para retomar una vida que no le dio tregua durante diez años. Separado de su familia, imputado en una causa penal, sin posibilidades de trabajar, a la espera de un juicio que acabó condenándolo por pasarse de listo o por pecar de tonto. Estuvo tan cuestionado por su propia familia que incluso algunos pensaron que podría haber tenido algo que ver en los crímenes.

Un día mi madre me preguntó si quería escribirle una carta a Rafi para animarlo en la cárcel. No lo dudé. Le envié dos cartas y una fotografía que no sé en manos de quién acabaron. Entonces no fui consciente del disgusto que se había llevado mi padre. Lo consideró una deslealtad. Pero ¿acaso él no lo defendió e hizo todo lo posible para ayudarlo aun perjudicándonos a todos? «Con la familia, con razón o sin ella», solía decirme. Yo me sentía insegura porque no entendía nada.

—Cuéntamelo todo. Estoy nerviosísima. ¿Por qué has dicho que no? —preguntó Angie.

—No es el momento.

—¿Para qué?

—Cuando hayamos escrito el libro aprovecharemos todas las oportunidades de publicitarlo. Aunque te confieso que a veces pienso si la historia de Mauricio López-Roberts interesará a alguien. Javier ha escrito en sus memorias que Mauricio actuó contra él por celos. ¿Crees que me van a dejar rebatirlo? No, querida. Además, si participo ahora en el proyecto de otro, sin saber qué más mentiras van a contar, me arriesgo a que se me quede cara de imbécil. Y no me gusta que me tomen por tonta. Estoy cansada de tragar.

—Visto así.

—Mi madre daría lustre a ese reportaje. Lo mismo que si Myriam o Juan de la Sierra accedieran a participar. Ninguna de las dos cosas van a ocurrir.

—¿Entonces? ¿A qué ha venido lo de entrevistar a Javier?

—Pensé que te gustaría. Acuérdate de que yo hago todo esto para poder olvidar —dije.

—Ya, pero no va a ser tan fácil.

Dudé si compartir con mi madre la conversación con Melchor. Ya sabía su respuesta. El caso Urquijo era como esas películas de terror en blanco y negro protagonizadas por Boris Karloff, oscuras y siniestras. En los años ochenta, Maritha había conseguido no exponerse, mantener a sus hijos fuera del alcance de las zarpas de los periodistas. Muchos revolotearon a su alrededor. Ella se mantuvo firme a pesar de necesitar el dinero que le ofrecieron unos y otros. Algunos de los que se decían amigos demostraron no serlo e intentaron sacar tajada, pero ella no claudicó. Trabajaba como profesora en el estudio de danza Carmen Senra en la calle Apolonio Morales, donde mi hermana y yo íbamos a clase de *ballet*. Hubo un tiempo en el que Maritha intentaba pasar desapercibida en su Citroën dos caballos Charleston. Cubría su pelo rubio con un pañuelo y se ajustaba una gafas de sol de pasta que le tapaban media cara. Daba sus clases y volvía para comer con nosotros. En una ocasión, un periodista la pilló desprevenida. Le dijo que no se movería de la puerta del estudio hasta que le concediera una entrevista. Ella le respondió: «Estoy separada. Soy madre de tres hijos y tengo que sacarlos adelante. Si sigues acosándome, puedo perder mi trabajo». No volvió a verlo.

—Mami, ¿qué tal?

—Bien, muñeca, ¿y tú?

—¿Te acuerdas de Melchor?

—¿El periodista de *El Mundo*? Sí, claro.

—Ya no trabaja en el periódico, tiene una productora de televisión.

—¿Cómo le va?

—Me ha llamado para invitarte a participar en un documental inspirado en una novela que ha escrito junto con otro colega periodista sobre la vida de Javier Anastasio. Le he dicho que no creía que quisieras participar.

—¿Ha vuelto Javier a España?

—Eso me han dicho. Su causa ha prescrito.

—Escriba lo que escriba Melchor, si es un tío listo, se habrá dado cuenta de que Javier no le habrá contado lo que esperaba. Su implicación es mucho mayor de lo que ha admitido. Eso lo sabe hasta el lucero del alba.

—¿Sigues pensando que Rafi era inocente?

—De asesinar a sus suegros, desde luego que sí.

Mis padres solían volar halcones en el campo. Un día Rafi quiso acompañarlos para ver cómo lo hacían. El ave cazó una paloma al vuelo. Si hubiera sido un conejo o una perdiz, la habrían cocinado, pero la paloma, si no es torcaz o un pichón, no es para todos los paladares. Una vez con el halcón en su puño, mi padre lo distrajo con un trozo de carne para que soltara la pieza que tenía entre sus garras. Mientras tanto, tiró con fuerza de una de las alas para sacarle el corazón y ofrecérselo como premio. Lo que el cetrero llama el bocado de cortesía. Rafi se descompuso al ver el corazón aún palpitante, ensangrentado.

Para mi madre la inocencia de Rafi estaba fuera de dudas. No daba el perfil de asesino a sangre fría, por mucho que otros pensaran lo contrario. Ella lo conocía bien. Pese a ello, ¿quién no sería capaz de matar en una situación extrema? Reconozco que yo sería capaz de matar si alguien hiciera daño a alguno de mis hijos. ¿Se drogó Rafi aquella noche para armarse de valor? ¿Pudo más el odio a su suegro que su clarividencia? ¿A quién beneficiaban esas muertes? ¿Ayudó tal vez a que otro lo hiciera? Y si así fue, flaco favor le hizo Rafi a mi padre al compartir una información que no necesitaba tener: «*Cuando matamos a mis suegros, a la marquesa le salía un chorrito de sangre del cuello como una fuentecita*». La misma persona que se descompuso al ver el corazón de la paloma, tibio y sanguinolento, no parecía tener pudor en describir ese detalle macabro que a mi padre le confirmó que su amigo había estado en la casa aquella noche.

***

La asistente de Melchor volvió a contactar conmigo días más tarde por si había cambiado de opinión. Mis argumentos seguían siendo los mismos. No teníamos nada que aportar. Pareció entenderlo, pero su misión era insistir hasta lograr arrancarme un sí, fijar un encuentro y grabarlo. Hay que tener cuajo para ejercer esta profesión. Cuando vio que no había nada que hacer me pidió que redactara un texto en el que explicara la implicación de mi padre. No sabía de qué manera pensaban incluirlo, pero si lo hacían esperaba que respetaran mis palabras en la enésima versión de los hechos, nunca del todo cierta, ni del todo falsa. «Un hombre honesto» fue el asunto del *e-mail* que le envié.

Capítulo 9
Angie

Manolo Cerdán solo tenía media hora para atendernos. Como a la mayoría de periodistas de este país, las escuchas que un ex comisario de la Policía estaba filtrando desde la cárcel le llevaban de cráneo aquellos días. Nos esperaba sentado en una mesa de una cafetería cercana a la plaza de Colón. Manolo me pareció un tipo amable, cercano y con muchísima gracia para contar historias. Físicamente, no cambiaba mucho respecto a sus apariciones en la televisión. Cuando llegué, después de pedir algo para desayunar, lo primero que nos dijo es que seguro que en ese momento alguien podía estar haciéndonos fotos porque le tenían vigilado.

—*No tenéis nada que esconder, ¿verdad? —preguntó.*

Macarena y Manolo se rieron mientras yo observaba a uno de los periodistas de investigación que más trabajó para que se descubriera la verdad del caso Urquijo, primero en la revista *Interviú* y después en el periódico *El Mundo*. Además, hacía relativamente poco que había visto *El hombre de las mil caras,* la película basada en la novela que escribió sobre el ex agente secreto español Francisco Paesa.

—*Creo que soy la única persona que te sigue llamando Manuel —dijo Macarena.*

—*Eso mismo me decía mi madre, que me fui del pueblo llamándome Manuel y volví un día llamándome Manolo.*

Macarena y él fueron compañeros en *El Mundo* y se hicieron amigos. Precisamente durante aquella época Mauricio ya había sido procesado por encubrimiento en el marco del caso Urquijo. Manolo decía que le quería mucho. Todo quedaba en familia, que es una de las cosas que no deja de sorprenderme de este caso: las personas que aparecían constantemente en recortes de prensa, libros y televisión formaban parte de un entorno común (ya fueran periodistas, implicados, policías, jueces…) y pertenecían a círculos sociales similares.

Como teníamos el tiempo contado y muchas preguntas que hacerle, fui al grano. La primera cuestión tenía que ver con un artículo que se publicó el 6 de junio de 1983 en *Interviú*, que titularon «Los asesinos, al descubierto». En él decían que Juan y Myriam de la Sierra sabían que el crimen iba a tener lugar esa noche y que en la casa estuvieron Rafi y su padre, Miguel Escobedo, Javier Anastasio, Diego Martínez Herrera y Mauricio, quien además, según el artículo, disparó al marqués. Mauricio y Jimmy Giménez-Arnau incluyeron el artículo en *Las malas compañías*, catalogándolo como «el mayor patinazo de la historia de *Interviú*», por el que el semanario recibió querellas por parte de todos los aludidos.

—*¿En qué os basasteis para publicar ese artículo?* —pregunté.

—*En unos informes que hizo Romero Tamaral y que el juez después no admitió en el sumario, dejándonos con el culo al aire.*

—*¿Cómo ocurrió?*

—*Romero era un policía muy disciplinado y respetaba al fiscal Zarzalejos, quien quería encasquetar el tema a Escobedo y su pandilla. Después Romero se dio cuenta de cómo discurría el asunto y que los hijos estaban implicados y ya no le dejaron seguir investigando.*

Macarena hizo una mueca.

—*¿Tú crees que un chico de veintidós años, como era Juan en ese momento, y Diego son suficientes para orquestar este drama? A mí no me cabe en la cabeza. ¿Pudo haber alguien más que lo organizara todo?* —preguntó Macarena.

—*Olvídate de conspiraciones. Esto fue una locura de una pandilla, que aquella noche se les cruzó el cable a todos y lo hicieron.*

—*¿Lo crees de verdad?*

—*He investigado todas las hipótesis posibles. La aseguradora mundial, el banco y la herencia de los Urquijo. He estado en Llodio, donde surgió la fortuna de los Urquijo, y en Londres.*

—*¿Y qué ganaban ellos haciéndolo?* —pregunté.

—*Una cosa es que hubiera inductores que les comieran el coco, pero esto fue una trapisonda de unos chavaletes. Todo esto me lo contaba tu padre. A partir de todo lo que le contaba el propio Rafi sentados en un banco de la Castellana, investigó por su cuenta. Él siempre lo dijo: «Cuando matamos a mis suegros…».*

—*Ya, pero ¿él y quién más?* —pregunté.

—*Javier Anastasio, que miente como un bellaco, y no me vale la excusa de que el crimen ya ha prescrito y no tiene nada que esconder. La gente suele mantener sus mentiras, da igual el tiempo que pase. Dos muertes, por mucho que no tengas responsabilidad penal, son dos muertes.*

—*¿Crees que Rafa apretó el gatillo?*

—*A su suegro sí. Al principio se lo adjudicaban a tu padre. Yo siempre dudé de eso y de que él estuviera allí. Por la relación que he tenido con Mauricio y con las cogorzas que se cogía tu padre, habría acabado contándome la verdad.*

En mayo de 1981, la Brigada Regional de Policía Judicial de Madrid hizo constar en dos informes que no habían podido tomarle declaración a Mauricio porque se había presentado en las dependencias judiciales ebrio. En aquel momento le llamaron porque la Policía había recibido un soplo de que Mauricio tenía en su poder una carta manuscrita de Rafi, que escribió antes de su segundo intento de suicidio en agosto de 1980, donde contaba quiénes eran los implicados en el crimen.

Mauricio declaró el 20 de junio de 1981. Explicó entonces que la noche de los asesinatos él y su mujer, Maritha Derqui, se encontraban en casa de sus primos, los Melgar, en el parque Conde de Orgaz, en la otra punta de Madrid desde Somosaguas. Estuvieron allí hasta las tres y media de la madrugada. La coartada de Mauricio fue comprobada por la Policía, por lo que el artículo de *Interviú* carecía de sentido. Sobre la supuesta carta, Mauricio afirmó que no la había tenido nunca y que no sabía ni que existía.

Aun así, la implicación de Mauricio en el crimen siguió coleando. *Interviú* publicó el 8 de agosto de 1983 un artículo donde llamaban a Mauricio «el cazador». Decían que meses antes del crimen, había encargado la fabricación de varios silenciadores ilegales en un taller mecánico de Lavapiés.

—*Tu padre era un cazador que tuvo la mala suerte de que llamaran a un periodista contando lo del silenciador* —dijo Manuel.

—*¿Cómo surgió esa información?* —pregunté.

—*Al taller de Lavapiés fui yo porque llamó un anónimo por teléfono contándonos que Mauricio había estado ahí.*

El artículo se ilustró con varias fotografías del troquel que habían utilizado en el taller para fabricar el silenciador. Según contó el encargado del establecimiento, se sorprendieron cuando, un mes antes, *Interviú* publicó imágenes de los supuestos implicados en el crimen y aparecía el nombre de Mauricio. El padre de Macarena sostuvo que esas piezas eran para uno de sus rifles, no para una pistola.

Cuando se publicó esta información en *Interviú*, Rafi ya cumplía condena y la Policía llamó a declarar a Mauricio el 7 de octubre de 1983. Mauricio volvió a decir que los silenciadores no tenían nada que ver con los asesinatos, pero que esa publicación del semanario y la condena de Rafi Escobedo le habían afectado tanto que iba a contar todo lo que sabía. Fue entonces cuando Mauricio lanzó «el bombazo informativo», como lo definió la revista *Tiempo*: cuando parecía que el caso Urquijo estaba cerrado, implicó directamente a Javier Anastasio al afirmar que él había llevado a Rafi Escobedo a Somosaguas aquella noche; y que, días después, Javier «*tiró los trastos de matar*» al pantano de San Juan.

Estas declaraciones de Mauricio provocaron la apertura del segundo sumario para seguir investigando el caso Urquijo, pero también le valieron su procesamiento por encubrir a Rafi y a Javier, quien fue arrestado días después, el 16 de octubre de 1983.

—*¿Cuál fue para ti el móvil del crimen?* —pregunté.

—*Yo creo que la venganza.*

—*¿Por parte de Rafi?*

—*A él no le querían en la familia. Se mezcló la venganza, el desamor y el dinero también, porque algo le prometerían.*

Manolo miró el reloj, los minutos de aparcamiento se le estaban agotando y tenía que marcharse. Antes de irse cogió una bolsa que guardaba debajo de la mesa. Eran carpetas azules antiguas con documentos, recortes de periódicos, fotografías y varias grabaciones de cintas de *cassette* que yo, habiendo nacido en 1990, casi no recordaba cómo funcionaban. «*Aquí tenéis entrevistas con Rafi en la cárcel de Carabanchel, con Vicente, el mayordomo, Diego Martínez Herrera...*», explicó.

Diego, siempre Diego, el administrador de los Urquijo. Como me dijo Alfredo Semprún en un encuentro casual que tuvimos en un bar cercano a la redacción de *ABC*, el administrador de los Urquijo tenía acceso a todo: «*Diego hizo y deshizo. La Policía le investigó por arriba y por abajo. Entre el crimen y la detención de Rafael Escobedo, pasaron ocho meses en los que se investigó a todos los sospechosos. El administrador, como tenía acceso a la pasta, a la caja fuerte y a todo, fue de los primeros en ser investigado*». Debía tenerlo todo muy bien atado porque no encontraron nada contra él.

Macarena echó un vistazo a las etiquetas de las cintas. Quizá esperaba encontrar alguna de su padre. Yo solo pensaba de dónde podíamos sacar un *walkman* o un radiocasete para escucharlas. Teníamos mucho trabajo por delante. Durante un momento de silencio, vi cómo Manolo sacaba algo del bolsillo y lo ocultaba cerrando el puño.

—*Cuando escuches esta última cinta, me cuentas —le dijo a Macarena mostrándosela en la palma de su mano.*

Lo que yo pensé que eran las llaves de su coche, resultó ser una cinta pequeñita, de esas que siguieron a las de las grabadoras de *cassette*. Lo que llamaban un *minidisc*.

—*No te la quería dar porque no me siento orgulloso de cómo presioné a tu padre —dijo Manuel.*

—*No te preocupes, ha llovido mucho desde entonces.*

—*Es una bronca que tuvimos tu padre y yo.*

—*¿Qué pasó?*

—*Mauricio quería que se supiera la verdad por caridad con Rafa, que era el que estaba más pringado. Pero se acababa echando atrás y no terminaba de contarme lo que sabía.* Intenté hablar con Leopoldo para que me contara lo que averiguaron, pero no hubo forma.

—¿Leopoldo? —pregunté.

—El detective privado con el que Mauricio investigó.

—No me suena nada ese nombre. ¿Cómo era su apellido? —preguntó Macarena.

—No lo recuerdo. Tampoco sé si seguirá vivo. Buscaré su número y si lo encuentro os lo paso.

Volvió a hacerse un silencio. ¿Cómo era posible que Macarena no supiera que su padre investigó con un detective privado? Leopoldo no es un nombre que pase inadvertido, ¿por qué yo no lo había leído en ningún sitio? Teníamos que localizarlo.

Manolo le entregó la cinta a Macarena y se apretaron fuerte la mano el uno al otro. Parecía realmente conmovido al dársela.

—La escucharemos, Manolo. Muchas gracias —contesté mientras cogí a Macarena del hombro.

Al salir de la cafetería me despedí de ellos, que siguieron juntos hasta sus respectivos coches. Me llevé todo el material a casa y quedé con Macarena en reunirnos allí en unos días para verlo en detalle. Incluida la pequeña cinta, que podía ayudarnos a descubrir algo más sobre Mauricio y su hipótesis sobre lo que ocurrió aquella madrugada del 1 de agosto de 1980.

Media hora después, cuando me disponía a beber mi primera Coca Cola del día y a poner en orden todos los documentos que Manolo nos había dado, y que en ese momento estaban desparramados por el sofá, Macarena me llamó. Alguien le había dejado un anónimo en el parabrisas: «No metas tus narices en este asunto, o te arrepentirás».

—Estás de broma —dije.

—Ojalá.

—¿Quién puede haber sido?

—Alguien que no quiere que desempolvemos el caso.

—Pero eso es absurdo. Acabamos de empezar.

Llevábamos dos semanas contactando con gente cercana al caso y puede que alguna de ellas lo hubiera comentado en algún círculo en el que se habían hecho eco de nuestras pesquisas. No estábamos haciendo nada ilegal y desconocíamos a quién podríamos haber molestado. A pesar de la misiva, nos armamos de valor y decidimos continuar investigando el caso.

Capítulo 10
Macarena

Cincuenta kilómetros separaban el polígono industrial donde se celebraba el campeonato de España de boxeo de mi casa. Por esos misterios de la tecnología, el navegador se reseteaba como loco una y otra vez. ¿A quién se le ocurre aceptar una invitación para ver a dos tipos partirse la cara? Ni siquiera sabía cómo llegar. Renegaba. Claro que renegaba. Me sentía estúpida y forzada por voluntad propia a hacer algo que no iba conmigo. Viernes. Siete de la tarde. Tráfico intenso. Navegador sin conexión. En el fondo esperaba una mínima señal para darme la vuelta. Como si todas las anteriores no hubieran sido evidentes.

Con un par de horas de antelación, puse rumbo a un gimnasio ubicado en algún lugar de la zona sur de Madrid. Como era de esperar, me lie. Recorrí un par de veces el mismo tramo de la carretera de Extremadura, hasta que fui capaz de encontrar un cambio de sentido entre unas callejuelas en la zona de Cuatro Vientos, donde no había estado en mi vida y donde esperaba no volver a perderme. De pronto, el navegador encontró la ruta a seguir. ¡Joder! Se había quedado sin voz. Estuve tentada de darme la vuelta mientras maldecía la ocurrencia de lanzarme a una aventura de arrabal.

Al llegar al punto de encuentro, me llamó la atención que no había ni un alma en la calle. Entre restos de furgonetas destartaladas y carrozas decoradas del Día del Orgullo Gay, más bien para ir a un desguace que para desfilar, aparqué mi coche y me dirigí al único bar que vi. A escasos metros del coche, apreté un par de veces el cierre del mando a distancia, como si ese gesto fuera a garantizar su seguridad. Un coche rojo, de estilo deportivo y recién lavado. Tenía todas las papeletas para que a alguien se le antojara darse una vuelta.

El bar estaba lleno de gente. Algunos seguían un partido de fútbol femenino con escaso interés, en un canal de deportes extranjero. Faltaba media hora para las ocho. Me acerqué a la barra y pregunté a un camarero si sabía dónde era el boxeo. Estaba cerca. A unos cinco minutos a pie. Eché un vistazo al cartel de las sugerencias del día colgado en una pared. Me sorprendió encontrar algo tan poético como unas lágrimas de pollo.

—¿Qué son las lágrimas de pollo? —pregunté.

—¿Pues qué va a ser? Cachos de pollo frito —dijo.

La respuesta y el tono del camarero eliminaron cualquier rastro lírico. Sin mediar palabra, agarró la bandeja. Con una mano cogió un puñado y con la otra los palmeó para que no se le cayera ninguno. Acepté la tapa, sus maneras y pedí una caña.

Por una puerta que separaba la cocina del comedor, una chica con acento cubano y los labios pintados de rojo le pasaba al camarero bocadillos de panceta, morcilla y calamares con la destreza de un malabarista, al tiempo que voceaba como la más veterana de las pescaderas coruñesas del mercado de Santa Lucía. Mientras me entretenía observando las grandezas de aquel local en medio de la nada, recibí un mensaje de Cripto.

—¿Estás ya por aquí? —preguntó.

—A cinco minutos, creo. Apuro la caña y voy.

—Tranquila, estoy con unos amigos.

Al salir del bar dudé si coger el coche o caminar hasta el gimnasio. Mejor no moverlo para no llamar la atención. Anduve en la dirección que el camarero me había indicado. Una gran lona desplegada sobre la fachada de lo que parecía ser el punto de encuentro mostraba las figuras desafiantes de los dos luchadores. Reconocí a Cripto a media distancia. Rodeaba con su brazo a una chica de cabellera rubia vikinga que le llegaba hasta la cintura, embutida en un vestido negro de licra. Al verme llegar cruzó la calle y vino a mi encuentro con andar basculante.

El Emporio Barceló era un gimnasio de deportes de contacto. Pasamos por varias salas donde entrenaban chavales jóvenes en pequeños *rings*. Un denso tufillo a sudor concentrado descendía por la escalera que subimos hasta llegar a la zona donde se celebraba el combate. Unos pares de focos cenitales iluminaban la lona. Alrededor, en primera línea, había varias filas de sillas reservadas y una gran mesa donde los que parecían ser los jueces vestidos de esmoquin se preparaban para el gran acontecimiento.

—¿Cuánta gente hay aquí? —pregunté.

—¿Seiscientas personas? Se me da mal calcular así, a bulto —dijo.

Teníamos sitio reservado en primera fila, pero Cripto sugirió tomar cierta distancia para ver la pelea con mayor perspectiva. Mucho mejor para mí. Menos impacto visual. Uno de los jueces, micrófono en mano, presentó a los dos púgiles mientras enumeraba las derrotas y victorias por *knockout* de cada uno. A continuación, sonó el himno de España y se hizo un silencio reverencial. Unos minutos más tarde, los gritos de los aficionados aclamaban al Francés. Al verlo subir al *ring*, Cripto se metió dos dedos bajo la lengua y le silbó a pleno pulmón. La rubia que había visto al llegar, se subió a la lona, recorrió el cuadrilátero luciendo piernas y un cartel que anunciaba el comienzo del primer *round*.

—¿A que mola, tía? —dijo.

—Te lo diré más tarde cuando empiecen a romperse la boca.

El combate duró diez asaltos. Al principio me costaba verlos pelear. Tenía que cambiar la mirada, hacerme la distraída e intentar no parecer melindrosa. Me ocurría lo mismo cuando me invitaban a los toros. Quién le iba a decir a mi tío Iván Bernaldo de Quirós, torero en sus tiempos de juventud y con ganadería propia, que la niña que apartaba vacas a caballo había salido tan flojita. También me pasaba con la caza. Solía acompañar a mi padre a ojear perdices, pero nunca tuve ganas ni instinto de matar.

—Pobrecita. Lo has pasado fatal —dijo Cripto.

—¿Se me ha notado mucho?

—Vamos a felicitar a mi colega y nos largamos a cenar el mejor kebab de Madrid. Te lo digo yo que he comido muchos. ¡A la vista está! —dijo.

Nuestra subida al cuadrilátero puso punto final a la velada de boxeo. Sobre la lona habían quedado marcadas las huellas de cientos de aficionados, en un *collage* compuesto por dibujos lineales de suelas, sangre y sudor. Seguí a Cripto al tiempo que evitaba pisar sobre los restos pegajosos, mientras guardábamos el turno para saludar al campeón. El Francés lucía un cinturón dorado casi a juego con sus calzones. Aunque sudaba a mares, Cripto lo abrazó sin ningún pudor a la vez que palmeaba su dorso de gigante. Ambos quedaron inmortalizados en mi teléfono móvil.

***

El camino de vuelta lo hicimos juntos. Cripto había dejado su coche aparcado en la zona de Gran Vía. Un amigo al que no me presentó, le había acercado al boxeo. Conduje hasta el centro de Madrid después de perdernos varias veces. Con las indicaciones que me daba para salir del polígono pude comprobar que además de despistado era un pésimo copiloto. Aun así el trayecto se me hizo corto. Dejamos mi coche en el *parking* y anduvimos la calle Montera en busca del famoso kebab.

Mientras Cripto caminaba agarrado de mi brazo, me contó que su amigo, a quien conocía desde la infancia, había intentado hacerse un hueco como actor. La interpretación no era lo suyo. Según él, tampoco el boxeo. Andaba falto de mala leche y sobrado de bondad. En una sesión de fotos que acabó en un desmadre entre el actor y una modelo, el fotógrafo se aprovechó de la situación y, sin permiso de nadie, subió a las redes sociales un contenido pornográfico que acabó con la carrera de la chica, con la que el Francés había empezado una relación. A petición suya, Cripto había eliminado cualquier rastro de aquella golfada en la red.

—¿Por qué lo apodan el Francés? —pregunté.

—En realidad es vasco. Su padre era un negro nigeriano que vino de Francia. Abandonó a su madre cuando supo que estaba embarazada.

—Pues ahora lo entiendo menos.

—Es un buenazo. ¿No te has dado cuenta de que pegaba sin maldad? Podía haber machacado a su adversario hasta humillarlo. Pero es un tío legal. Tiene códigos. ¿Sabes? Te lo he dicho antes, no es un gran boxeador. Lo mismo que no guarda rencor a su padre. Podría haberse apodado el Negro, pero debió de parecerle mejor el Francés, más chic, más europeo. En homenaje a él y a sus orígenes.

Al llegar al local nos sentamos en una mesa redonda minúscula que estaba junto a la entrada. Me acomodé como pude mientras él pedía nuestra cena en la barra.

—No creas que no he pensado en el tema de tu padre —dijo al tiempo que llegaba el propio cocinero con la cena.

—Gracias —dije.

—Buen cliente. Gusta mucho kebabs —respondió.

—Dale un tiento y dime si no es lo mejor que has probado en tu vida.

Mientras disfrutaba de los primeros bocados, Cripto observaba mis reacciones. Estaba delicioso. No pregunté por los ingredientes, pero podía distinguir la carne especiada, tierna y sabrosa.

—Tengo que reconocerlo. Está buenísimo.

—El sitio es inmundo, lo sé, pero merece la pena —dijo—. Esto compensa un poco que lo hayas pasado mal en el boxeo. Se te veía en la carita que no es lo tuyo.

—Te confieso que las pelis de Rocky me parecen un horror y es lo más cerca que he estado de una pelea.

Cripto se levantó a pedir un par de vasos de agua y yo aproveché para ir a lavarme las manos. Bajé unas escaleras empinadas y llegué a un cubículo minúsculo, sin ventilación. Sobre el lavabo, una pastilla de jabón con grietas ennegrecidas por el paso del tiempo y ni un mísero papel para secarse. Acerqué los dedos a la nariz. El rastro de olor a especias había penetrado a fondo en mi piel. Con las manos mojadas subí y me senté frente a un *baklava*: un postre típico turco de masa fina, nueces, pistachos y miel. Una bomba calórica que no pude rechazar.

—Si estuvieras en mi lugar, ¿cómo investigarías para encontrar pistas sólidas sobre el caso? —dije.

—Ah, sí, vayamos al asunto. Ya te habrás dado cuenta de que me disperso con facilidad. Soy disléxico, ¿sabes?

Ya me había dado cuenta por sus indicaciones para salir de la zona del boxeo.

—¿Dónde buscarías? —pregunté.

—En los archivos de la Policía Nacional. Tienes que pensar que la información de aquella época es analógica y *low tech*. Los archivos están guardados en almacenes. Si es posible encontrar documentos de más de quinientos años, imagínate de hace cuatro décadas —dijo.

—No tendrás algún contacto.

—El jefe de la Policía de aquella época me debe un par de favores. Le preguntaré sobre los implicados en el caso. Si buscas documentos comprometedores, yo sobornaría a la señora de la limpieza. Estas mujeres están solas de noche. Un dinero extra no viene mal a nadie.

—¿Has hablado con tus socios?

—¿Tienes medio millón de euros?

Era evidente que no los tenía. Apuré resignada y en silencio el último bocado del dulce. Me había hecho ilusiones de poder eliminar el rastro de mi padre de Internet. Si no todo, al menos una parte. Siete mil entradas eran demasiadas. Si al menos pudiéramos quitar las más dolorosas, las calumnias, las fotos. No había caso. Era inútil seguir dándole vueltas. Cripto parecía darse cuenta de que me había disgustado.

—No merece la pena. Si yo pudiera hacerlo solo, te aseguro que no ibas a encontrar una noticia en la puñetera vida que te queda. Pero formo parte de una empresa de tecnología. Aunque no te lo parezca, trabajo en equipo. Tenemos un comité donde decidimos los trabajos que aceptamos y los que no.

—¿Elimináis cualquier cosa de cualquier cliente?

—Todo, menos lo relacionado con delitos de sangre. Y lo hacemos para ganar pasta. No somos una ONG.

—¿Y lo del Francés?

—Es mi colega. Mi hermano. Tía, me caes bien y me parece una putada lo que has pasado con tu viejo. Qué crees, ¿que no lo haría por ti si pudiera?

—No sé para qué me he metido en todo esto.

—Quizá no necesitas quitar a tu padre de la red. Lo que hay que hacer es generar noticias positivas.

Cripto tenía razón. Parecía más sencillo tapar la porquería que intentar limpiarla. Él se acercó a la barra para pagar la cuenta y cuando volvió me dijo que teníamos que ser creativos.

—Hay algo que no te he contado.

—Tía, no me asustes.

—Encontré un anónimo en el parabrisas de mi coche.

—¿Qué decía?

—No metas tus narices en este asunto, o te arrepentirás.

—Te están vigilando. Es el primer toque de atención —dijo.

—¿Cómo lo sabes? Solo he tenido algunos encuentros con personas de confianza.

—¿Periodistas? Son de la peor calaña. No puedes confiar en ellos. En cuanto te das la vuelta, te la clavan.

—Todos apreciaban a mi padre.

—¿Estás de coña? ¿Cuántos ejemplares vendieron a su costa? ¿Cuántas veces mintieron para conseguir una exclusiva, un titular, hacerse un nombre en la profesión? Ellos tampoco quieren que averigües la verdad. Todos forman parte de un sistema podrido y corrupto. Los que hoy te hablan con cariño de él son los mismos perros de presa de ayer. La gente no cambia, Maca. La gente, por lo general, empeora.

—No todos son iguales. Estoy investigando con una amiga. Se llama Angie y no tengo ninguna duda sobre su lealtad.

—Puede que sea una excepción. Tampoco soy amigo de los abogados, pero Teresa está hecha de otra pasta. Además, a ella la quiero. ¿Hay algo más? Piénsalo unos segundos —dijo.

—No lo sé. El otro día mi hija me contó que se le había acercado un tío en una moto amarilla. No creo que tenga que ver.

—¿Estaba ella sola?

—Con sus amigas. A la salida del cole.

—¿Qué le dijo?

—Si tenían fuego.

—¿Cómo era el tío?

—De aspecto moderno, con chaqueta de cuero y casco. Grande y fuerte, según ella.

—Estate atenta. Primero intentarán disuadirte por las buenas. Si no lo consiguen, irán a por quien más te importa.

—Pero ¿quiénes son?

—Tú ya lo sabes.

Cripto me miraba con pesar. El color ocre aceitoso de las paredes del bar y la luz mortecina de los fluorescentes terminaron de minar mi estado de ánimo. Me sentía intimidada. Quería irme a casa, meterme en la cama y dejar de darle vueltas al tema.

—No te vengas abajo. Haré lo que pueda por echarte una mano.

—Ya me lo dijo mi madre. Quizá no haya sido buena idea remover el pasado —dije.

—Si quieres un consejo, no lo denuncies a la Policía. Estas cosas se solucionan de otra forma. Tienes que estar preparada. Habrá más avisos. Quizá tu amiga sea un mirlo blanco entre tanto buitre, pero si trabajáis juntas, también estará en su punto de mira.

Caminamos en silencio los metros de calle que nos separaban del *parking*. Le pregunté si quería que le acercara a algún lugar. Me dijo que había quedado con una amiga. Por su expresión deduje que sería una de esas mariposas que batían sus alas de noche, para perderse con las primeras luces del alba. Había pasado una tarde para olvidar. La tensión del boxeo, la crudeza del combate, el mísero local de la calle Montera en que habíamos cenado con las manos oliendo a especias y la vulnerabilidad que sentía al ser consciente del peligro que corríamos me habían dejado KO.

Capítulo 11
Angie

Al despertar me arrastré como pude hasta la cocina y preparé un zumo de frutas natural y una tostada. Qué necesidad había de beber tanto, dije en voz alta mientras pegaba un sorbo al zumo y abría y cerraba cajones en busca de un ibuprofeno. La noche anterior —un lunes tonto—, habían venido a casa Majo, Marta y Ale, tres amigas del colegio que viven también en Madrid, y nos habíamos castigado más de lo habitual a cuenta de un vino tinto que entraba muy fácil. Recogí la mesa del comedor y el salón y, cuando me di cuenta, miré el reloj y eran las once de la mañana. Qué extraño, pensé. Había quedado con Macarena a las diez y media y ella suele ser puntual. Su retraso me venía bien. Me di una ducha rápida y la llamé.

—Estoy ya en tu portal —respondió algo agitada.

—Vale. ¿Todo bien?

—Ahora te cuento.

Macarena entró como una bala nada más abrirle la puerta de casa. Empezó a hablarme a toda velocidad al tiempo que dejaba sobre la mesa del salón una caja de Viena Capellanes. No llegué a ver qué llevaba en la otra bolsa porque no paraba de hacer aspavientos con las manos. No entendía nada. Escuchaba frases inconexas sobre otro tío en una Ducati, un casco de moto y la nota en el parabrisas. Volví a la realidad.

—A ver, para un momento y vuelve a empezar —dije.

—Perdona —respondió mientras se sentaba.

—¿Quieres un vaso de agua? ¿Una infusión?

—Agua, por favor.

—Cuéntamelo todo de nuevo —dije mientras sacaba una botella de agua de la nevera.

—He estado un buen rato para intentar aparcar y, cuando lo he conseguido aquí abajo, en la calle Zurbano, he visto por el retrovisor a un tío en una Ducati amarilla.

—¿Crees que es el mismo que merodeaba por el cole de tu hija?

—No lo sé. Pero me he asustado.

—¿Y por qué no me has llamado?

—¿Qué podías haber hecho? ¿Bajar?

Teniendo en cuenta cómo me había levantado hacía media hora, estuve a punto de echarme a reír, pero ella estaba nerviosa y pensé que no era el momento.

—Hombre, Maca. Son las once de la mañana de un martes. No habría pasado nada. Bueno, ¿y entonces qué?

—El tío estaba apoyado en la moto como si esperase a alguien.

—¿Le has visto la cara?

—Al salir del coche me he dado cuenta de que me seguía a cierta distancia. He aprovechado que el semáforo se ponía en rojo para cruzar la calle e intentar dejarlo atrás. Cuando pensaba que le había despistado, al girar hacia tu calle, de repente lo tenía detrás. El tío me ha agarrado del brazo y me ha preguntado si tenía hora. Casi me da un infarto. Solo he podido verle los ojos, llevaba el casco puesto.

—¿Estás de coña?

—Está todo relacionado: la nota en el coche, la visita al cole de Daniela y ahora esto. Ya me dijo Cripto que vendrían a por nosotras.

—Parece que cada vez lo tenemos más encima. ¿Qué ha hecho después?

—Me ha soltado y he salido disparada hasta tu portal. No creo que sepa dónde vives, porque me he quedado un momento escondida tras la puerta por si lo veía pasar.

—Alguien se está poniendo nervioso, Maca.

—¿Quién puede ser? ¿Los que orquestaron el crimen?

—Me parece improbable.

—¿Por qué?

—Porque es absurdo.

Macarena tenía el miedo metido en el cuerpo. Era lógico. Llamó a sus hijos para ver si estaban bien. Ambos respondieron extrañados por la hora, Daniela estaba en el colegio y Darío en su trabajo. Me senté a su lado en el sofá e intenté tranquilizarla. Quizá yo era una temeraria al no sentirme como ella, pero no le encontraba ningún sentido a que alguien, después de cuarenta años, boicotease los inicios de nuestra investigación.

—Si nos están siguiendo es porque creen que podemos encontrar algo que les perjudique. Pero nosotras debemos seguir a lo nuestro y llegar hasta el final.

—No creo que descubramos la verdad sobre lo que pasó, pero no podemos seguir bajo esta presión. Son varias coincidencias. Y yo no creo en ellas.

—Quieren ponernos nerviosas, Maca.

—Pues lo han conseguido.

—De todas formas, si las cosas siguen así, si volvemos a cruzarnos con él, deberíamos llamar a la Policía. Me da igual lo que diga Cripto. A él tampoco lo conocemos.

—Él opina que la Policía no hará nada.

—Eso lo dice porque está al margen de la ley.

Macarena se levantó y abrió la caja de sándwiches. Con la tensión le había entrado hambre. Cogió uno de salmón y yo uno vegetal. Nos comimos varios mientras le enseñaba todos los artilugios que había recopilado para escuchar las cintas que Manolo Cerdán nos había dado. Al abrir el *walkman* que me había dejado una compañera de trabajo, encontré una con canciones de Tina Turner. Macarena sonrió.

—Los sábados por la mañana, yo solía grabarlas de la radio mientras escuchaba *Los cuarenta principales* —comentó.

—¿En serio? ¿Grababas los programas enteros?

—Así tenía todas las novedades de la semana. Recuerdo que la primera cinta buena que tuve fue del álbum *Sultan of Swing*. Me encantaba Dire Straits. El solo de guitarra eléctrica de Mark Knopfler es uno de los mejores de la historia de la música.

—¿Eso en qué año fue?

—En 1978.

—Qué fuerte. Vaya revolución tecnológica hemos vivido. Yo tenía un radiocasete de juguete blanco con un micrófono rojo donde escuchaba los cantajuegos e historias de Sherlock Holmes.

—A veces se me olvida que nos llevamos más de veinte años. Cuando llegó el CD, me compré uno de Michael Jackson.

Macarena me habló de sus referencias musicales en los noventa y entonces no paré de reírme. Cuando ella escuchaba a Aretha Franklin, Marvin Gey o George Benson, mi padre me compraba en la FNAC mi primer CD de Britney Spears.

Conseguí dominar la grabadora para reproducir el minicasete donde estaba la conversación entre Cerdán y Mauricio, con fecha de finales de mayo de 1985. Le di al *play* y las dos nos quedamos en silencio. Se escuchaba el sonido de las teclas del teléfono y la respiración de Cerdán, que parecía nervioso.

—¿Dígame?

—Mauricio, soy Manuel.

—¿Cómo estás?

—Bien. Te llamo porque llevas semanas diciéndome que me lo vas a contar y me acabo de enterar de que te has visto con tres colegas de El Caso y el diario Ya y que por eso han decretado el secreto de sumario.

—No ha servido para nada. Como tampoco sirvió que se lo contara al inspector Cordero.

—¿Cuándo hablaste con él?

—Hace dos años, poco después de la sentencia de Rafi. Me dijo que no removiera más el asunto.

—Ya sabes cómo funcionan estas cosas: si lo publicamos quizá sirva para presionar.

—También han secuestrado mi libro, donde contaba ese encuentro.

—¿Qué pasó cuando fuiste a verle?

—No quiero seguir con esta historia, Manuel. Además, solo son conjeturas que he deducido por lo que Rafi me contó.

—Bueno, si tiene relevancia o no, es algo que tendré que decidir yo.

En ese momento miré a Macarena, la conversación entre Cerdán y su padre se estaba poniendo tensa. Hubo un momento de silencio entre ellos. Quizá por eso Cerdán no quería darnos la cinta, para que ella no supiera la presión a la que su padre fue sometido.

—¡Mauricio, joder! Que ya nos conocemos. No puedes marcarme tú los tiempos.

—Tienes que respetar mi decisión.

—Lo que no puede ser es que me des largas y luego me entere de que se lo has contado a otros compañeros.

—Sí, y han ido a Tamaral, el nuevo inspector, a contárselo y entonces se ha vuelto a frenar todo.

—Eso quiere decir que lo que has contado tiene sentido.

—O no.

—En ese caso, ¿no será mejor que salga a la luz?

Hubo otro momento de silencio en la conversación. ¿Se estaba planteando Mauricio decirlo ya? Cerdán estaba siendo muy insistente, se notaba que tenía confianza con él.

—Lo que les conté es que aquella noche en la casa había seis personas.

—¿Quiénes?

—No quiero decirte nada más. Estoy harto de todo esto.

—Mauricio, no me puedes dejar así.

—Claro que puedo. Ya nos veremos.

Mauricio colgó sin despedirse. Sonaron cuatro tonos del teléfono antes de que la grabación se cortara. Macarena se quedó pensativa. Cogí *Las malas compañías*. Si habían secuestrado el libro porque contenía su hipótesis, tenía que poder encontrarla. La miré de reojo.

—¿Estás bien? —pregunté.

—No me extraña que Manuel dudara si darme la cinta.

—La fecha de esta grabación coincide con el año en que se publicó el libro.

—En mi familia nadie estuvo de acuerdo con que mi padre lo publicara, les pareció que corría un riesgo innecesario. Uno de tantos, en realidad.

—Y tú, ¿qué pensabas?

—Tenía dieciséis años. Eran cosas de mayores. A nadie le importaba lo que yo pudiera pensar.

—Repasa tú el libro a ver si encuentras algo, yo me pongo con los recortes de periódico. Ponte cómoda, esto nos va a llevar un rato.

Macarena se descalzó y se acomodó en la *chaise longe*. Yo cogí una manta y me senté en la mesa del salón con el portátil. Abrí un archivo de Word que me había llegado hacía unos días y que contenía todos los artículos publicados en el diario *El País*.

Encontré una información firmada por José Yoldi el 1 de junio de 1985, donde contaba que el juez había decretado el secreto de sumario del caso Urquijo porque, al parecer, existían nuevos indicios de la participación de varias personas en el crimen y que alguna de ellas se encontraba personada en la causa. Esta decisión judicial guardaba relación con una conversación que Mauricio mantuvo los días 15, 16 y 18 de mayo de 1985 con tres periodistas: Carlos Aguilera y Ángel Colodro, ambos de *El Caso*, y Jesús Duba, del diario *Ya*. ¡Bingo! Esa era la charla a la que hacía referencia Manolo Cerdán en la cinta que acabábamos de escuchar.

—El otro día, hablando con Ángel Colodro por teléfono, me confirmó que le invitaron a tomar unas copas para ver si largaba. Conocían su punto débil —dijo Macarena.

—Y si fue así, ¿qué coherencia podría tener su declaración?

—Ninguna.

—Otra cosa, ¿has conseguido contactar con Jesús Duba?

—Aún no. Con quien sí he quedado mañana es con Julio Martínez-Lázaro. Me ha causado muy buena impresión.

El artículo de *El País* decía que Mauricio acudió a estos redactores para contarles que dos años antes, en 1983, había declarado a un inspector de Policía todo lo que sabía y que este no hizo nada. En aquella conversación, vertió acusaciones muy graves que implicaban sobre todo a Juan de la Sierra. Según la publicación, también declaró a los periodistas lo que sabía por Rafi Escobedo y Javier Anastasio sobre la noche del crimen:

> Fueron siete personas en tres coches las que acudieron al domicilio de los marqueses. En la camioneta de Anastasio, siempre según la versión citada, fueron presuntamente al chalé el propio Anastasio, como conductor, y como ocupantes, Rafael Escobedo, su padre, Miguel Escobedo, y José Juan Hernández Valverde, amigo del grupo y que es conocido como el Sastre. En un segundo coche llegó, al parecer, el administrador, Diego Martínez Herrera; y en el tercero, Myriam de la Sierra y José Ramón Horta Salas, otro amigo del grupo.

—El otro día Campana nos contó que tu padre escribió una declaración contando todo lo que pasó.

—Se la dio a Cordero, le pareció absurda y la rompió.

—Es lo que estamos buscando ahora.

—En el libro no aparece nada.

—¿Dice algo de estas siete personas?

—Tampoco. Solo hay una parte donde mi padre cuenta que Myriam y el administrador tendrían que ser procesados porque estaban en la casa aquella noche.

—Voy a mirar en el sumario.

Hacía varios días que había empezado a leerlo en mis ratos libres, pero no había llegado a lo que buscábamos. Me había quedado por el escáner número cuatro de los siete que había. Empecé a pasar imágenes lo más rápido que pude, hasta que llegué a la número setenta y siete del quinto escáner, que contenía un escrito de Romero Tamaral con fecha del 30 de mayo de 1985, donde informaba al juez de instrucción de la conversación que Mauricio había tenido con esos tres periodistas y que consideraba que había que investigar. Romero se había enterado del asunto por los propios plumillas que, ante la gravedad de la información, acudieron a él para contrastar los datos.

Mauricio les había contado que, en septiembre de 1983 (poco antes de que se abriese el segundo sumario del caso Urquijo), acudió a la Dirección General de Seguridad para hablar con el inspector Cayetano Cordero, quien, como jefe del quinto grupo de la Brigada Regional de Policía Judicial, estuvo al frente de la investigación de la muerte de los marqueses de Urquijo hasta finales de 1981, cuando fue ascendido. Mauricio le dijo que le iba a contar toda la verdad. Declaró durante varias horas y, al terminar, la secretaria le entregó a su superior los nueve folios donde había mecanografiado la declaración de Mauricio. En ella, acusó a seis personas del crimen.

Según el sumario, el inspector le dijo a Mauricio que se pensara si firmar ese documento porque aquello significaba remover mucho el asunto y lo mandó a casa para que reflexionara sobre ello. Dos días después, quedaron para ratificar la declaración. Cordero le dijo a Mauricio que todo lo que le había contado no se podía probar y que, por tanto, le podía perjudicar. Según el informe de Romero, Cordero quiso protegerlo y le entregó su declaración rota en pedazos. «Fíjate lo que he hecho con el acta», le dijo el inspector. Mauricio la cogió y se la llevó a casa. La pegó con celo y se la entregó a su abogado.

—¿Tú sabías algo sobre esto? —pregunté.

—Todos lo sabíamos.

—¿Quién podría tenerla?

—Debe de haberse perdido, si no Campana nos lo habría dicho.

—¿Y Marcial Fernández Montes? Quizá esté en sus archivos.

—Pues vete tú a saber. Murió hace años.

—De todas formas, en este informe Romero habla de seis personas, no de siete.

—Quizá el que sobra de todos los que mencionó *El País* es José Ramón Horta.

—¿Por qué?

—Le investigaron y tenía coartada. También era inocente. La vinculación de su nombre con el caso Urquijo le trajo muchos problemas.

—Pues como os pasó a todos.

Continué abriendo archivos del sumario.

—Mira esto —dijo Macarena.

En la página cincuenta y uno de *Las malas compañías*, en el capítulo «Hipótesis de la matanza», Mauricio y Jimmy llamaban «espectros» a los cinco sujetos que habían estado esa noche en

Somosaguas. Era muy difícil identificar quién era quién. Al final, cuando todos habían salido de la casa tras los asesinatos, hacían una aclaración:

> Nota. Evidentemente, el sujeto o caco convicto es Rafael Escobedo. El predicado o caco sonso es otro personaje que el lector deberá identificar. El espectro maquiavélico que acaricia al can y sube a constatar las muertes debe distinguirse del espectro maquiavélico que ayuda, o incluso mata, en compañía de Rafael y sale herido por la defensa instintiva de la marquesa. Por último, el quinto espectro que llega y se va depositando a Rafael en la mansión es Javier Anastasio.

—El libro de tu padre es una Biblia del caso —dije.

—El espectro que ayudó a Rafi sería Diego.

—Tiene sentido por las vendas que llevaba el día 1 cuando llegó a la casa y dijo que habían sido por el arañazo de un perro.

—¿Entonces? ¿Rafi y Diego fueron los que mataron a los marqueses?

—Eso dice.

—Javier Anastasio está claro. ¿Y el predicado y el espectro quiénes son?

—Yo qué sé. Esto es delirante.

La otra caja que Macarena había traído para merendar estaba llena de manolitos. Me comí uno y continué con la conversación.

—El espectro podría ser el padre de Rafi —dije.

—¿Qué sentido tiene que estuviera esa noche?

—Ninguno. Yo creo que la única implicación de Miguel Escobedo fue que el arma era suya, y él ni siquiera sabía que su hijo se la había vendido a Juan.

—Quizá el espectro fuera él.

—Puede ser. Hubo dudas razonables sobre si Juan estuvo en Londres aquella noche o no.

—Según leí en una entrevista a Javier Anastasio en *Vanity Fair*, su abogado comprobó los vuelos de Iberia del día 1 de agosto, cuando se supone que le informaron de los asesinatos de sus padres y volvió a Madrid, y Juan no figuraba en ninguna lista de pasajeros.

Todo lo que rodea el caso Urquijo es igual de contradictorio. Las versiones de los implicados son verosímiles, pero no cuadran entre ellas. Por no hablar de que algunos cambiaron sus coartadas de aquella noche varias veces, y los que no lo hicieron parecía que fuera porque estaban estudiadas y coordinadas. Con las siguientes páginas del sumario me ocurrió lo mismo: eran esclarecedoras y a la vez desconcertantes.

El 31 de mayo, un día después de producirse todas las declaraciones que acabábamos de leer, la Policía de Barcelona recibió un telegrama urgente del Juzgado de Instrucción número 14 de Madrid, encargado de investigar el caso Urquijo. El juez pedía a los agentes que se personasen en las oficinas de la editorial Planeta para intervenir el manuscrito original y las primeras galeradas de *Las malas compañías*.

Tras las declaraciones de los periodistas y del propio Mauricio el día anterior, el juez pensó que el libro podía contener los nueve folios de la declaración de Mauricio a Cordero. De ser así, en el libro había pruebas que inculparían a personas que todavía no habían sido procesadas. El encuentro con el inspector figuraba en el manuscrito original. Lo resumieron en un breve párrafo, donde contaron que Cordero acabó rompiendo la declaración. Mauricio y Jimmy en ningún momento daban nombres y apellidos de las personas que supuestamente habían cometido los asesinatos. En las galeradas, que estaban incluidas en el sumario, aparecía ese párrafo tachado con un comentario exclamativo a un lado que, en mayúsculas, decía: «¡¡¡OJO!!! TODO FUERA».

El 21 de junio de 1985, Jimmy Giménez-Arnau contó al juez que ese párrafo lo tachó el abogado de Mauricio, a quien le entregaron el manuscrito del libro para que repasara los horizontes legales antes de entregarlo a la editorial. Fue Marcial Fernández Montes quien tachó ese párrafo y dijo que no se podía publicar porque no había pruebas de lo que Mauricio contó a Cordero. El colaborador de *Sálvame* afirmó también que nunca vio esos nueve folios unidos con celo. Lo que sí sabía es que eran acusaciones muy graves.

—Entonces, según esto, el libro no contenía lo importante —dijo Macarena.

—No, pero el juez se curó en salud.

—¿A qué te refieres?

—Mauricio acusó a los hijos de los marqueses y al administrador. Según él, se lo dijo a Cordero y no hizo nada.

—Pero los periodistas sí sabían quiénes eran porque mi padre les dio los nombres.

—Exacto. Mauricio negó esa conversación con ellos, pero dijo que esas seis o siete personas las podían haber deducido los propios redactores por lo que él contaba en el libro. El juez se adelantó y secuestró la edición para comprobar si había escrito algo sobre eso.

—Y luego decretó el secreto de sumario para que las partes, entre ellos Myriam y Juan de la Sierra, no supieran lo que se estaba investigando.

—Claro. Porque tu padre les acusó a ellos también. Durante treinta días no tuvieron acceso a las pesquisas judiciales. Lo que no sé es por qué el libro no volvió a estar a la venta.

—Myriam, Juan y Diego denunciaron a la editorial porque contenía informaciones que, según ellos, atentaban contra su honor y dañaban su imagen.

Mientras Macarena atendía una llamada en la terraza, me puse a recoger el salón. Habíamos terminado con la docena de manolitos. Al levantarme a la cocina sentí un terrible dolor de espalda. Eran las ocho de la tarde, con un poco de suerte podía llegar a la última clase de pilates del día. Mientras me estiraba un poco, ella entró en el salón. Cogió el bolso y se acercó a darme un abrazo. Prometió escribir cuando llegara a casa.

***

La hora que había estado en el gimnasio se me había pasado volando. Al subir a casa, me di una ducha y saqué un aguacate de la nevera para hacerme una tostada. En el ínterin entre que lo cortaba en dos mitades para girarlas y así sacar el hueso, pensé en todo lo que habíamos leído ese día. No habíamos sacado nada en claro y tampoco teníamos ni idea de cuál era la hipótesis de Mauricio sobre lo que ocurrió aquella noche. ¿Cuántas personas decía que habían participado en el crimen? Ya no sabía si eran cinco, seis o siete. ¿Qué sentido tenía que un día dijera una cosa y al otro la contraria? ¿Por qué no le dijo al juez que era verdad que había hablado con esos periodistas? Los tres ratificaron que esa conversación se había producido. No tenía sentido. ¿Llegó el abogado de Mauricio a tener esa declaración de nueve folios rota y pegada con celo? Esto último era imposible saberlo.

No podía parar de darle vueltas. Abrí de nuevo el ordenador mientras mordisqueaba la tostada. Regresé al quinto escáner del sumario y continué leyendo la declaración de Mauricio del 30 de mayo de 1985. En la segunda página, el fiscal le preguntó si era cierto el relato que le iba a dar a continuación, que procedía de las declaraciones de los periodistas. Según ellos, primero llegó a la casa un Seat rojo 127, donde iban Myriam de la Sierra, el administrador y José Ramón

Horta. Más tarde, Javier Anastasio llegó a Somosaguas en su Seat ranchera, acompañado por Rafi y Miguel Escobedo.

Que una vez allí entraron por la puerta de servicio; que al abrir la puerta chirrió ostentosamente; que Myriam cogió el perro y lo sacó al coche, donde quedó con ella. Que a continuación los demás allí presentes subieron a las habitaciones de los Marqueses; que primeramente entraron en la del Marqués, donde Rafael disparó al Marqués causándole la muerte y al salir de la habitación se produjo un jaleo; y al encenderse la habitación de la Marquesa, cogió el arma utilizada por Rafael, Diego Martínez Herrera, que efectuó los dos disparos que ocasionaron la muerte de la Marquesa, y que posteriormente subió Myriam a la habitación donde se le cayó un lazo; habiendo podido ver Rafael Escobedo, cómo al efectuar uno de los disparos a la Marquesa surgió un chorro de sangre del cuello de la misma. A esto también manifiesta, que el manifestante no declaró nada a los periodistas, como versión de los hechos, conocida a través de Rafael Escobedo y de Javier Anastasio. [...] Que ninguno de ellos, ni tampoco otras personas, aparte de comentarios y rumores, le dijo que estuvieran implicados de alguna manera en los crímenes, Diego Martínez Herrera, Miguel Escobedo, Myriam y José Ramón Horta. Que respecto a Juan, Javier Anastasio siempre le ha dicho que Juan tiene que ayudar a Rafael; pero no le ha dado más elementos de juicio. Que por su parte Rafael, hablando un día con el declarante, que le hizo ver la declaración de reparar un tractor, le dijo, tiene que darme el dinero Juan; pero que tampoco le dio más elementos de juicio.

Aunque Mauricio negó haber hecho estas declaraciones a los periodistas, en *Las malas compañías* contó una versión parecida. Por lo que se podría deducir que esta hipótesis era para él la más concluyente. Aun así, y según donde leyeras, las teorías de Mauricio sobre lo que ocurrió aquella noche eran cambiantes. En parte era lógico: incluso yo, con los datos sobre la mesa y conociendo las hipótesis que se han generado a lo largo de cuarenta años, era incapaz de montarme mi propia versión sobre los hechos.

Capítulo 12
Macarena

Había salido de casa con tiempo para dar un paseo. Anduve sin prisa por un lateral de la Castellana, ajena al barullo de los coches que circulaban, admirando los primeros brotes de las mimosas que daban la bienvenida al mes de febrero con sus frondosas ramas cuajadas de flores amarillas. Lucía el sol y una brisa suave hacía ondear la bandera de España a la altura de la plaza de Colón. Seguí caminando y alcancé el paseo de Recoletos. Me llamó la atención un señor trajeado y regordete con grandes bigotes que estaba sentado en una silla en mitad de la calle. Al pasar junto a él hizo un gesto como de quitarse el sombrero y a modo de saludo dijo: «Bonito taconeo». Agradecí su piropo regalándole una sonrisa. Seguí mi camino y, casi sin darme cuenta, me encontré a la altura del Café Gijón.

Volví sobre mis pasos y crucé por la esquina de la calle Prim hasta el café El Espejo. Entré un momento para echar un vistazo. Olía más a tasca que a cafetería. Una mezcla a ácido de encurtidos, café y pan recién tostado. Todo seguía en su sitio. La barra curva de madera, los suelos de ajedrez, las mesas de mármol y las sillas de respaldos combados y asientos rojos. Un camarero pasó por delante de mí. Llevaba una gran bandeja con tazas de chocolate humeante, churros y picatostes. Al fondo, en dos mesas unidas, un grupo de señoras aplaudía la llegada de sus desayunos. Parecían sacadas de un cartel de la *belle époque*, tan elegantes, distinguidas e intemporales como el lugar.

Al verlas pensé en mi abuela Teresa. A ella no le habría gustado que hablara ni con este periodista ni con ningún otro. Sentía un profundo desprecio por la profesión y los que la ejercían. Había visto a su hijo exponerse frente a los medios de comunicación y sufrir las consecuencias. Una mariposa pasó revoloteando entre la gente. Me invadió un sentimiento de nostalgia al recordarla sentada en el cuarto de estar que daba a la calle Juan Bravo. Tenía una baraja de cartas francesas con ilustraciones de insectos: escarabajos, libélulas, arañas, que solo me enseñaba cuando nos quedábamos solas. Nunca supe cómo se jugaba. Quizá ella tampoco. Con mi abuela aprendí a dar mis primeras puntadas de *petit point* y vestí muñecas de recortables. Sabía cómo entretener. Le divertía verme con los dedos pringados de huevo y pan rallado mientras rebozábamos croquetas.

El recuerdo fue disipándose mientras me acercaba a la terraza en busca de un rostro que encajara con el de un periodista maduro. Angie llegaba puntual a nuestra cita. Al verme me sonrió con esa sonrisa suya tan fresca, casi adolescente.

—Ese es Yoldi —dijo elevando el mentón.

—Vamos para allá.

—¿Estás bien? No sé, te veo seria.

—Me he puesto triste al acordarme de mi abuela. No te preocupes, son recuerdos traicioneros que tengo a flor de piel.

Caminamos hacia la mesa donde estaba sentado. Lo acompañaba una señora morena y delgada que fumaba desinhibida. Al vernos llegar, se levantó y nos saludó con familiaridad. Nos presentó a su amiga que, según dijo, estaba allí por voluntad propia, aunque no me convenció por cómo fruncía el ceño. ¿Qué más daba? Después de tantos años aireando intimidades familiares, la presencia de un espectador más o menos me pareció irrelevante.

Yoldi era un hombre robusto, ancho de espaldas, natural de San Sebastián. Nos animó a llamarlo Txetxo mientras pedía a una camarera agua para mí y una Coca Cola Light para Angie. Demasiada cafeína, igual que Rafi, pensé sin decírselo. Txetxo nos lo había puesto fácil. Lo llamé por teléfono, intercambiamos impresiones y quedamos en encontrarnos. Un par de días después de nuestra conversación me envió por *e-mail* algunos artículos suyos sobre el caso que compartí con mi amiga. Nada que no hubiéramos leído. Sus ojos castaños, tan diminutos como vivarachos, destacaban en un rostro enmascarado por una barba que peinaba canas. Pelirroja en otro tiempo, como la de muchos de sus paisanos vascos. Sin ningún preámbulo y en un tono directo y afable, Txetxo entró a matar.

—Buen sitio habéis elegido. Aquí cenaron Escobedo y sus amigos antes del crimen —dijo.

La primera vez que había oído hablar de él fue en una conversación casual con otro periodista. Aunque me adelantó que se acababa de jubilar y estaba enredado con una novela sobre el caso, no dudó en ponernos en contacto. Dijo que era el periodista que más sabía sobre las alcantarillas del sistema judicial. Al parecer, barajaba la misma hipótesis que mi padre sobre los asesinatos, en relación con las personas que habían estado la madrugada del día 1 de agosto de 1980 en la casa de Somosaguas.

—En cuarenta años de profesión nunca he visto una historia como esta. Los periodistas tienden a protegerse. Bueno, tú eres del gremio —dijo dirigiéndose a Angie—. ¿Sabes lo que hacían los colegas de *Interviú* en los años ochenta?

—No firmaban los artículos. Era el semanario quien lo hacía —respondió Angie, rápida como una flecha.

Media España había leído el famoso artículo de *Interviú* titulado: «Mauricio López-Roberts: el cazador». La tirada de la revista fue de seiscientos cincuenta mil ejemplares. Se agotaron en una hora. La siguiente semana, salieron a los quioscos un millón de copias. El grupo Zeta no se andaba con chiquitas. Txetxo sacó del bolsillo de su camisa un fragmento del artículo y lo leyó en voz alta.

> [...] Miguel Escobedo y Mauricio López-Roberts siguen el camino que va marcándoles Rafi escaleras arriba y llegan a la habitación del marqués. En el salón aguardan Diego Martínez Herrera y Javier Anastasio. Rafi señala la puerta. Su padre se adelanta. El cazador empuña la pistola. Dentro, el marqués duerme plácidamente. La Star 22 Olympic ha sido alargada con un silenciador de fabricación artesanal. Su silueta se recorta en la penumbra. El asesino se acerca al lecho y dispara. La bala entra por el occipital: el marqués ha muerto.

—¡Con dos cojones! ¡Un novelón! —exclamó Txetxo.

Se me encogió el corazón. ¿Qué debió sentir mi padre al leerlo? ¿Quién le habría avisado? Siempre hay alguien que llama para dar las malas noticias. O quizá se lo encontró de sopetón al ir a comprar el periódico. Se dio de bruces con su propia realidad, con una calumnia de la que se hizo eco toda la sociedad española, promovida por la voracidad de unos periodistas que exprimieron nuestro apellido hasta sacarle todo el jugo, escupiéndolo después como una bola de carne prensada. ¿Quién se encargó de desmentirlo? ¿Quién subsanó el error? ¿Alguien le pidió disculpas? No. Cada vez que Angie me decía que debía prevalecer el derecho a la información me preguntaba dónde quedaba el rigor periodístico. Años después Manuel Cerdán me pidió perdón en su despacho en el periódico *El*

Mundo. Su disculpa llegaba un poco tarde, pero le perdoné, igual que lo hizo Mauricio en otro gesto de nobleza. Porque el olvido del agravio es un acto de resistencia que implica una férrea voluntad de doblegar la parte animal del ser humano y vencer el impulso de la venganza.

A partir de aquella publicación se abrió una grieta social por la que fuimos escurriéndonos en silencio. Mi padre dejó de ir a monterías y nosotros a las fiestas de cumpleaños de los hijos de sus amigos, que poco a poco dejaron de llamar.

—Lo de aquella noche fue una romería. Comparto con tu padre lo que dijo en su primera declaración al comisario Cordero. Y, ¿sabes por qué me lo creo?

—Sorpréndeme —respondí.

—Porque resulta que una niña de doce años le preguntó a su papá: ¿tú no eres un asesino, verdad?

—No lo recuerdo —dije mientras me esforzaba en aguantar el tipo.

—Yo estaba sentado en un banco detrás de tu padre en el juicio contra Escobedo. En un momento en el que nos quedamos solos le pregunté expresamente por su declaración. Él me dijo que el padre de alguno de tus amiguitos debió de prevenirle contra vosotros. «Ten cuidado con tu amiga que su padre está metido en un lío. No puedes ir a su casa». Alguien te vino con la copla. «Me ha dicho mi padre que el tuyo es un asesino». No te olvides de que ese ejemplar de *Interviú* lo compró hasta su santísima madre.

¿Olvidar? Ya me gustaría poder hacerlo. Me había puesto la máscara más inexpresiva que había podido encontrar en mi repertorio para no mostrar mi sufrimiento, mientras un puño se me clavaba en la boca del estómago y me hacía revolverme como una serpiente. Pero los ojos hablan. Son la máquina de la verdad mejor calibrada que conozco. Delatan tus pensamientos más íntimos. Txetxo me había hecho daño sin darse cuenta. ¿Cómo podía tener tan fresca esa conversación con mi padre? Quizá el diálogo fuera de su cosecha. Sus ojos se habían clavado en los míos, pero no aparté la mirada. Al contrario, la mantuve en un alarde de fortaleza que no sentía y que él percibió.

—Lo siento, cariño. Sé que esto es duro, pero es la verdad —dijo.

La verdad. ¿Qué verdad? Unos dijeron que Mauricio había hablado por despecho. Otros que a destiempo por puro afán de protagonismo. Porque estaba herido de muerte tras su separación. Y, sobre todo, por lealtad, porque creía en la inocencia de Rafi Escobedo.

Yo no recordaba haber enfrentado a mi padre, y mucho menos haber hecho semejante pregunta. Intenté visualizar la escena de esa niña de doce años preguntándole a su padre por su inocencia. Y si fue como él dice, ¿por qué no soy capaz de recordarlo? No me encajaba que lo hubiera hecho porque sintió pena de su propia hija. Ni de coña. Y tampoco me gustó escuchar algo tan íntimo en boca ajena. Miré a la amiga de Txetxo que continuaba observándonos en silencio, fumando un cigarrillo tras otro. Me cayó mal. No entendía qué hacía allí, como un convidado de piedra. Angie retomó la conversación.

—Comentabas que compartes la teoría de Mauricio.

—Lo decía bien claro en su libro. Acudieron cinco personas en dos coches. Los primeros en llegar fueron Myriam de la Sierra, José Ramón Horta y Martínez Herrera, el administrador, que era quien llevaba los pantalones en el asunto. Poco después, en la ranchera de Anastasio, llegaron Escobedo y su padre.

—¿Y Juan? —preguntó Angie.

—Supuestamente estaba en Londres.

—¿Por qué el comisario Cordero no aceptó y rompió la declaración de Mauricio? —preguntó Angie.

—Cordero estaba puesto ahí para tapar y encontrar un culpable lo antes posible. Es el investigador Romero Tamaral quien le da algún que otro dolor de cabeza a Cordero, porque él sí quería llegar a la verdad del asunto. Aunque tampoco pudo. Si te das cuenta, Mauricio hace todo lo posible para que investiguen y evitar que Escobedo cargue con toda la culpa. Porque ni fue el asesino, ni estaba solo aquella noche.

—En marzo de 1981, detienen a Escobedo. Anastasio teme que la Policía vaya a por él y le pide a Mauricio que le preste dinero para irse de España —dijo Angie.

—Anastasio se asustó y Mauricio hizo lo que haría un amigo, dejarle el dinero que tenía a mano en ese momento: veinticinco mil pesetas —dijo Txetxo—. Se enteraron de la detención de Escobedo y acudieron a la Dirección General de Seguridad. No les permitieron verlo y se fueron a tomar una copa a un bar debajo de casa de Mauricio, donde Anastasio, angustiado y confuso, temiendo que Escobedo hablara, le pidió ayuda para salir de España.

Angie tenía las fechas claras en su cabeza y nos puso en situación sin hacer ninguna pregunta concreta.

—En julio de 1983 condenaron a Escobedo. En octubre del mismo año Mauricio contó lo que sabía y fue procesado. Dos años después, publicó con Jimmy Giménez-Arnau *Las malas compañías*.

A lo que Txetxo añadió que fue el único libro hasta el momento secuestrado en democracia, retirado de las librerías por orden judicial e inmediatamente destruido.

Angie no le dijo a Txetxo que nosotras teníamos un ejemplar y se enredaron en una especie de Trivial frenético. Yo estaba harta de escuchar la misma historia una vez tras otra. Ni siquiera tenía clara la teoría de cuántos habían sido los implicados. ¿Por qué mi padre esperó para contar lo que sabía? ¿Temió por él? ¿Protegía a su familia? ¿Pensó que la investigación policial resolvería el caso? Flaco favor le hizo Rafi cuando le contó que había matado a sus suegros. ¿Cuál fue su intención? ¿Qué trataba de demostrar ante su amigo Mauricio?

—La sentencia de tu padre fue una canallada —dijo Txetxo.

En eso estábamos de acuerdo, pero no respondí. Angie y Txetxo retomaron su particular partido de *ping-pong*. Me recosté sobre el respaldo de la silla, nada cómoda, por cierto, y adopté una posición de espectador. En algunos momentos Txetxo se dirigía a ella en un tono paternalista que no parecía molestarle. Quizá la considerara joven e inexperta. Lo era, pero no se amilanaba ante él. Me sorprendía lo mucho que mi compañera sabía sobre el caso.

Desde el primer día hasta el último, Julio Martínez-Lázaro, compañero de Yoldi en *Europa Press* y después en *El País*, cubrió el juicio del caso Urquijo. No fue un periodista de investigación como tal. Hacía unos días que habíamos hablado y decía tener vagos recuerdos del caso. Los periodistas estaban desbordados cubriendo informaciones sobre ETA. No era usual que se formaran colas para asistir a un juicio, sin embargo, me contó que el caso Urquijo había generado tal interés que en la redacción le pidieron que fuera a la plaza de las Salesas a las seis de la mañana, sede de la antigua Audiencia Provincial, para hacer una crónica de ambiente desde primera hora sobre la gente que esperaba asistir como público en el juicio. Le llamó especialmente la atención que hacia las seis y media ya había una larga fila de personas que llevaban pegados unos adhesivos numerados en la frente, tipo pósit, que parecían hacer referencia a los turnos de llegada.

En el juicio no se permitía hacer fotos. Solo podían entrar los dibujantes.

—Fue una mierda de sentencia, quedó coja y no convenció a nadie. El caso quedó mal cerrado —dijo.

El encuentro se había alargado más de la cuenta. La amiga de Txetxo continuaba como una esfinge, pétrea, inexpresiva. Quizá estuviera deseando que nos fuéramos para despacharse a gusto. No me interesaba su opinión y además estaba molesta conmigo misma. ¿Qué necesidad tenía de remover hasta los tuétanos la historia de mi vida? Yo ya sabía cuál era la opinión de mi padre y todo el viacrucis que habíamos vivido. Una vez escuché decir a mi tía Campana que el único sufridor de esta historia había sido él. Privado de libertad durante casi cinco años. Los demás fuimos actores secundarios, sufridores intermitentes. Me pareció que el encuentro no daba más de sí.

—Si no os importa, lo dejamos por hoy. Se nos ha hecho un poco tarde —dije.

—Llamadme para lo que necesitéis —dijo Txetxo.

Txetxo se quedó con su amiga y nos despedimos de ambos, pero antes le preguntamos al camarero si no le importaba hacernos una foto para inmortalizar el encuentro. Malditas las ganas que tenía de inmortalizar nada. Me esforcé en poner la sonrisa de «todo va bien», al estilo de Peter Sellers en *El guateque*.

—¿Tienes planes para comer? —preguntó Angie.

—¿Te importa si quedamos otro día?

—No te desanimes, creo que estamos haciendo un gran trabajo. Hay tantas cosas que no están claras...

—En este momento me importa una mierda el caso. Estoy cansada y me quiero ir a casa. Perdona la franqueza.

—Yo quiero que se sepa la verdad.

—Y yo que me dejen en paz. No puedo con más miserias.

Desde la ventanilla del taxi vi a Angie sentarse en un banco del paseo de Recoletos, apartada del bullicio de El Espejo. Pude reconocer por la portada roja y negra que llevaba consigo el libro de *Las malas compañías.* Su interés por el caso era genuino. Quizá no fuera tan mala idea contar la historia de Mauricio, pero me dolía al tiempo que me inquietaba sentir que nos estábamos poniendo en peligro. Me preguntaba si las personas con las que hablábamos se daban cuenta de que a veces es necesario poner un filtro para no herir. Al llegar a casa me puse las zapatillas de deporte y salí a caminar. Mientras lo hacía, pensaba que no existía una fórmula magistral para blindarte contra tus propios sentimientos. Entonces corrí lo más rápido que pude hasta llegar a una colina donde solía sentarme a contemplar las luces del atardecer. Enseguida se puso el sol y con él se atenuaron las amargas revelaciones de Yoldi.

Capítulo 13
Angie

Cuando comencé a desempolvar el caso Urquijo con Macarena, pensaba que tenía situados a la mayoría de personajes que habían estado relacionados con el crimen: implicados directos e indirectos, policías, jueces, fiscales, periodistas… pero se me escapaban algunas personas que empecé a descubrir cuando nos metimos de lleno en el asunto.

Aquel lunes por la mañana de mediados de febrero, cuando salí del metro de Ópera para encontrarme con ella, no tenía ni idea de quién era el tipo con el que íbamos a hablar. Se llamaba Leopoldo Estrada, aunque le llamaban Leo. Habíamos dado con él gracias a Manolo Cerdán, quien nos lo mencionó el día que nos dio la cinta de Mauricio. Al parecer, trabajó como detective privado en los años ochenta y, en sus ratos libres, ayudó a Mauricio a investigar el caso Urquijo por su cuenta. Macarena se resguardaba de la lluvia bajo un paraguas de golf.

—Estoy deseando conocer a este hombre —dije al tiempo que le daba un abrazo.

—Yo también. No sabemos nada de él.

—¿Sigue en activo?

—Debe rondar los setenta. Está retirado y se dedica a viajar por el mundo con su mujer. Le hemos pillado en Madrid de casualidad.

—¿Qué aspecto tendrá?

Caminamos cogidas del brazo bajo el paraguas con paso firme y decidido, disfrutando de la humedad que dejaba la lluvia. No hacía mucho frío y yo estaba emocionada porque iba a conocer a un auténtico detective.

—Me parece curioso que este señor no aparezca en nada de lo que hemos leído sobre el caso, que tu padre no lo mencionara en su libro y que tampoco esté en el sumario.

—Otro fantasma, como la declaración de Mauricio.

—Estoy segura de que tendrá mucho que contarnos.

—Cuando hablamos por teléfono me dijo que él y mi padre removieron cielo y tierra para resolver el caso.

—¿Cómo se conocieron?

—Por lo visto era un apasionado de la caza y cliente de Rosales 211.

—¿Ese no es el lugar donde nos conocimos?

—Son dos sitios distintos. En el que tú y yo quedamos el día de la entrevista es Rosales 20. El dueño fue socio de mi padre en el restaurante de caza, por eso se llamó igual, pero le añadieron el número de la calle, que por aquellos años era General Mola, hoy Príncipe de Vergara.

Subiendo por una travesía del Madrid de los Austrias, nos detuvimos frente a un portón de madera. En una placa dorada podía leerse en caligrafía romántica: «El mandilón».

—Es aquí —dijo Macarena.

Cuando cerró el paraguas, cruzamos la puerta y accedimos a un patio con suelos de ajedrez y columnas de mármol blanco. Al otro lado, una verja daba paso al salón principal. Las columnas seguían dentro de la estancia, barroca y oscura. La luz entraba desde el fondo, a través de unas ventanas enormes con forma de arcos que daban a un jardín interior. Las mesas estaban cubiertas por manteles blancos que llegaban hasta el suelo. Las butacas de madera para los comensales me recordaron al mobiliario del Parador de los Reyes Católicos de Santiago de Compostela. Eran robustas y estaban bien armadas y mullidas. Parecían tronos. Mientras observaba el fantástico rincón que acabábamos de descubrir, un camarero un poco más joven que yo se acercó para coger mi gabardina. Macarena le dio el paraguas. Era la una del mediodía y el restaurante estaba prácticamente vacío, a excepción de un par de mesas ocupadas por señores trajeados.

—Acompáñenme, don Leopoldo les espera en su mesa —dijo el camarero.

—¿Es un cliente habitual? —pregunté.

—Hace más de quince años.

Leopoldo leía el diario *ABC* en una mesa situada junto a uno de los ventanales. Al vernos llegar, cerró el periódico y se levantó para saludarnos. Vestía una americana azul marino con botones dorados y unos pantalones de pinzas de color *beige*. Era bastante alto y parecía estar en forma para su edad. Cuando saludó a

Macarena, me fijé en los puños de su camisa, adornados con unos gemelos en forma de diminutas lupas de detective. Qué cachondo, pensé. Nos estrechó la mano y nos sentamos en la mesa, donde él bebía un Bitter Kas. Macarena pidió al camarero un jerez y yo una Coca Cola Light.

—¡Qué sorpresa tu llamada, Macarena! —dijo.

—Muchas gracias por recibirnos, Leo. ¿Te puedo llamar así? —pregunté.

—Así me llamaba Mauricio. ¿En qué os puedo ayudar?

—Queremos hablar contigo sobre mi padre. Manuel Cerdán nos comentó que le ayudaste a investigar.

—Así es. Nos hicimos buenos amigos. Después, cuando entró en la cárcel, le perdí la pista.

—¿Por qué te involucraste? —pregunté.

—Fue a raíz de la publicación en *Interviú* del artículo de los silenciadores.

—Cuando se dijo que Mauricio podía tener algo que ver en el crimen —apunté.

—Exacto. Cuando mataron a los marqueses, al igual que el resto de españoles, me interesé por el caso y lo seguí por la prensa.

—Si eras asiduo a Rosales 211, conocerías a Rafi —dijo Macarena.

—Por eso tuve mayor interés. Coincidí con Rafi y Myriam varias veces. En el restaurante de tu padre, cuando acabábamos de cenar, algunos de confianza nos quedábamos a tomar una copa en la barra.

A principios de agosto de 1983, semanas después de la condena de Rafi, *Interviú* colocó a Mauricio en el disparadero por el asunto de los silenciadores y Leo se puso en contacto con él porque sabía que la Policía no tardaría en investigarle como posible implicado en el crimen.

—Fue perturbador leer aquello. Me resultaba increíble pensar que Mauricio estuviera involucrado. El artículo decía que él tenía una relación estrecha con Rafael Escobedo y que, por su afición a la caza, utilizaba silenciadores. Era una información atractiva para los que seguían el caso, entre otras cosas porque a los marqueses los habían matado de noche sin hacer ruido y con disparos certeros.

—Irrumpió en el caso bajo mucha presión —dijo Macarena.

—Precisamente por eso busqué la manera de localizarle. Llamé a vuestra casa y tu madre me dijo que ya no vivía allí, me dio el teléfono de tu abuela y le ofrecí mi ayuda.

—Y ahí empezasteis a investigar —dije.

—Cuando me di cuenta, el crimen de los marqueses de Urquijo manejaba mi vida. Siempre estábamos tirando de algún hilo. Las conversaciones con tu padre fueron constantes. Al principio por teléfono, hasta que me enteré de que ya le estaban investigando y sabía que la Policía tenía acceso a sus llamadas. Después nos reuníamos en mi casa.

—¿Compartías su hipótesis sobre los cinco que fueron esa noche a Somosaguas? —preguntó Macarena.

—Sí, pero yo creo que en este caso hay que diferenciar entre el filete y la guarnición. Rafael Escobedo se llevó a la tumba quiénes estuvieron con él la noche del crimen, pero Mauricio era el único que había estado cerca de la verdad, según lo que él le contó.

—Mi padre quería ayudar a Rafi —dijo Macarena.

—Porque sabía que estaba pagando por otros.

El camarero nos sirvió las bebidas con un entremesero de dos cuencos de porcelana que contenía unas olivas de gran tamaño. Me quedé unos segundos mirando mi vaso. Era alto y ancho y tenía un montón de hielo. Nuestra conversación con Leo había empezado bien. En ese momento pensé que intentaba decirnos que dejáramos a un lado quiénes mataron a los marqueses y nos centráramos en por qué los mataron.

—¿A qué te refieres con lo del filete y la guarnición? —pregunté.

—Hubo varias teorías sobre quiénes estuvieron esa noche en Somosaguas, pero lo que nunca quedó claro fue el móvil del crimen, ni quiénes fueron los inductores.

—¿Y vosotros estuvisteis cerca de saberlo? —dije.

—Mucho. Pero antes de empezar a contaros lo que averiguamos, tenéis que saber que, a raíz del artículo de *Interviú*, Mauricio se obsesionó por saber la verdad sin importarle el perjuicio que pudiera ocasionarle.

—Diez años de condena —dijo Macarena.

—Tu padre era una persona espontánea y decidida. Te decía las cosas tal y como las pensaba. Tardó tres años en contar lo que sabía a la Policía porque pensó que la justicia esclarecería el caso y sentaría en el banquillo a los verdaderos culpables.

—Él mismo se inculpó al contar lo que sabía —comenté.

—Sí, pero si no hubiera sido por él, no se habrían conocido más detalles sobre el crimen —añadió Macarena.

—Además está lo del dinero que le prestó a Javier Anastasio. Él me contó que cuando se lo dio, le sugirió irse a Sudáfrica. Lo mismo les dijo a periodistas, inspectores e incluso al fiscal. Lo decía con naturalidad, nunca lo ocultó.

—Tu tía Campana nos contó que él estaba convencido de que no le iba a pasar nada —le dije a Macarena.

—Durante aquellos años traté con varios periodistas que seguían el caso y lo que dedujimos es que Mauricio era una persona que pasaba por ahí, que era un sentimental, impulsivo, y que su propia separación le hizo empatizar con aquel chico al que consideraba una víctima de Myriam. Él quería ayudarlo. Y lo pagó caro.

A Mauricio no le quedó más remedio que dar la cara y contar lo que Rafi le había confiado para ayudar a esclarecer el caso y para que su amigo no fuera el chivo expiatorio en un crimen que no cometió solo, algo que dijo el juez en la sentencia: «Solo o en unión de otros». Leo pensaba que el único que sabía los nombres del resto de implicados era Javier Anastasio, aunque en el libro que acababa de publicar con Melchor Miralles y Javier Menéndez Flores sigue afirmando que no sabe más de lo que ya dijo en su momento.

—Miente como un bellaco —dijo Leo.

Para él, el grupo de amigos de Rafi Escobedo, donde no incluía a Mauricio porque era veinte años mayor que todos, eran personas acostumbradas a vivir bien por venir de buenas familias, pero en ese momento todos atravesaban dificultades económicas. En lo referente al crimen de los Urquijo, el dinero, o más bien la falta del mismo, tuvo que jugar un papel fundamental. Pero este móvil fue descartado a lo largo de la investigación.

—A Juan y a Myriam de la Sierra los llamaban «los pobres de Somosaguas» —dije.

—Si tenemos en cuenta que el tema recurrente en el grupo de amigos era su precaria situación económica, lo lógico es que esos chavales pensaran cómo buscarse la vida. Y, si a eso le sumas que el marqués desheredó a Myriam por haberse casado con Rafael Escobedo, el móvil económico comienza a tener sentido —dijo Leo.

—¿Hay algo importante que quieras contarnos? —preguntó Macarena.

—Pues aquí viene la más grande de las casualidades que yo me he encontrado trabajando.

Una semana después de ponerse en contacto con Mauricio, la mujer de Leo volvió a casa del trabajo y le comentó que en la oficina se había hablado del tema de los Urquijo y que la chica que trabajaba como becaria en su departamento le había dicho que había cuidado de una de las abuelas de los hermanos De la Sierra. Una tarde, en la intimidad de su casa, la señora le reveló a esta chica que a los Urquijo los mataron porque el marqués quería crear una fundación para salvaguardar su patrimonio.

La investigación de la que hablaba Leo la había leído unos días antes, repasando los artículos de *Interviú*. Se titulaba «500 millones tuvieron la culpa» y se publicó el 12 de octubre de 1983, dos meses después de que Mauricio y Leo comenzaran a investigar el caso. Aunque me sorprendió el contenido del tema, pensé que era una hipótesis más sobre el crimen. Preferí que Leo continuase hablando y comentarlo más adelante.

—La Subdirección General de Recursos y Fundaciones se encontraba en la calle Argumosa, en un edificio del Ministerio de Educación y Ciencia. Gracias a un contacto que trabajaba allí, pude entrar sin presentar mis credenciales y fui directo al despacho donde se encontraba el expediente de las fundaciones de la familia Urquijo. Fotocopié los documentos allí mismo y me los llevé a casa —dijo.

Lo que Leo descubrió fue que el primer marqués de Urquijo, Estanislao Urquijo Landaluce, fundó a finales del siglo XIX en Llodio (Álava) —de donde era originaria la familia— dos patronatos benéficos: Escuelas de Llodio y Murga, Carreras de Artes y Oficios Industriales; y Beneficencia y Premios a Agricultores de Llodio y Murga. Una vez creados, en los años sucesivos sería el titular del marquesado de Urquijo quien gestionaría las fundaciones. Pero pasaron los años y los siguientes en llevar el título se olvidaron de que existían, hasta que llegó el quinto marqués, que en realidad era consorte: Manuel de la Sierra. Con ayuda del administrador, vendió todas las posesiones que su mujer tenía en Llodio. Tras estas operaciones, en 1977, Manuel de la Sierra presentó un escrito en la Subdirección General de Recursos y Fundaciones para refundir esos dos patronatos, alegando que estaban obsoletos, y creó una fundación nueva a la que llamó Patronato Marqués de Urquijo. Premio Viajes de Estudio. Ahí quería meter todo el dinero líquido que tenía y el que había sacado por la venta de las propiedades de su mujer.

—El propósito del marqués era blindar toda su fortuna bajo el parapeto de una fundación —dijo Leo.

—Pero eso lo hizo en 1977, mucho antes de su muerte. Parece que las fechas bailan un poco —dijo Macarena.

—La burocracia ya era tediosa entonces. Los trámites para crear una fundación, y, en este caso, refundir las otras dos, complicaban la gestión. En ese documento de 1977, Juan de la Sierra ya firmaba como futuro patrono de la nueva fundación. Un cargo que, según los estatutos, le permitiría tener un sueldo vitalicio y disponer de un coche.

—¿Y Myriam? —pregunté.

—La hija no entraba en la ecuación.

Los trámites para la refundición debían autorizarlos dos ministerios, y no fue hasta mayo de 1979 cuando se formalizó el protocolo. A finales de ese año, previo al de los asesinatos, se aprobó el reglamento del nuevo patronato.

—Entonces, a finales de 1979, Juan de la Sierra ya era oficialmente el patrono de la fundación —dije.

—Sí y no. La fundación, según el nuevo reglamento, tendría en origen una dotación de algo más de un millón de pesetas, lo que ahora serían seis mil euros, que era la suma total del capital de las fundaciones anteriores. Todavía tenían que dar el visto bueno al «Patronato Marqués de Urquijo. Premio Viajes de Estudio» varios organismos, entre ellos el Consejo de Estado y el ministerio, y como era poco dinero, parecía que no había prisa.

Miré la grabadora del teléfono y llevábamos media hora de conversación. Leo le hizo una señal al camarero para que se acercase con unas cartas y pudiéramos pedir algo de comer. Macarena optó por un lenguado a la plancha y yo sumé otro chuletón de ternera a la comanda de Leopoldo y una guarnición de patatas fritas para compartir.

—¿Vais a beber vino? —preguntó Leo.

—¿Puedo sugerir un Vegamar Reserva? Es una bodega joven de Valencia. Empezaron en 2016 —dije.

—Angie tiene el corazón dividido. Añora su tierra —dijo Macarena.

El camarero sirvió vino en mi copa. Lo caté y le hice un gesto de aprobación. A Macarena y a Leopoldo también pareció gustarles. El intenso final en boca del tinto nos iba a venir bien para procesar la cantidad de datos que estábamos compartiendo. Alucinaba viendo cómo Leopoldo, después de tantos años, tenía tan frescas las fechas y los procedimientos.

—¿Llegasteis a saber cuánto dinero quería meter el marqués en la fundación? —pregunté.

—Era difícil saberlo, pero se calculaba que unos quinientos millones de pesetas, más o menos tres millones de euros.

—Decías que a finales de 1979 ya estaba el reglamento y Juan figuraba como patrono. ¿Por qué no podía el marqués meter en ese momento todo su dinero en la fundación? —pregunté.

—Porque para hacerlo, tenía que estar oficialmente aprobada (por el ministerio y el Consejo de Estado), y eso no ocurre hasta que no se publica en el *Boletín Oficial del Estado*.

A finales de enero de 1980, Manuel de la Sierra acudió al edificio de Argumosa para reunirse con un amigo que tenía en la Subdirección. Para agilizar los trámites, le dijo que quería dotar la fundación con la suculenta cifra de quinientos millones de pesetas. Pese a todo, el ministerio no aceptó la propuesta hasta finales de junio. Una vez superada esta diligencia, solo faltaba la aprobación del Consejo de Estado. A mediados de julio, el marqués volvió a visitar a su amigo y le pidió que hiciera alguna gestión personal para agilizar el asunto. Le dijo que quería dejarlo listo antes de irse de vacaciones con su mujer a Sotogrande. No dio tiempo. Dos semanas más tarde, la madrugada del 1 de agosto, los marqueses fueron asesinados.

—¿Y cuándo se reunió el Consejo de Estado? —pregunté.

—En octubre de 1980.

—La fundación quedó como una cáscara vacía —dije.

—Sí. Fue constituida con su cuerpo legal, pero la dotación económica nunca llegó.

—¿Qué hicisteis con toda esta información? —pregunté.

Leo nos contó que Mauricio, en su afán por resolver el caso, se convirtió en una mosca cojonera para todos los que lo investigaban. Acudía a comisaria con frecuencia para decirles a los inspectores por dónde consideraba que debían indagar. De hecho, el fiscal, cada vez que Mauricio declaraba y daba datos nuevos y útiles, le decía: «A ver al final qué hago con usted». Un día, Mauricio se hartó y filtró toda esta información a *Interviú*. Leo no estuvo de acuerdo con esa decisión y pidió hablar con el juez antes de que se publicara la revista. Le entregó todos los documentos. Así, le puso en bandeja la opción de secuestrar esa edición de *Interviú* si lo veía conveniente.

—Pero ese ejemplar sí se publicó —dije.

—Cuando lo tuve en mis manos entendí que no les interesó investigarlo.

—¿Conservas alguna copia de esos documentos? —pregunté.

—La única que tenía se la di al juez. Pero me dijo que los incluiría en el sumario.

—Los buscaré ahí entonces.

Al contrario de lo que nos estaba ocurriendo a Macarena y a mí con el tío de la Ducati, Mauricio y Leopoldo sí eran conscientes del peligro que corrían si continuaban averiguando cosas sobre la muerte de los marqueses. Leo nos contó que un día fueron al *pub* Claqué para hablar con un amigo de la pandilla de Rafael Escobedo. Mauricio sospechaba que había sido el responsable de la desaparición de los casquillos encontrados en la finca de la familia Escobedo, que se guardaban en las dependencias policiales de plaza de Castilla.

—El chico no quería hablar. Le dijo a Mauricio que era muy peligroso. Recuerdo que le preguntó a tu padre si no temía por su vida.

—¿Y mi padre qué le contestó?

—Sacó su revólver de la funda sobaquera que llevaba debajo de la americana y le dijo: «¿Por qué te crees que llevo esto encima?».

—¿Y puso el arma encima de la mesa? —pregunté.

—Estaba con nosotros el encargado del *pub*, que era amigo del chico, y cuando vio a Adolf rompió el vaso del cubata de tanto apretarlo.

—¿Adolf? —pregunté.

—Por Adolf Hitler. Es una larga historia —dijo Macarena.

Mi cara de sorpresa debió ser un poema. A esas alturas, ya había descubierto que Mauricio era un hombre peculiar. Pero no dejaban de asombrarme detalles como este. ¿Quién en su sano juicio lleva una pistola encima? Quizá soy una ingenua pero, por muy asustada que estuviera, no sabría de dónde sacar una.

—¿Cuándo fue la última vez que os visteis? —preguntó Macarena.

Días antes de que Mauricio entrase en prisión, Leo lo llamó y quedaron en su casa. Mauricio estaba tranquilo, a pesar de que sabía que la sentencia le sería desfavorable. Charlaron un rato en el salón. Leo fumaba Ducados y su amigo Winston. Antes de despedirse, Mauricio se levantó y fue un momento a su cuarto. Volvió con una caperuza de halcón que había cosido en cuero con sus propias manos. A Leo se le partió el corazón verlo sonreír con esa sonrisa suya tan franca, tan auténtica, con la dignidad intacta. Tenía la conciencia tranquila. Leo estrechó su mano y le dio un fuerte abrazo, agradecido por tantos momentos compartidos. Decía emocionado que aún conservaba la caperuza en un lugar especial en su despacho porque con él había aprendido el valor de la amistad.

Macarena no pudo contener la emoción. Leo cogió su mano y le dijo que Mauricio era una de las personas más nobles que había conocido y que se sentía orgulloso de su amistad. Era la primera vez que veía cómo una lágrima se deslizaba por la mejilla de mi amiga.

Yo hice un gran esfuerzo por contenerme. A pesar de todo lo que sabía y de todo lo que había compartido conmigo, me resultaba inimaginable el dolor por el que habían tenido que pasar ella y los suyos a lo largo de tantos años. Aquel encuentro con Leo no solo me había aclarado algunas cosas importantes sobre el caso, me sentía más cerca de Macarena y casi podía rozar con los dedos una verdad que devolvería a su padre al lugar donde siempre debió estar: Mauricio hizo todo lo que pudo para que se supiera la verdad sobre el caso Urquijo.

Cuando miré el reloj eran las cuatro y media. Pensé que quizá a Macarena le gustaría quedarse un rato más con Leopoldo. Él me hizo prometerle que le informaría de todo lo que fuera encontrando en el sumario sobre la fundación y así lo hice durante las semanas siguientes. Me despedí de los dos con un abrazo y pedí un taxi para ir a la redacción.

Casa de los marqueses de Urquijo, en la urbanización de Somosaguas (Madrid), la mañana del 1 de agosto de 1980, tras el doble crimen. (Luis Alonso. *ABC*)

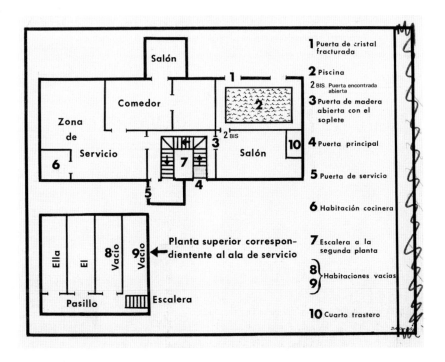

Plano del chalet de Somosaguas que muestra
la secuencia de los asesinatos. (*ABC*)

Rafael Escobedo en el centro penitenciario El Dueso, en
Santoña (Cantabria), el 6 de julio de 1984. Allí se suicidó cuatro
años más tarde, el 27 de julio de 1988. (Agencia EFE)

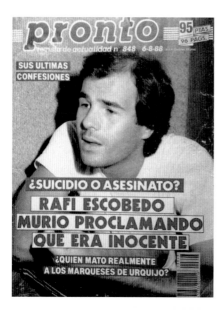

Myriam de la Sierra y Urquijo junto a Richard «Dick» Dennis Rew durante un acto en la biblioteca del Diario ABC, en la histórica redacción de la calle Serrano en Madrid. (Luis Ramírez. *ABC*)

Javier Anastasio, el 26 de octubre de 1984, a su salida de los juzgados de Madrid tras realizar un careo con Mauricio López-Roberts a petición del juez. Anastasio ya estaba procesado como autor del crimen de los marqueses de Urquijo y López-Roberts como encubridor. (José García. *ABC*)

El 25 de noviembre de 1983 —semanas después de la declaración de Mauricio López-Roberts, que provocó la apertura del segundo sumario del Caso Urquijo— Juan de la Sierra acudió a declarar ante el juez. (Jaime Pato. *ABC*)

Mauricio López-Roberts y Melgar, V marqués de la Torrehermosa, en marzo de 1993, durante un permiso penitenciario. (Archivo familiar)

Diego Martínez Herrera, en febrero de 1990, asiste a la vista
oral del segundo sumario por el Caso Urquijo, donde se juzgó a
Mauricio López-Roberts por encubrimiento. (Agencia EFE)

Vicente Díaz Romero el 20 de febrero de 1990, en la Audiencia
Provincial de Madrid, donde tuvo lugar el juicio contra
Mauricio López-Roberts. (Ramón Prieto. *ABC*)

Capítulo 14
Macarena

En Madrid, a 8 de mayo de 1990. Carabanchel, 5.ª galería, celda 321.

> Querida Macarena, ¿cómo estás? Yo estoy bien. Aguanto con cierta paciencia, gran serenidad y con el convencimiento de haber hecho lo mejor para todos y para mí mismo.
> Cuida de tu madre y de tus hermanos. Ayúdala en todos los sentidos. Despacito, sin que ella se dé cuenta de que le hace falta. Sé diplomática. Actúa como si fueras tú quien necesita su ayuda. Que cada vez que estéis juntas sea una alegría para ambas. A mi enérgica y anciana madre, cuídamela también. Ten paciencia. Mucha paciencia. Respeta sus manías. Para la abuela será mucho más importante que para ti esta convivencia. Te agradezco que hayas decidido vivir con ella una temporada.

Así comenzaba la primera carta que recibí de mi padre, apenas transcurridos tres meses desde que se despidió de mí para entregarse a la Policía y cumplir con la Justicia. Tenía veinte años.

Era una carta breve. En la cabecera había dibujado una cruz. A pie de página me recordaba las señas del Centro Penitenciario de Madrid I, seguido del apartado de correos 27007 de Madrid.

Me detuve en sus palabras de despedida. Eran las mismas de cada felicitación de cumpleaños, cada telegrama enviado a casa en San Sebastián, cada postal leída por nuestra abuela desde algún lugar en el que se acordaba de mí y de mis hermanos.

> Recibe mi cariño y mi bendición. Un fuerte abrazo y muchos besos.
> Tu padre que te quiere.
> Mauricio.

Estaba sentada en el trastero, en una silla de plástico plegable medio coja, apenas iluminado por una bombilla cubierta de polvo, con una pequeña caja oscura de metal en el regazo, vieja, oxidada por fuera, con algunos golpes y arañazos. Aquel cuartucho no era el mejor lugar del mundo para reencontrarme con el pasado. Seguí hurgando en el baúl de los recuerdos con el corazón inquieto. Releí cartas de amor escritas en francés de un vecino del barrio cuyo aspecto apenas recordaba. Tarjetas de felicitación de mi madre llenas de buenos deseos. Deshice con cuidado el lazo que enrollaba un papel cebolla que contenía varios poemas dedicados por un viejo amigo compositor. Cerré la caja y bajé a casa para continuar con mi lectura en un espacio menos lóbrego. Me arrepentí de haber quemado las cartas que mi padre había recibido durante su estancia en la cárcel y que había guardado durante años bajo su cama en la dehesa. Lo hice para evitar que cayeran en manos ajenas. Para que nadie hurgara en su intimidad, en su dolor, en la soledad de su cautiverio. Tenía cientos, aprisionadas en una bolsa de deporte raída con las costuras reventadas. Nunca pensé que llegaría un momento en el que quisiera leerlas.

Bajé a casa por las escaleras y me senté en el despacho. Respiré mientras tamborileaba con los dedos sobre la tapa antes de volver a abrirla. Una media sonrisa asomó por la comisura de mis labios al descubrir un paquete con diapositivas. ¿Qué edad tendría papá? ¿Cuarenta años? Alcé la ristra de negativos para verlos a contraluz. Eran fotos familiares junto a él y a mis hermanos. A nuestras espaldas, el rótulo de la escuela de *ballet* de Alain Baldini, donde comencé mis primeras clases. Quizá fuera mi madre la que estuviera detrás del objetivo. Le encantaba fotografiarnos con su cámara Leica.

En otra tira había varios negativos del día de mi primera comunión. Coincidió con la celebración de las bodas de oro de mis abuelos maternos. Recordé la tensión que había entre mis padres antes de llegar a la iglesia. La cara de circunstancias de mi madre. Los moñitos de raso que me pusieron en el pelo y las marcas en mis brazos por los arañazos de Curro, el gato siamés que robaba y escondía las perdices que mi padre traía a casa. No encontré una sola imagen en la que mis padres estuvieran juntos.

¿Qué les pasó? Eran jóvenes y exitosos. Se habían casado enamorados. Compartían aficiones, cultura, familia. Supongo que con el paso de los años cambiaron. Mi madre cambió. Nuestro primer hogar estuvo en Villamejor. Así se llamaba la finca familiar de Aranjuez donde viví hasta los cinco años. Había sido propiedad del rey Carlos

III. Una tierra próspera y generosa en la producción de cultivos y árboles frutales. Crecí entre caballos y aves rapaces. Mi padre tomó la decisión de venderla cuando supo que mi madre no era feliz allí. Renunció a la vida bucólica por el bien de los suyos y nos instalamos en Madrid, en una casa pequeña y bonita en la calle Colombia. Me escolarizaron en una guardería en el parque del Conde Orgaz, donde aprendí a socializar con otras niñas menos asilvestradas que yo a las que mordía y tiraba del pelo hasta que aprendí a relacionarme con ellas. Me negaba a comer, a bajar las escaleras, a montarme en la ruta cada mañana después de vomitar el desayuno. Mi madre estaba desesperada. Debí acusar el cambio, encerrada en una casa, lejos de la naturaleza y de los animales con los que había compartido mis primeros años. Ni halcones, ni perros, ni ovejas. No fue fácil para ninguno de nosotros adaptarnos a la ciudad, y menos aún para mi padre. Dos años después volvimos a mudarnos a pocas manzanas de casa. De la guardería, algo más disciplinada, pasé al colegio británico donde solo se me permitía comunicarme en inglés, y de este a otro centro religioso donde estuve un par de años. A la segunda mudanza le siguieron una tercera y una cuarta. También otro cambio de colegio para cursar el último año de primaria y continuar hasta acabar el ciclo. En tercero de secundaria yo misma decidí cambiarme a un colegio laico y mixto en la colonia de El Viso.

Mis padres tuvieron varios negocios en aquellos años: la armería en la plaza del Marqués de Salamanca y un restaurante especializado en platos de caza en Príncipe de Vergara. Un socio, que además era primo de mi padre, le estafó e hizo que la armería quebrara.

A veces me ponía a estudiar en la mesa de su despacho. Me gustaba estar cerca de sus cosas, sobre todo porque no se podían tocar. Su nombre figuraba en varias tarjetas con anagramas de diferentes empresas. ¿Cómo podía ser director de ventas en tantos sitios? A los once años, unos meses antes de mudarnos a la penúltima casa donde vivimos todos juntos, mis padres empezaron a trabajar en Golden y Rafi entró en nuestras vidas.

Conservaba más de una veintena de cartas de mi padre. Algunas escritas en Carabanchel y otras enviadas desde Ocaña, en Toledo, una de las prisiones más antiguas de España, a donde fue trasladado casi un año después de ingresar en prisión. A las primeras cartas manuscritas le siguieron otras mecanografiadas. Cuanto más tiempo transcurría, más voluminosa era nuestra correspondencia. Abrí al azar una carta fechada en Ocaña en julio de 1991.

Querida Macarena:

Me ha dejado muy contento tu espléndida y comunicativa carta. Ante todo te diré que lo que te ocurre es perfectamente normal para una persona con tu educación, sensibilidad y genes. Te envío unas líneas que me han salido pensando en ti. Lo he hecho pensando en mí, en la vida, en mi propia vida. Y, sobre todo, porque yo también y todavía ando metido en esos vericuetos del amor. Gracias a Dios que este camino no se termina nunca. Ni siquiera al llegar a él. Creo que es solo entonces cuando se complica de verdad. Cuando todo estalla en una galaxia de música y colores. Pero aún nos queda mucho a ambos para llegar a ese estado de conocimiento del amor. Lo nuestro es una amalgama de amor y amor. Muy distinta todavía del AMOR. Se titula: *Esta es la ley*. Sé que te gustará y te ayudará mucho en estos momentos y en otros venideros.

En la intimidad del despacho releí los ocho folios siguientes a la introducción de lo que mi padre sentía y pensaba sobre el amor. En otras cartas, el contenido era más ligero. Se interesaba por mi novio de entonces y deslizaba algún consejo paterno. Algunas trataban temas más esotéricos. En ellas disertaba sobre conceptos ocultos a los sentidos y a la ciencia, que a veces me costaba entender, pero en todas me pedía que, cuando pudiera, fuera a visitarlo. Solía hacerlo un lunes al mes, ya que los viernes teníamos el cierre de fin de semana en el periódico con jornadas interminables y agotadoras.

Fueron muchas las mañanas que estuve en la desaparecida cárcel de Carabanchel. Abuela y nieta aguardábamos nuestro turno de visita en un patio a la intemperie tras pasar el control de Policía. A ella nunca la cacheaban. Algunas gitanas, madres y esposas saludaban a mi abuela con un respeto reverencial. Ni un solo día dejó de visitar a su hijo mientras estuvo preso.

En la cárcel de Ocaña pasó dos años hasta que pudo optar al tercer grado en la prisión de Yeserías, antigua cárcel de mujeres reconvertida en un centro de inserción social para presos en régimen abierto. Mi padre salía para trabajar durante el día y volvía para dormir cada noche con otros doscientos presos. Fue Esther Koplovitz, amiga íntima de la familia, quien le firmó un contrato de trabajo en FCC como peón de albañil para que pudiera salir y empezar de nuevo. Durante el día tenía permiso para trabajar y hacer una vida más o menos normal.

Con el paso de los años, tuve nuevos retos y responsabilidades dentro del Departamento de Publicidad del periódico. Las visitas a Ocaña se fueron distanciando en el tiempo. En ocasiones, se apuntaba algún familiar para que no fuera sola. Había que tener ganas, y sobre todo tiempo, para ir a Toledo. Solíamos llevarle algo especial para comer. Alguna delicia que pudiera echar de menos. La abuela cocinaba de maravilla callos a la madrileña, *roast beef*, perdices escabechadas. Cuando llegaba nuestro turno, nos mirábamos la una a la otra para darnos ánimo y ensayar la mejor de las sonrisas antes de entrar. Por la megafonía de la sala de visitas, oíamos cómo lo nombraban y el número de locutorio que le correspondía: «Mauricio López-Roberts. Locutorio cinco. A comunicar». Me emocionaba verlo llegar, pero me tragaba las lágrimas por él y, sobre todo, por mi abuela. Aún hoy guardo nítidas en mi memoria algunas imágenes de aquellos encuentros.

En otra de sus cartas, justo un año después de estar en Ocaña, me escribía:

> No te preocupes por mí ni por lo de la sentencia. Yo aquí estoy bien. Sé dónde estoy. Puedo aguantarlo, pues llevo ya doce meses de veteranía. El próximo año o quizá un poco más adelante, obtendré mi primer permiso. Luego todo irá mucho más rápido. Quiero que cuides de tu madre. Cuéntame qué tal van las cosas por casa, cómo están tus hermanos. Quiero saber todos los cotilleos y novedades por ti. Sé lo mucho que te esfuerzas por mantener unida esta familia. Te recompensaré espléndidamente a mi salida. Iremos a cenar el mejor *chateaubriand* de Madrid al Viejo León. Lo prometo.

Jamás le oí quejarse de su suerte. Ni de lo desproporcionado de la sentencia que lo había condenado a diez años de prisión y a pagar diez millones de pesetas a cada uno de los hijos. Cuando mi padre falleció nos asaltó la duda de si Juan y Miriam le habrían reclamado dichas cantidades en algún momento, ya que él se había declarado insolvente. Como no estábamos seguros, mis hermanos y yo renunciamos a la herencia por temor a tener que asumir la deuda.

¡Qué caras le salieron esas veinticinco mil pesetas prestadas a Javier! Y qué carísimo el silencio en su particular búsqueda de la verdad. Él se reconocía a sí mismo como un hombre de honor. Ser poseedor de un título nobiliario llevaba implícita la obligación de dar ejemplo con su conducta, de honrar la memoria de sus antepasados.

Solía decir que había que pagar un precio por figurar en la historia de España y lo caro que resultaba ser «un señor». Es por esta razón por la que no huyó y asumió la pena que la Justicia le impuso. Por su propio bien y por el de los suyos.

Mientras ordenaba las cartas de mi padre en orden cronológico, reconocí la letra de Rafi caligrafiada en un par de sobres de papel, amarillento por el paso de los años. Pasé el dedo índice por un sello verde con el perfil del rey don Juan Carlos por valor de seis pesetas, y dos matasellos fechados en septiembre y octubre del año 1982. Podía oír su voz y ver su cara. Acerqué los sobres a mi nariz. Desprendían un olor inconfundible a papel viejo que me encantaba, como los grandes volúmenes de geografía que ojeaba de pequeña con mi abuela, o los libros de la biblioteca que mi padre me sugería que leyera.

La cartas de Rafi no ocupaban más de dos folios de papel cuadriculado escritos a mano. En mi interior, un regusto amargo al recordar que, haber escrito a Rafi a la cárcel, mi padre lo consideró una deslealtad imperdonable. Al hacerlo, no sabía que provocaría la furia paterna y que sería castigada por mucho tiempo con el desaire de su silencio. Hay frases difíciles de olvidar, pero hay miradas imposibles de borrar. Nadie ha vuelto a mirarme como lo hizo mi padre aquel día en el que se sintió traicionado por mí.

Más de mil quinientos días estuvo mi padre privado de libertad, en los que vivimos confusos por la situación. Años más tarde, volví sobre este dolor antiguo en la consulta de un gran psiquiatra, hoy amigo, y pude liberarme por fin. Cuando mi padre murió, el terapeuta sentenció: «Termina una etapa oscura y terrible de tu vida. Por fin empieza tu libertad».

La carta de Rafi en respuesta a la mía, comenzaba así:

Hola, Macarena:

Ahora mismo he recibido tu carta. ¿Sabes? Me ha hecho mucha ilusión porque aquí muchas veces me siento un poco solo y triste. Pero cuando alguien como esta vez tú, me escribe, entonces me doy cuenta de que no tengo por qué sentirme así.

Para no complicar la cosa: ¡¡Tesoro, que me ha encantado tu carta!!

En su carta Rafi no se refería a la cárcel. Quizá por prudencia o tal vez por pudor. Hablaba de su cuarto, de los libros que leía, de sus compañeros, como si estuviera en unas colonias de verano o recuperándose en un hospital. Se despedía pidiéndome que le dijera a mi madre que esperaba una carta suya y la fotografía que le había prometido. Es posible que ella, aún separada de mi padre, hubiera optado también por cortar cualquier comunicación con él.

Su segunda carta decía:

Querida Macarenilla:

Perdóname por ser tan perezoso para escribir, pero a veces los ánimos están un poquito bajos y no tengo ganas de hacer nada. Me comprendes, ¿verdad?

Cuando hace varios días recibí tu última carta, me quedé pensando que ya no eres ninguna niña; más bien ya empiezas a ser toda una mujercita. Hace tanto tiempo que no te veo que no me había dado cuenta de esto. Oye, ¿qué edad tienes ya? Por lo menos catorce, ¿no? Me imagino que ya hasta andarás por ahí con tus amiguetes y tus ligues. A ver si en la próxima carta me cuentas.

Yo aquí no tengo fotos para poder mandarte, pero en cuanto pueda conseguir una será para ti. Claro que, tendré que verme guapo porque con lo presumido que soy, no te voy a mandar una en la que esté feo. Tú también tienes que mandarme una foto tuya, pero no una que esté hecha hace un montón de tiempo. La quiero que sea de hace poco, porque como habrás cambiado bastante desde las últimas veces que nos vimos, quiero ver cómo estás de guapa ahora. Además, así se la enseño a mis compañeros y les digo que eres mi novia. ¿Qué te parece? Je, je, je.

Preciosa, dile a tu rubia y adorable madre que no sea tan vaga como yo, y que me escriba. Ya sé que tiene un montón de trabajo, ocupaciones y demás, pero que al pobrecito de mí le entusiasman y me hace un montón de ilusión recibir vuestras cartas.

Bueno, ya se me ha cansado la mano. Dale muchos besos a Marta y a Fermín. También a tus padres.

Para ti un besazo súper especial.
Rafi

En los meses anteriores a su ruptura definitiva, el ambiente de casa era tan irrespirable que algunos días me quedaba en el patio del colegio a la hora de comer y mis amigas me sacaban lo que podían del comedor en los bolsillos de sus babis.

En clase, la monja que impartía la asignatura de religión afirmaba con vehemencia que los hijos de padres separados no éramos verdaderos católicos. Por aquella época yo ya leía libros de otras filosofías como *Siddhartha*, la novela de Hermann Hesse sobre la vida de Buda, y me cuestionaba las verdades absolutas, que como una gota malaya, las educadoras católicas intentaban que calasen en nuestro espíritu virgen y adolescente. Nunca olvidaré a esa mujer víctima de su propia ignorancia y falta de empatía.

Solía tener dudas sobre cuál era la profesión de mis padres cuando había que rellenar los formularios para hacernos el test anual de aptitud y capacidades. Optaba por preguntarle a mi compañera del pupitre contiguo y ponía lo mismo que ella para no desentonar, porque sentía que mi familia no era como la de las demás. «Profesión del padre: industrial. Profesión de la madre: sus labores». Mis padres eran señores de la alta sociedad, marqueses, empresarios y supervivientes en la época que les había tocado vivir. Además, estaban separados. Para más inri —que como mi padre decía con sorna, no es una marca de crucifijos—, las religiosas jesuitinas encargadas de complementar mi educación consideraban que todo lo que se saliera de la norma y de lo convencional no tenía cabida.

Tras su separación estuvimos varios meses sin saber nada de mi padre. Se fue a vivir a casa de unos primos en la Sierra de Alcaraz, en la provincia de Albacete. La tarde en la que se marchó estábamos los cinco en el comedor de casa. Aún recuerdo la tensión que había. Mi padre fue preguntándonos uno por uno con quién preferíamos vivir. Los tres respondimos que queríamos quedarnos con nuestra madre. Acto seguido recogió sus cosas en silencio, apenas un par de maletas con ropa y unos cuantos libros. Mi abuela vino a buscarlo y yo respiré aliviada por primera vez en mucho tiempo.

***

Aunque compartíamos cierta animadversión hacia el gremio de los periodistas, en mi caso por razones obvias y en el suyo por motivos políticos, Cripto no tardó en acceder a un encuentro a tres bandas. Lo citamos en El Espejo, como a Yoldi. Esta vez elegimos la zona interior acristalada para poder estar más íntimos. Nosotras, como dos asesinas, volvíamos sin pudor al lugar donde debieron de tramarse los últimos detalles la noche de los crímenes. No por el puro placer de ver un trabajo bien hecho o por morbo. En nuestro caso, al menos en el mío, volvíamos de manera inconsciente para acercarnos a la verdad.

Cripto llegó montado en un patinete eléctrico que plegó y colocó bajo el brazo. Angie lo miraba atónita desde la cristalera, con la boca entreabierta. Parecía como si esperara a otro tipo de persona. Entró en El Espejo quitándose los auriculares inalámbricos de las orejas. Al verme me hizo un gesto con la cabeza y se acercó con paso lento. Echó un vistazo a cada una de las mesas que teníamos cerca y se puso cómodo.

—¿Este sitio es seguro? —preguntó.

—Como cualquier otro. No sé si sabes que nos vigilan —dijo Angie.

—Me gustan las tías que no se andan con rodeos.

—Maca me ha hablado mucho de ti. Tenía ganas de ponerte cara —continuó Angie.

—También te habrá dicho que aborrezco a los de tu profesión.

—¿Algún trauma de la infancia? —preguntó Angie.

—Qué cachonda tu amiga.

Observaba divertida el *punch* dialéctico que tenían, mientras el camarero esperaba paciente a que le prestáramos atención. Pedimos un par de refrescos y una caña para mí. Cripto parecía no estar cómodo en el lugar que le habíamos dejado.

Le pregunté si prefería cambiarme el sitio. Aceptó con rapidez y se sentó junto a Angie. Al levantarme y ocupar su asiento, el rugido de un motor me distrajo. Un motorista de gran cilindrada estaba aparcando su moto junto a otra amarilla. Era la Ducati.

—Angie, mira.

—No me lo puedo creer. ¿Cómo no le hemos visto llegar?

—No os pongáis nerviosas. Es una táctica para amedrentaros.

—¿Cómo lo sabes? —preguntó Angie.

—En el mundo hay mucho de esto, guapa.

—Pues yo no estoy acostumbrada a que me intimiden.

—Eso es porque aún estás cruda. ¡Ya verás, ya!

—¿Por qué dices eso? Tú no me conoces. Deberíamos denunciarlo a la Policía antes de que nos den un susto gordo.

—Se te ve a la legua que eres una criatura sin corromper. Olvídate de ir a la Policía. ¿De qué lo vais a acusar?

Mientras Cripto se divertía provocando a Angie, busqué con la mirada a alguien que pudiera encajar con el motorista que había visto debajo de su casa días atrás. Sin saber cómo era su cara, podía estar donde quisiera, observándonos desde dentro o quizá apostado en una esquina, controlando nuestros movimientos en la distancia.

—Si estáis incómodas, nos vamos —dijo Cripto.

—Puede que también te estén vigilando —dijo Angie.

—Me la sopla. Vamos a lo nuestro. He descubierto algunas cosas que quizá os sirvan.

—Supongo que no nos dirás quién te ha dado la información.

—Soy un *hacker* honorable. No revelaré mis fuentes.

Cripto nos mostró una secuencia de fotos en las que salían mis padres junto a Rafi detrás de unas gafas de sol naranjas y con unos auriculares colgados alrededor del cuello, de los que se usan para amortiguar el sonido de los disparos. Yo sabía que mi padre era un experto en armas, aficionado al tiro al plato y al de precisión. Tenía licencia de armas de diferentes calibres y durante un tiempo, a raíz del caso Urquijo, llevó su revólver Magnum 357 Smith & Wesson pegado al cuerpo como una segunda piel. El día que nos encontramos con Leo Estrada no había tenido oportunidad de contarle a Angie por qué mi padre había bautizado su revolver con el nombre de Adolf. Cuando se lo pregunté él me respondió que no se le ocurría nadie tan loco, rencoroso y vengativo como Hitler para bautizar un arma que, ojalá, nunca necesitara utilizar para defenderse. Nos enseñó a disparar para que fuéramos conscientes de que no era un juguete y de la responsabilidad que implicaba. También decía que si hubiera escogido el modelo largo, la habría llamado Gustav, en homenaje al cañón más grande jamás construido en Alemania. Medía 47 metros y pesaba 1.350 toneladas. Otro disparate del nazismo que tuvo una vida útil de trece días y que necesitaba más de dos mil hombres para ser manejado.

—¿Qué me quieres decir con estas fotos? —pregunté.

—La cuestión es si a ti te sugieren algo.

—Es Rafi quien no me encaja.

—Mira estas otras.

En las siguientes que nos mostró, aparecían mi madre y Juan de la Sierra hablando en la calle.

—Fíjate bien en esta —dijo.

—Sí, ya lo veo. Juan y mi madre. ¿Qué tiene de especial?

—Mira a la izquierda y dime si reconoces a alguien dentro de un coche.

—Es mi padre. ¿Qué hacía mi madre en la calle con Juan mientras él la esperaba en el coche? ¿Estaría espiándola? O fueron juntos.

Angie observaba las imágenes de cerca sin decir nada. Los hielos de su vaso le habían aguado el refresco. Cripto los hizo chocar y dio un buen sorbo al suyo. Ella ni se inmutó mientras escudriñaba cada detalle de los retratos.

Cripto sacó una última fotografía que puso sobre la mesa. Señaló con su dedo índice un *collage* que parecía estar pegado en la pared sobre la cabecera de una cama. Al lado, unas estanterías con libros y la jaula de un pájaro. Apenas podía ver quiénes eran las personas que había en él. Eran diminutas. Sobre la mesilla de noche, reposaba un marco con el rostro de una mujer mayor que me resultó familiar. Se trataba de Ofelia, la madre de Rafi. Al instante mis ojos volvieron sobre las fotos y me reconocí en una de ellas, estaba envejecida por el paso del tiempo y la humedad de la cárcel, como el resto. Se veía a una niña montada en una bici, con el pelo largo y una blusa escocesa de cuadros rojos. Era la que le había enviado en mi segunda carta. Me estremeció pensar que le había acompañado durante su encierro.

—¿Cómo has conseguido esta foto? —pregunté.

—Lo que importa es que nadie más pueda tener una copia. ¿Te das cuenta de lo que se podría interpretar?

—¡Por favor! Era una niña que le envió una foto a un amigo de su familia.

—Sí, pero esta foto es un objeto íntimo y personal que estuvo presente hasta el último día de su encierro. En la cabecera de la cama de un hombre abandonado a su suerte. Solo, con una veintena de libros, un canario, la foto de una madre ausente y tú. Seguro que tu amiga ya estará rumiando un titular.

Angie no entró al trapo. Pensé en mi padre. Quizá alguien pudo mostrarle esa foto. ¿Habría alardeado Rafi de mí delante de otros presos? ¿Acaso era esto a lo que se referiría mi padre cuando cuestionó mi lealtad hacia él? A lo mejor se sintió avergonzado. Estaba confundida. «Con la familia, con razón o sin ella», solía decirme. Nunca hablamos de ello, ni de su estancia en la cárcel, ni de lo que sufrió.

—Guárdalas o quémalas. Aquí tienes los negativos —dijo Cripto.

—¿Te las ha dado tu amigo el jefe de Policía? ¿El que te debe un favor? ¿Qué más sabe?

—No te distraigas del tema y piensa qué tiene que ver tu madre en todo esto.

—No sé dónde quieres llegar. Mi madre siempre se mantuvo al margen.

—Estas imágenes no dicen eso.

—Tu padre se ocupó de que así fuera —dijo Angie.

—¿Qué quieres decir?

—Quizá le hicieron chantaje y lo presionaron para que declarara todo lo que sabía a cambio de dejaros a vosotros y a tu madre en paz —dijo Cripto.

—¿Qué podía saber mi madre?

—Lo mismo que tu padre.

—No lo creo.

—Otros sí y lo utilizaron para hacerle una encerrona. Es mejor que nos vayamos. Seguiré investigando.

—¿Te vas a ir así? —preguntó Angie.

—Si quieres podemos continuar tú y yo esta noche. Te invito a cenar.

—Quizá en otro momento. Hoy tengo un compromiso.

—Te llamaré.

Cripto se levantó. Había dado por terminada la reunión. Dejó veinte euros sobre la barra, desdobló su patinete y se perdió entre un barullo del paseo de Recoletos. Angie, que apenas había abierto la boca, dijo:

—*Puff*, Maca, cómo lo siento. Se complica la historia.

—Cuanto más profundizamos, más porquería sale.

—Qué fuerte lo de tu foto.

—Pensé que se habría perdido. ¿Quién recogió las cosas de Rafi en la cárcel?

—¿No fue Matías Antolín? Pero también falleció.

—Maldita la gracia que me hace que pueda tener mi foto y las cartas.

—Déjalo correr.

Aún no habíamos terminado de interpretar las fotos ni el papel de mi madre en el caso cuando Angie me agarró del brazo y señaló hacia el ventanal que nos separaba de la calle. Un tío alto y corpulento vestido con chaqueta de cuero se montó en la Ducati que seguía aparcada junto a la otra moto.

—Ahí está ese tío, Maca —dijo Angie.

—Vamos a terminar con esto de una vez.

—¿Estás loca?

—Tú quédate aquí y guarda las fotos.

Me levanté de la mesa, corrí hasta la puerta y bajé las escaleras lo más rápido que pude. Antes de doblar la esquina me detuve para mirarlo sin que él pudiera verme. Estaba a punto de marcharse. Tenía el corazón acelerado. Pensé a toda velocidad si enfrentarlo o no. El

tipo, que ya había arrancado la moto, se largó dejándome con tal rabia e impotencia que no pude contenerme más. Grité y maldije a los
Urquijo y a todos sus ancestros, a Rafi, a la madre que lo había pa-
rido, a la Policía y a la Justicia de este país. Angie se acercó a mí con
cara de preocupación, pidiéndome que dejara de gritar y de cagar-
me en todo. La pobre no sabía qué hacer. Intenté calmarme. Respiré
y me recogí el pelo sin dejar de mirar el carril del autobús por el que
se había largado el motorista.

—Si quieres lo dejamos, Maca. No merece la pena —dijo.

—Ni de coña vamos a dejarlo. Ya se me pasará.

—Tranquila. ¿Quieres un cigarrillo?

—Sabes que no fumo.

—Bueno, hoy parece un buen día para empezar.

Anduvimos por la calle sin rumbo fijo. Casi como un ejercicio para
atenuar la frustración que sentía, más que por el placer de pasear.
Al llegar a casa guardé las fotos en la vieja caja metálica y la subí de
nuevo al trastero. Necesitaba hablar con mi madre para poder entender. No estaba segura de si estaría dispuesta a revolver el pasado
que tanto esfuerzo le había costado dejar atrás.

Capítulo 15
Angie

Abrí un ojo y sonreí desde la cama. Habían pasado más de dos semanas desde que Macarena y yo habíamos estado con Leo y tenía muchas ganas de sentarme tranquilamente para ponerme a buscar información sobre el Patronato Marqués de Urquijo. Premio Viajes de Estudio. Me había levantado muy motivada porque sabía que tenía todo el día por delante para investigar y ni reparé en que si confirmábamos la hipótesis de Leo y Mauricio podíamos meternos en problemas.

Salté de la cama de un brinco, puse música y fui a la cocina a prepararme un zumo de frutas. Mientras cortaba la manzana en trocitos para introducirla en la batidora pensaba en cómo organizar el día. Lo primero que debía hacer, ya que las oficinas de la administración solo trabajan por la mañana, era dar con el registro donde estuviera la fundación para ver qué información tenían sobre ella. Al terminar, me pondría de nuevo con el sumario; y, en algún momento del día, llamaría al juez de instrucción que llevó el caso, Luis Román Puerta.

Sonaba *La electricidad* de McEnroe y, con la misma cadencia que Ricardo Lezón, empecé a tararear «cabe-la-po-si-bi-lidad». La información sobre fundaciones es pública y, por tanto, en el año 2020, debía haber algún servicio digitalizado donde encontrar datos sobre este tipo de instituciones, siempre y cuando siguieran activas. Por lo que nos había contado Leo, sospechaba que Juan de la Sierra, el patrono de la fundación, la habría abandonado sin más.

Me senté frente al portátil y empecé a buscar en Google. Encontré que desde 2002 es competencia del Ministerio de Justicia tener un registro único sobre las fundaciones que hay en España para aquellas que actúan en varias comunidades autónomas. El propio Ministerio tenía un portal con un registro alfabético para poder hacer una búsqueda. Cuando escribí «Patronato Marqués de Urquijo. Premio Viajes de Estudio» no aparecía nada, por lo que entendí que, al tratarse de una fundación que había resultado de refundir otras dos que había en Llodio (Álava), quizá el expediente estuviera en el registro del País Vasco, ya que las fundaciones que no fueran estatales se gestionaban desde las propias comunidades autónomas.

En Euskadi.eus, la web de servicios del Gobierno vasco, encontré el buscador que necesitaba. La fundación apareció con el número de registro ARA 19-2, pero no me permitía acceder a más información. La búsqueda no iba a ser tan fácil. Eran las diez de la mañana, llamé por teléfono al número que aparecía en la página y me pasaron con una chica que podía ayudarme. Se llamaba Mari Carmen y, al darle el número de registro, me comunicó que se trataba de una fundación muy antigua, que se inscribió el 11 de diciembre de 1980 con una finalidad destinada a la docencia e investigación y que, aunque no se había extinguido, no le sonaba que tuviera actividad. Le pregunté si había una memoria o un balance de cuentas en el expediente y me dijo que en el ordenador no le figuraba nada. Aun así, me hizo el favor de ir a buscar la carpeta. Al cabo de unos diez minutos, Mari Carmen se puso de nuevo al teléfono.

—Lo siento porque parece que tienes mucho interés, pero el expediente está vacío —dijo.

—¿Y eso cómo puede ser? ¿No hay tampoco unos estatutos fundacionales?

—No hay nada. Es raro, pero ya te digo que esta fundación es antigua. No sé qué pudo pasar con estos documentos. Siento no poder ayudarte más.

Una cosa era que el patronato no tuviera actividad y otra que esa carpeta, que imaginé abandonada en un cajón de metal en un archivo del Gobierno vasco, no contuviera ningún documento en su interior, ni siquiera los que acreditaban su entrada en vigor. ¿Cómo podía ser que hubieran desaparecido? La consulta había sido breve y el resultado descorazonador. En mi afán por tener información actualizada sobre la fundación, me había chocado contra un muro.

Cuando todavía seguía dándole vueltas a lo que la funcionaria me había dicho, mi teléfono emitió un sonido extraño. Cuando conocí a Cripto, Macarena me animó a que me instalase Telegram por si él quería comunicarse conmigo, pero no lo había utilizado desde entonces. Cuando abrí la aplicación, me saltó un mensaje suyo: «Eres la primera periodista a la que le propongo una cita. ¿Comemos a eso de las tres en Beker 6?». Quedar con Cripto me daba mucha pereza y pensar que esa comida podía ser una cita lo convertía en algo todavía más terrible. A Macarena parecía caerle bien, se había hecho ilusiones con que podría ayudarla en su cruzada contra Google. A mí me parecía que él le estaba dando largas. Además, no me gustaba nada ese rollito machirulo que se traía Cripto al querer protegernos y recomendarnos que no denunciáramos al tipo de la Ducati. Había algo raro en él que me hacía desconfiar, pero por el momento mi instinto me decía que debía ser prudente y mantener los ojos bien abiertos. Acepté su propuesta con un escueto mensaje. No quise pensarlo demasiado para no entrar en el bucle de mis días de descanso, en los que todo me da pereza. Lo que de verdad quería era sacar tiempo para investigar.

Puse el móvil en modo avión, como suelo hacer cuando no quiero que nada me distraiga, y me quedé mirando la mesa bajita del salón. Se me había quedado pequeña. Tenía seis pilas de papeles con toda la información que íbamos recabando sobre el caso. Quizá, releyendo todos esos documentos, además del sumario, podía encontrar algún dato que hubiera pasado por alto sobre la fundación.

En qué lío te has metido, pensé en voz alta. En lugar de estar en la calle, paseando con el día tan maravilloso que hacía, de fiesta con mis amigas y disfrutando de mis días de libranza, me encontraba en el salón de mi casa, con un montón de información que releer después de haber llamado a un registro de fundaciones donde me habían dicho que la documentación que buscaba había desaparecido. Estaba inmersa en recabar datos sobre un crimen que se cometió diez años antes de que yo naciera. Era de locos. Un delirio. Desde luego yo no era una tía normal.

Rebusqué entre los artículos de *Interviú*, me fijé en el ejemplar que llevaba en portada a la actriz italiana Laura Antonelli, quien lucía un escueto bikini mientras se colgaba de una liana. Ahí estaba el famoso artículo del que nos había hablado Leopoldo: «Caso Urquijo: 500 millones tuvieron la culpa. Descubrimos el móvil del crimen». Leí las siete páginas en blanco y negro. Todo lo que nos había dicho cuadraba con lo publicado.

Después abrí la carpeta en mi ordenador donde tenía escaneado el sumario. Melchor Miralles tenía razón cuando nos dijo que leerlo iba a ser una auténtica tortura. El archivo constaba de nueve carpetas y en cada una había una media de mil fotografías que contenían los folios de los dos sumarios. Entre ambos, el de Rafi Escobedo por un lado y el de Javier Anastasio y Mauricio por otro, sumaban 2.654 folios. También había pruebas añadidas, como recortes de prensa, fotografías de la casa, de los cadáveres, informes forenses y policiales y análisis psicológicos de los procesados.

Cuando empecé a leerlo, creé un documento de Word para proyectar una línea del tiempo donde resumía cada documento del caso y añadía entre paréntesis el número de escáner de la carpeta, el código de la fotografía y el número de folio del sumario, por si necesitaba volver a consultar el original en algún momento. Busqué las palabras «fundación» y «patronato» y el archivo me destacó varios informes de los inspectores José Romero Tamaral y Héctor Moreno García, los encargados de la investigación policial.

Con el primer informe, del 27 de octubre de 1983, le puse nombre y apellidos al amigo que el marqués tenía en el Ministerio de Educación y Ciencia, del que nos había hablado Leopoldo, a quien acudió para agilizar los trámites para crear el Patronato Marqués de Urquijo. Premio Viajes de Estudio. Se llamaba Juan Manuel Pascual Quintana, era catedrático de Derecho Civil y entonces dirigía el servicio de recursos del Ministerio. Los inspectores tuvieron un encuentro con él días después de que *Interviú* publicase el artículo de la fundación, al tener conocimiento de que él había sido la fuente. Según este informe del sumario, Pascual aseguró a Romero y a Moreno que el marqués y él se conocían desde 1947 y que, cuando fue a verle a su despacho en el Ministerio, le dijo que él no podía hacer nada para ayudarle con esos trámites que tanto le urgían y que lo único que podía hacer era remitirle al jefe del negociado de fundaciones.

Respecto a la cantidad de quinientos millones que publicaba el semanario, Pascual afirmó que era «una exageración periodística», pero que el marqués sí le comunicó que tenía intención de dotar la fundación «con una fuerte cantidad de dinero», que ascendía a «ciento y pico o doscientos millones» de pesetas. En su declaración a los inspectores, el catedrático afirmó que él, como jurista y con varios trabajos publicados sobre el tema, sabía que esa cantidad de dinero en metálico suponía la práctica desheredación de los hijos, «especialmente para Myriam».

Al final del informe, los inspectores reconocían que, aunque la cantidad hubiera sido exagerada, la información de *Interviú* era «veraz», sobre todo en lo relativo al fondo del artículo. Resaltaban también que la cifra que les había dicho Pascual suponía «un serio revés a las expectativas de herencia por parte de los hijos de las víctimas». Por otro lado, Romero y Moreno destacaban el desinterés de los hijos por la fundación una vez fallecido el marqués, algo que contrastaba con la intención de su padre y que Juan, al figurar como patrono de la fundación, y Diego Martínez Herrera, que firmaba algunos de los documentos, «no podían desconocer». Los inspectores concluían con que «la súbita muerte del marqués truncó su propósito de hacer la fuerte donación a la ya repetida institución, por ocurrir aquella, como es sabido el 1 de agosto de 1980, y esta fundación superar el último trámite administrativo importante, el dictamen del Consejo de Estado, el 9 de octubre del mismo año, es decir, con posterioridad a los asesinatos».

Lo curioso es que, días después de la redacción de este informe, el 3 de noviembre de 1983, Pascual prestó declaración sobre estos hechos ante el juez, pero en esta ocasión se mostró mucho más somero a la hora de dar detalles. Aseguró «creer recordar» que el marqués le habló de una «donación importante», pero que no le constaba a cuánto dinero podía ascender. Le dijo al juez justo lo contrario de lo que les había dicho a los policías; también argumentó que la intención del marqués «para nada eludía la posible trascendencia en orden a los derechos hereditarios de los hijos». Es decir, que esa donación no tendría repercusiones en la herencia de Juan y Myriam de la Sierra.

Volví a la carpeta del sumario que contenía el documento original de esa declaración. Al terminar de leerla, me quedé mirando un retrato de Gia Carangi que me regaló mi amigo Charlie Brownbunny, que lleva años en Nueva York ganándose la vida pintando cuadros. El fondo rosa chicle de los acrílicos se mezcla con un malva para resaltar el rostro de la modelo. En este caso pasaba un poco como en el cuadro: había muchos contrastes que generaban conclusiones difusas e inconcretas. Me daba rabia que Pascual hubiera cambiado su declaración, pero parecía ser algo habitual en el caso Urquijo. Los inspectores se encontraron en más de una ocasión con estas contradicciones: testigos que tenían las ideas muy claras hasta que les preguntaban si estaban dispuestos a repetir lo mismo ante un juez. En ese punto, o no querían saber nada de hablar con magistrados o accedían para después cambiar sus declaraciones.

La siguiente fotografía escaneada del sumario era un recorte de *ABC* donde se hacían eco de la reacción de la familia Urquijo al artículo de *Interviú*. En él decían que el patrimonio de los marqueses a 31 de diciembre de 1979 ascendía a menos de doscientos cincuenta millones de pesetas, incluyendo en esa cantidad los bienes inmuebles. «Dichas fuentes han afirmado que con ese patrimonio mal podía haber donado el marqués de Urquijo quinientos millones de pesetas, que no tenía», señalaba *ABC*. También afirmó que era «improcedente y absurda la afirmación de que con esa pretendida donación el marqués lo que quería era asegurar el futuro de su hijo Juan y desheredar a Myriam». Según *ABC*, el marqués nunca pensó hacer algo así. Por otro lado, decían que la mejor forma de asegurar el futuro de sus hijos era dándoles los bienes a ellos y no a una fundación.

Había otro artículo de *El País* del 5 de noviembre de 1983 que recogía el testimonio de Pascual ante el juez y una reacción de Myriam de la Sierra sobre el asunto de la fundación. La hija de los marqueses afirmaba que le parecía imposible la decisión por parte de su padre de donar esa cantidad a la institución porque entonces no sabía «qué dinero le habría quedado para vivir». ¿Pero a quién? ¿A ella o al marqués? Esa declaración tenía muchas interpretaciones.

Cerré el sumario y continué brujuleando por el documento de Word, que me resaltó un par de declaraciones de Diego Martínez Herrera. La primera, fruto de una conversación mantenida con los inspectores sobre «el tema de las fundaciones del marqués de Urquijo, y de la repercusión económica que la dotación de ellas pudiera tener en la herencia de Myriam y Juan de la Sierra Urquijo», tenía fecha del 17 de julio de 1984. Según Romero y Moreno: «El citado administrador restó importancia al asunto [de las fundaciones] diciendo que el marqués no pensaba restringir la herencia de sus hijos mediante ninguna donación». En otra declaración de septiembre de 1985 fue menos preciso: aseguró desconocer si «el difunto marqués tenía propósito de hacer alguna donación a una fundación, pero pensaba que no porque el marqués no daba un duro a nadie».

Más allá de estas declaraciones del administrador y lo que en su día relató Pascual a la Policía y al juez, no había más información en el sumario sobre el Patronato Marqués de Urquijo. Premio Viajes de Estudio, y tampoco existía ningún documento que acreditase la intención del marqués de aportar a la fundación esa importante suma de dinero.

Al final, en un escrito de Luis Román Puerta, donde daba por finalizada la fase de instrucción del caso, el juez mencionaba una pieza separada sobre la investigación de las fundaciones. Supuse que por esta razón los documentos que Leopoldo le entregó no aparecían en el sumario. Hacía unos días que un compañero que cubrió tribunales en aquella época me había conseguido su teléfono. Me advirtió de que el juez seguía muy lúcido, pese a tener más de ochenta años, pero que era un hombre de carácter reservado y muy particular. Decidí no pensarlo mucho y teclear su número:

—*Buenos días, quería hablar con don Luis Román Puerta.*

—*¿Quién pregunta por él?*

—*Me llamo Angie Calero, soy periodista. Me gustaría hablar con él sobre un tema que llevó hace muchos años.*

—*Soy yo. Lo siento mucho pero estoy retirado y no hablo sobre asuntos judiciales.*

—*Ya lo suponía. Es que estoy escribiendo un libro sobre Mauricio López-Roberts, que fue condenado por encubrimiento en el caso Urquijo. En realidad quería hablar con usted sobre una pieza separada que sé que existe porque la mencionó usted en el sumario.*

—*¿De cuál se trata?*

—*Fue una investigación sobre las fundaciones que tenía el marqués.*

—*Aquello fue hace muchos años, pero no recuerdo que tuviera relevancia desde el punto de vista penal.*

—*Entiendo que no lo consideró relevante.*

—*Exacto. Que tenga un buen día.*

El juez colgó sin decir nada más. Por mucho que me hubiera gustado creer esta teoría y la investigación que hicieron Mauricio y Leopoldo, lo único que tenían, al igual que en todo el caso Urquijo, eran supuestos y conjeturas.

«La insinuación sobre la implicación de Juan en el asesinato de sus padres es grave. ¿No os dais cuenta de que se tiene que sustentar en algo?». Alfredo Semprún había sido contundente en su respuesta cuando le preguntamos por las hipótesis que circularon en su día y que apuntaron hacia los hijos como posibles inductores. Él les había entrevistado para *ABC* en 1983. La charla que mantuvieron fue publicada después en la revista *¡Hola!*:

Me puse en contacto con el abogado de Juan y Myriam y le expliqué que en esos momentos, para la opinión publicada, que no pública, Myriam y Juan eran cómplices o inductores necesarios en la muerte de sus padres. Era una acusación horrenda y yo le dije al abogado que tenían que aclarar dos puntos que para mí eran fundamentales: si la relación entre Myriam y Rafa estaba rota y si esa noche Juan estaba en Londres.

Semprún confirmó que Juan estaba aquella noche en Londres y, por tanto, en su opinión, la presencia de Rafi en Somosaguas no se justificaba. También comprobó que el matrimonio de Myriam estaba «completamente fracturado». Tanto era así que durante la entrevista en casa de Myriam en La Moraleja vio a Dick, que vivía allí.

***

La mañana se me había pasado muy rápido: era la una y media del mediodía. Estaba bastante saturada de tanto leer el sumario y decidí darme una ducha. Aunque el sitio donde iba a comer con Cripto estaba a pocas manzanas de mi casa, pensé que si llegaba un poco antes podría tomarme algo en alguna terraza que había al lado de Beker 6. Tras la ducha y el ritual de cremas diario, no dejaba de darle vueltas al tema de la fundación y de ponerme en la piel de los hijos de los marqueses. ¿De verdad podían tener la sangre fría de orquestar un plan así solo por una herencia? Eran jóvenes, Myriam tenía veinticuatro años y Juan veintidós. ¿Tan desarraigados estaban a esas edades? ¿Tanto les odiaban? Era imposible. Y que Rafi Escobedo se hubiera metido en esta historia, que a él ni le iba ni le venía, solo por dinero y el amor que sentía hacia Myriam, me parecía aún más peregrino.

A excepción de casos muy extremos, todos estamos en deuda con nuestros padres. Principalmente porque ellos son la causa de nuestra existencia, y tener un hijo es el mayor acto de generosidad que se puede hacer. Una vez pasada la fase en la que crecemos y maduramos —lo que para ellos sería la época de la crianza y para todos la tediosa adolescencia—, nos damos cuenta de que nuestros padres (aunque sea a su manera) quieren lo mejor para nosotros y son las únicas personas que están a nuestro lado de forma incondicional. Ni siquiera nuestras parejas, por muy fabulosas que sean, van a estar siempre que lo necesitemos. Los padres no fallan nunca, y por el camino, hasta que ya no están, no dejas de aprender de ellos. Y, desde luego, tiene todo el sentido del mundo que nosotros encontremos a alguien a quien amar, para canalizar el amor que sentimos por ellos y que llegará un día que lamentablemente no les podamos dar. Los padres nos transmiten un amor tan incondicional que creo que solo es entendible cuando tenemos hijos.

Seguí dando rienda suelta a mi reflexión mientras cerraba la puerta de casa y bajaba por Martínez Campos para cruzar el paseo de la

150

Castellana por la plaza de Emilio Castelar. Recordé entonces unas declaraciones de la secretaria del marqués en el Banco Urquijo, María Luisa García Montón, que había leído en el sumario. Contó a la Policía que Manuel de la Sierra se quejaba de que él parecía el malo de cara a sus hijos porque les exigía mucho y su mujer había estado más ausente. Se sentía muy orgulloso de Myriam porque desde joven había aprendido a ganarse la vida. «El niño», como llamaba a Juan, le preocupaba un poco más, por eso quería dejarle un buen paquete de acciones del banco y, cuando fuera más mayor, su puesto en el consejo. Sin duda, estas apreciaciones no parecían determinantes para que sus hijos decidieran acabar con él, y supongo que de alguna forma se las mostraría a ellos hasta que murió.

Quizá eran ciertas las hipótesis que apuntaban a una mano que movía los hilos incluso desde el propio banco, porque el marqués se oponía a la fusión del Urquijo con el Banco Hispano Americano. Sin embargo, por lo que habíamos leído hasta entonces, la relación entre ambos bancos era sólida y fructífera.

El Banco Urquijo, fundado en 1918, fue una de las instituciones financieras más importantes del país hasta la década de los años ochenta. Ejemplo de un exitoso desarrollo bancario familiar, en el que destacó el papel desempeñado por sus administradores, en especial Valentín Ruiz Senén y Juan Lladó. La actividad financiera se centró en la gran industria española, la siderometalúrgica, la metalmecánica, la electricidad y la química. Se especializó en la inversión industrial, lo que le permitió convertirse en uno de los grandes bancos españoles. Tras la Guerra Civil buscó nuevas oportunidades de negocio en el exterior. Con la firma del Pacto de las Jarillas en 1944, entre el Banco Urquijo y el Banco Hispano Americano se formó el primer grupo empresarial privado del país. El primero se especializó en la actividad industrial y el segundo en la comercial. De este modo apuntalaron el fuerte crecimiento económico que se produjo especialmente en los años sesenta. En 1964 diversificó su actividad invirtiendo en el sector clave del petróleo y continuó la expansión de la inversión industrial: en astilleros y en la construcción, así como en varias empresas de energía y petroquímica. La crisis de los setenta golpeó duramente al Urquijo, que se transformó en 1981 en un banco de negocios al por mayor y redujo su cartera industrial. A finales de 1982, a instancias del nuevo Gobierno socialista, el Banco de España diseñó una operación de salvamento del Banco Urquijo mediante su toma de control por parte del principal accionista, el Banco Hispano Americano. Tanto el banco como la familia sufrieron una crisis interna hasta entonces inimaginable.

A las dos y veinte ya había subido el primer tramo de Hermanos Bécquer. En el segundo, en la acera de la izquierda tras la curva, estaba Beker 6. Iba bien abrigada y no sentía demasiado frío. Decidí hacer tiempo en la terraza de José Luis, que quedaba a pocos metros del restaurante. Así vería a Cripto llegar. Acababa de sentarme cuando vi que a escasos metros de la puerta de Beker 6 había una Ducati amarilla. Era demasiada casualidad. ¿Sería la misma que nos rondó días atrás, cuando quedamos con Cripto en El Espejo? Entonces Macarena salió a enfrentar al motorista, pero no conseguimos ver su rostro. Me levanté como un resorte y le dije al camarero que había cambiado de opinión. Mi olfato me decía que Cripto y el motorista tenían algo que ver.

Caminé llena de desconfianza hasta Beker 6. Desde la calle no veía a nadie y no me atreví a entrar en el local. Pensé que si Cripto y el motorista estaban juntos, no se habrían citado en el mismo sitio donde me iba a ver con él en media hora. Miré alrededor. A la vuelta del chaflán, a la izquierda, frente al edificio de la familia Franco, había un pequeño local que tenía fama de servir un *foie* casero que estaba increíble. Me acerqué.

El interior era una especie de salón de la campiña francesa, con unas ventanas bastante discretas que daban a la calle. Era más factible que estuvieran dentro, así que me quedé en la terraza acristalada que tenía fuera. Solo había cinco mesas y dos de ellas estaban ocupadas, era un rincón acogedor. Me senté de perfil para tener un buen ángulo de la puerta del local. En ese momento pensé que podían pasar dos cosas: que Cripto y el de la Ducati estuvieran dentro o que solo fuera una paranoia mía. También deduje que, si estaban juntos en el local, podían salir en cualquier momento y ver que les había pillado. Si fuera así me daba igual porque los habría descubierto. Estaba un poco cansada de tanta gilipollez.

El camarero no tardó en salir con su uniforme blanco impoluto a conjunto con sus canas.

—¿Qué le apetece tomar a la señorita?

—Una Coca Cola Light, por favor.

—¿Se quedará a comer?

—Tengo poco tiempo, quizá otro día. ¿Me trae también la cuenta, por favor?

Cuando comenzó a recoger los platos de la mesa donde me había sentado, aproveché para darle conversación.

—Me encanta esta terraza, invita a sentarse —dije.

—Siempre estamos a tope.

—Seguro que a la gente le gusta más estar aquí fuera. ¿Se llena también el salón de dentro?

—Hoy solo tenemos ocupada la mesa del fondo.

—Será una pareja que busca intimidad.

El camarero contuvo la risa por un momento, como si mi comentario le hubiera hecho gracia. Perdió toda la discreción que parecía tener, pero a mí me vino bien.

—¿Pasa algo?

—No. Solo estaba pensando que los dos hombres que están dentro del salón no tienen mucha pinta de ser pareja.

—¿Dos hombres de negocios entonces?

—Tampoco. Más bien modernillos, ya sabe, con pinta de moteros. Uno de ellos es más bien rudo, podría comerse al otro.

En cualquier caso, podían ser pareja. Dejando a un lado este diálogo desactualizado y doliente, esos hombres podían ser Cripto y el motorista.

—¿Qué le parece si echo un vistazo? Me pica la curiosidad.

—Entre, entre. Están al fondo.

—Qué va, no quiero que se sientan observados por una mirada indiscreta.

—Si se asoma desde la puerta, podrá verlos sin que se den cuenta.

—¿Está usted seguro?

—Con total confianza.

—¿Pero tan particulares son?

—Tampoco tanto. Pero entre y luego me cuenta.

—En cuanto me diga lo que le debo me acerco a curiosear.

Dejé sobre la mesa el dinero y cincuenta céntimos de propina. Me enrollé la bufanda ancha de *cashmere* para que no se me viera mucho la cara y abrí la puerta del local. Al verlo, me quedé en *shock*, y eso que en parte es lo que esperaba encontrar. Al fondo estaba Cripto y de espaldas un tipo delgado que parecía muy alto. En el respaldo de una silla cercana a su mesa colgaba la chupa de cuero que el motorista llevaba el otro día. Mis sospechas se confirmaron. ¿Cómo podía Cripto ser tan torpe?

Saqué el móvil y de lo nerviosa que estaba hice una ráfaga de fotos interminable. Por primera vez esos indomables disparos de la cámara del iPhone servían para algo. Mi cuerpo se alteraba según las hacía. ¿Qué debía hacer? ¿Acercarme a la mesa y decirles que les había pillado? ¿Gritar? ¿Llamar a la Policía? Eran las tres menos diez. Cripto no tardaría en pedir la cuenta para encontrarse conmigo. Pensé en mil cosas, pero lo único que tenía claro era que no iba a mantener la cita; aunque me habría encantado decirles que ya estaba bien de tanto acoso y que qué narices hacían juntos, lo mejor era salir corriendo.

La luz verde de un taxi se me apareció como un resplandor mientras huía. Cuando le di mi dirección al conductor casi me echa a patadas del coche.

—¡Pero si está usted a tres manzanas!

—De un rodeo y no baje por Hermanos Bécquer, ¡le voy a pagar igual!

Aquello parecía una escena de una película, pero el taxista tampoco protestó más. Cuando se puso en marcha, me aseguré de que la bufanda me tapase media cara y me hundí en el asiento trasero. Volví a interactuar con el conductor para decirle que apagase la calefacción. De camino a casa, le envié un mensaje a Cripto. Le dije que había surgido un imprevisto en el periódico. Me contestó al momento: «¿Estás huyendo de mí, muñeca?». Solté un «gilipollas» en voz alta y el taxista me miró por el retrovisor. Quizá no sabía si darse por aludido o cambiar el rumbo hacia la clínica López-Ibor.

Cuando abrí la puerta de casa me temblaba todo el cuerpo y tenía ganas de vomitar. Revisé las fotos del móvil mientras me hacía una manzanilla con tomillo y anís. Al motorista no se le veía del todo la cara. Llamé a Macarena para contárselo.

—No puedo hablar mucho, estoy en una reunión. ¿No estabas con Cripto? —preguntó.

—Pues no te lo vas a creer, pero he llegado a nuestro encuentro media hora antes y, en otro sitio que había al lado, estaba Cripto con el motorista.

—¿Cómo sabías que era él?

—Porque llevaba la misma chupa.

—¿Y qué hacías tú en el restaurante de al lado?

—Iba a sentarme en la terraza de José Luis a hacer tiempo y entonces he visto la moto de lejos y me he puesto a buscarles... Da lo mismo. El caso es que eran ellos.

—¿Has podido verle la cara?

—Les he hecho una foto. A él no se le ve la cara, pero te la mando.

A los pocos segundos dijo:

—Pero este hombre parece más delgado, ¿no? El del otro día me pareció más corpulento —dijo.

—¡Pero es la misma chupa, Maca! Y la moto amarilla estaba fuera.

—Yo creo que no es el mismo tipo.

—¿No decías que no creías en las coincidencias? Además, esa cazadora te hace parecer más ancho. Hasta ahora le has visto con ella puesta, pero en la foto no la lleva. Y el casco integral estaba en la mesa de al lado.

—Puede ser.

—A mí Cripto no me inspira confianza, pero créeme que preferiría que no tuviera nada que ver con este tío. ¿No te parece raro que el otro día insistiera en no denunciarlo?

—¿Y dices que has vuelto en taxi a casa?

—¡Hombre, no me iba a volver paseando cuando estaban a punto de salir del local!

—¿Qué estarán tramando?

—Nada bueno. Está claro que Cripto nos oculta cosas.

Me quedé callada unos instantes. Macarena parecía confiar en Cripto, pero tenía que abrirle los ojos. Me daba miedo que este tío pudiera hacerle daño. Ella tampoco dijo más.

—Estás en casa, ¿verdad? —preguntó.

—Acabo de llegar.

—Me quedo más tranquila. Descansa y luego hablamos, tengo que seguir con la reunión.

Capítulo 16
Macarena

Desde la aparición del papel amenazador en el parabrisas de mi coche, no habían parado de sucederse los encuentros en los que el tipo de la Ducati amarilla estaba presente. En el colegio de Daniela, cuando me abordó en la calle, el día en el que Angie y Cripto se conocieron en El Espejo y, por último, al ser sorprendidos por Angie en el restaurante de la calle Hermanos Bécquer. Estaba inquieta por lo que pudiera pasar. Tenía previsto un viaje de un par de días a Lisboa y no quería que Daniela volviera sola del colegio. Me había asegurado de que un vecino con quien tenía confianza recogiera a su hija y a la mía cada tarde al salir del colegio. Era pintor. Trabajaba en su casa y no tenía inconveniente en hacerse cargo. Mi hija, que percibía mi inquietud, me preguntó si estaba segura de querer remover el pasado y cuál habría sido la opinión de su abuelo al hacerlo.

—¿Me vas a contar qué pasa, mamá?

—No quiero que te acerques a nadie que no conozcas.

—¿Es por el libro del abuelo?

—Hay gente que no quiere que investiguemos.

—¿Qué habría hecho el abuelo?

—Llegar hasta el final.

—Pues sigue.

—Estate muy atenta. No confíes en nadie que no conozcas.

Él solía decir que no había que perturbar la paz de los muertos. Tenía prohibido juntarme con mis amigas para tontear con la güija. Un juego que se puso de moda entre los adolescentes, como el Risk o el Trivial, en el que sobre un tablero de madera con letras, números y un vaso podía establecerse contacto con los espíritus que pululaban en otras dimensiones. Yo pensaba que si él lo decía sería porque hablaba desde el conocimiento que le habían dado sus libros de esoterismo y quizá habría experimentado con el juego.

Daniela se enteró de la historia de su abuelo recién cumplidos los doce años. Tenía más o menos la misma edad que yo cuando ocurrieron los asesinatos. Fue algo casual. Habría preferido retrasarlo al máximo, pero la naturalidad con la que mi padre hablaba de su vida era tal que no cupieron disimulos aquel día.

Estábamos en la dehesa, junto a la chimenea que no paraba de chisporrotear, ahumándolo todo, alrededor de una mesa camilla donde solíamos comer y jugar a la canasta o al ajedrez. Daniela y él hablaban sobre un potro que acababa de nacer al que mi padre había bautizado con el nombre de Almanzor.

—¿Por qué te gustan tanto los caballos? —preguntó Daniela.

—Porque es el animal favorito de Dios.

—Eso no lo sabes, abuelo. A lo mejor le encantan las salamandras o los delfines.

—Dice una leyenda beduina: «Tomó Dios un puñado de viento del sur, y prestándole su aliento, creó al caballo».

Daniela parecía satisfecha con la explicación poética de su abuelo.

—Una vez conocí a un tipo excepcional. Se apellidaba Levenfeld —dijo.

—¿Era alemán?

—Había nacido en Oporto, pero era español. Un gran aficionado a los caballos y un estafador.

—¿En serio? —preguntó Daniela.

Yo ya le había oído hablar del él. Era un experto en la falsificación de firmas. Con el dinero que había ganado engañando a bancos y empresas, se metió en el mundo de la cría de purasangres ingleses que hacían las temporadas de primavera y otoño en el hipódromo de la Zarzuela de Madrid. Según mi padre, que lo quería y admiraba, había hecho una gran fortuna con la compra y venta de sementales. Sus ejemplares habían participado en más de dos mil carreras, premiados muchos de ellos en las grandes pistas de Buenos Aires, Brasil e Inglaterra. Levenfeld tenía una selecta clientela dentro y fuera de la cárcel.

—Compartimos charlas de patio y cigarrillos cuando estuvo preso en la cárcel de Carabanchel. Era simpático. Nos hicimos íntimos amigos —dijo.

Con un gesto de cabeza y los ojos muy abiertos, le hice saber a mi padre que con la información que acababa de revelarle a Daniela era más que suficiente.

—¿En la cárcel? ¿Qué hacías tú en la cárcel? —preguntó ella.

—Vamos a dar un paseo tú y yo —dije.

La historia volvía a repetirse. Algunos años atrás había ocurrido lo mismo con mi hijo mayor. Una tarde cualquiera de otoño, sentados alrededor de la misma mesa, en una conversación trivial, el tema de la cárcel dejó de ser un secreto para su nieto, por aquel entonces, un tierno adolescente.

—Ya estás preparada para que te hable de la historia que vivió el abuelo —dije.

—¿Me vas a contar la verdad?

—¿Por qué piensas que no voy a hacerlo?

—Porque las madres protegen a sus hijos.

—Ahora que sabes que estuvo en la cárcel, te contaré lo que ocurrió.

—¿Darío lo sabe?

—Claro que sí. Fue algo parecido a lo de hoy.

—¿Te lo llevaste a dar un paseo? —dijo.

—Y también nos sentamos bajo esta misma encina.

—El árbol de la sinceridad, parece.

—Fue un caso trágico que ocurrió en los años ochenta. Lo más importante que tienes que saber es que tu abuelo es un hombre honesto que no hizo daño a nadie y que colaboró con la Justicia en todo momento.

—¿Entonces? ¿Por qué estuvo en la cárcel?

Daniela se quedó pensativa sentada bajo la sombra de la encina que cobijaba nuestro secreto, con sus ojos color miel clavados en los míos. Tenía el semblante serio y me escudriñaba con la mirada, quizá para cerciorarse de que no estaba almibarando los hechos. Cuando terminé de contarle lo que debía saber, dijo:

—Qué injusto. Pobre abuelo.

Entonces pensé en todos nosotros: mi abuela, mis padres, mis hermanos, mis hijos. Cuatro generaciones de una misma familia estigmatizadas por el drama y el escándalo de estar vinculadas a un doble asesinato. Habían pasado casi cuarenta años de un caso siniestro que tenía más agujeros que un queso gruyer y, a pesar del tiempo transcurrido, parecía como si lleváramos una escarapela bien visible en la solapa que nos identificara. No había manera de poder olvidarlo del todo. Parecía inevitable que una parte de ese peso recayera sobre las nuevas generaciones que, si bien no habían vivido la tragedia, compartían el dolor de los suyos. Si no conseguía eliminar definitivamente la información de Internet, colearía por los siglos de los siglos. Amén.

***

Cuando alguien empieza a hacer excepciones de sus propias reglas quiere decir que ha comenzado a relajarse. La llamada que había recibido de Cripto me lo confirmó. Eran las nueve de la mañana de un domingo. Hasta entonces no se había comunicado directamente. Me extrañó. No tenía claro si debía responder o no y preferí esperar. Al ver que no volvía a sonar, le escribí unas líneas por el canal habitual de mensajes de destrucción inmediata.

—Buenos días. ¿Me has llamado?

—Hola, guapa. Perdón por la hora, me he dado cuenta después de marcar.

—Me había sorprendido.

—Tenemos que hablar. ¿Podemos vernos hoy?

—Dime lugar y hora.

—Te veo en la puerta del edificio de la Fundación Telefónica a las 14:00.

—Allí estaré.

Aunque Angie me había pedido que fuera prudente y no acudiera sola a ningún encuentro más con Cripto, no lo dudé. Le puse un mensaje y le dije que estuviera atenta por si la necesitaba. Habíamos quedado en que le mandaría un WhatsApp cada hora hasta que volviera a casa. Me pareció un poco exagerado, pero no quería preocuparla y accedí. Llegué a la Gran Vía en metro. Era la mejor manera de moverme por la ciudad para evitar al tipo de la Ducati, con quien no me había vuelto a cruzar después del intento fallido por desenmascararlo en El Espejo, ni tampoco Angie tras haberlo visto en compañía de Cripto. Confiaba en que quizá, al ser domingo, tuviera otros quehaceres como pasear por el Rastro, ir a misa, comer un bocata de calamares en la plaza Mayor o visitar a su puñetera madre. Caminé un buen rato por Malasaña mientras pensaba a qué estaría jugando Cripto. Entré en la bodega La Ardosa, pedí un vermut de grifo y un par de gildas. Me coloqué como pude en un minúsculo hueco en una esquina, junto a la barra. Apuré el último trago y me comí la aceituna rellena de anchoas que reposaba en el fondo del vaso.

Paseé por Fuencarral sin prisa, hasta el punto donde me había citado con Cripto. Lo encontré apoyado en la pared del edificio, con una mochila a los pies, distraído con el trajín de gente que pasaba por la calle. Al verme llegar, agarró su macuto, vino a mi encuentro y me abrazó con fuerza, como si no me hubiera visto hacía tiempo, mientras me susurraba al oído que se le habían insinuado un par de tíos pasados de copas, que debieron de pensar que era gay. O como dijo él: «Un gordito cachondón».

—Perdona las pintas —dijo—. He tenido que ir a buscar a los perros de mi ex para llevarlos a casa. Me llamó anoche para decirme que se había hecho una liposucción y que no tenía a quién recurrir.

—Como para decirle que no.

—¿Qué iba a hacer? Hemos estado siete años juntos. Los chuchos son casi más míos que suyos.

—¿De qué raza son?

—Chihuahuas. Mimados, gritones e insoportables. Muy cariñosos, eso sí, y fáciles de transportar. Cada uno viaja en un bolsito con su foto impresa y el nombre bordado con lentejuelas de colores. Una horterada como la copa de un pino, pero tengo la suerte de estar inmunizado contra el mal gusto.

—¿Cómo te vas a organizar?

—Tendré que llevármelos al estudio. No me atrevo a pedirle el favor a ningún vecino. Además, no te creas que se quedan con cualquiera. Son de esos que si se cabrean te muerden los tobillos.

—¿Tu ex vive sola?

—Con sus hijos, los adolescentes más egoístas que he conocido en mi vida. Los perros están mejor conmigo.

Anduvimos tranquilos hasta una bocacalle que hacía esquina con Gran Vía. Nos paramos frente a un portal del que colgaba un pendón negro que parecía de seda con un faisán verde bordado. Cripto me dijo que era el ave nacional de Japón. Entramos en un local pequeño, alargado como un túnel. No tendría más de seis u ocho mesas. Sobre la pared del fondo, destacaba un gran trampantojo con un cerezo en flor, voluminoso y profundo. Me acerqué para contemplarlo más de cerca. Parecía como si estuviera dentro del propio paisaje, sereno, cálido, real.

Una camarera bajita y delgada saludó a Cripto inclinándose hacía adelante con las palmas de las manos juntas a la altura del pecho. Sin decir una palabra, nos indicó con gestos que podíamos sentarnos en la mesa de la entrada. La única que recibía luz natural de la calle. Me quité el abrigo y él su cazadora vaquera con borrego de estilo ochentero. Debajo llevaba una camiseta de manga corta con dos iguanas entrelazadas de color verde fosforescente que según dijo simbolizaban la fuerza de los opuestos en la naturaleza.

—Este es el mejor japo de Madrid. Lo vas a flipar.

—Solo me llevas a sitios que empiezan por: «Este es el mejor tal y tal de Madrid».

—¿Te estás cachondeando de mí?

—Claro que no.

—¿Vienes mucho?

—Soy su mejor cliente.

Me extrañó que estuviéramos solos y pensé si Cripto no habría cerrado el restaurante para nosotros.

—¿Qué tal con Angie?

—Tu amiga puso una excusa de no sé qué del periódico que le había surgido a última hora y me dejó plantado.

Contuve las ganas de decirle que ella le había pillado *in fraganti* con el tío de la Ducati y que me tocaba las narices lo que estaba tramando. Continuamos la conversación como si no pasara nada, mientras una corriente subterránea se deslizaba silenciosa, agazapada, esperando el mejor momento para desenmascararlo.

—Yo sigo tirando la caña, a ver si pesco. Ayer cené con una abogada, pero no voy a volver a llamarla.

—¿Tan mal estuvo?

Le había propuesto presentarle a sus padres. Él supuso que sería para que le dieran el visto bueno. Ella, que más o menos tendría unos cuarenta tacos, llevaba un *spray* de pimienta en el bolso. Yo me reía al imaginar la cara que se le debió de quedar a Cripto cuando se agachó para recoger lo que pensó que era un pintalabios que había rodado hasta chocar con su zapatilla. Lo cogió, la miró y pensó: «Otra loca». Por un par de detalles, le pareció que era de esas mujeres que piensan que todos los hombres son unos depredadores. Y, según un amigo suyo psiquiatra, lo son en mayor o menor grado. Depende de lo evolucionados que estén. El gordito traidor también puntuaba como tal, o al menos eso pensó.

—Me dieron ganas de salir corriendo, casi más por lo de presentarme a sus viejos que por el *spray*.

—¿Dónde la conociste?

—En una red de contactos. Era maja por el chat. No te puedes imaginar la cantidad de tías que hay con ganas de echar un polvo.

No respondí a su comentario. ¿Qué tipo de tía era yo? No de las que echan un polvo con cualquiera. Cripto me miró con picardía, se encogió de hombros y me ofreció la única carta que nos habían traído. Él sabía lo que iba a pedir. Eché un vistazo a los platos y, como ya era costumbre entre nosotros, acepté sus recomendaciones.

—Te dejé un buen marrón el otro día con el material —dijo.

—¿Lo dices por las fotos de mis padres?

—¿Qué opinas?

—Hay muchos detalles que se me escapan.

—¿Sigues con la idea de escribir? No va a ser fácil encontrar editor.

—Supongo que no.

—¿Y tu vieja, qué dice?

—Es como si hubiera perdido la memoria. O como si el paso del tiempo y las mil y una informaciones hubieran hecho un cortocircuito saturándola y ya no supiera diferenciar si lo que le contaron era la historia real o si sus recuerdos la traicionan. Quizá sea una buena estrategia para olvidar.

—Por eso quería verte. Hay cosas que tienes que saber. Alguien vigiló a tus padres desde el principio y durante mucho tiempo.

Cripto había conseguido documentos, declaraciones, informes policiales. También había encontrado los fotolitos y un ejemplar desmembrado de *Las malas compañías*. Un archivo con fotos instantáneas, con nombres y fechas en los reversos, hechas con una cámara Polaroid, y una carpeta en la que sobresalían tiras de negativos e imágenes firmadas por Leopoldo Estrada.

¿Cómo era posible que Cripto hubiera encontrado tanto en tan poco tiempo? Si él podía hacerlo, cualquier otro con influencia, dinero o los contactos adecuados también. Mi mente se llenó de interrogantes: ¿estaría alguien dirigiendo los pasos de Cripto? Demasiado fácil y rápido. Por un instante, mientras mordisqueaba unas patas de cangrejo en tempura, observé a través de los cristales de sus gafas la expresión de sus ojos azules. Lo escudriñaba en busca de la verdad. Una punzada de desconfianza volvió a pellizcarme por dentro. Mientras siguiera dándome información no iba a quitarle la careta, ni a compartir nada sobre nuestros avances, y menos aún hablarle del encuentro que habíamos tenido con Leo.

Tenía que estar jugando a dos bandas. De otro modo, no tenía sentido que Angie le hubiera pillado con el motorista. Se había descrito a sí mismo sin ningún pudor como un mercenario que trabajaba sin descanso para retirarse lo antes posible. Nos había desaconsejado denunciar las amenazas y sabía que yo no podría pagarle por su trabajo de limpieza virtual. ¿A qué estaba jugando?

Si los mismos que nos vigilaban lo habían contratado, ¿por qué seguía quedando conmigo? O quizá ellos también querían atar algún cabo suelto y favorecer así la eliminación de contenidos. Quizá Cripto había encontrado la manera de sacarles unos cientos de miles de euros. ¿Hasta qué punto podía confiar en que fuera leal a mí? No sabía si debía compartir mis dudas con Teresa. Ella era su abogada, nuestro nexo, pero también mi amiga.

—Oye, qué rico está esto —dijo—. ¿Quieres que pidamos otro plato de lo mismo?

—Por mí está bien así.

—Te has puesto seria. ¿Hay algo que te preocupe?

—Perdona, estaba pensando en varias cosas a la vez. Esos documentos que has conseguido, ¿son originales?

—¿Qué crees que llevo en la bolsa? Material pirotécnico de primera. ¿Quieres que te lo enseñe?

Preferí que Cripto no pusiera sobre la mesa lo que había traído. Aunque estábamos solos, algo que me pareció extraño en un fin de semana, le pregunté si podía llevármelo a casa para estudiarlo y sacar mis propias conclusiones. Él accedió y yo seguí sin fiarme de él. Cuanto más profundizábamos, más ganas tenía de darle carpetazo a la historia. Recordé un dicho argentino que decía: «No aclares que oscurece». Y, también, el único motivo por el que continuaba agitando el avispero: restablecer el honor de mi padre.

—Cuando tu padre salió de la cárcel, ¿qué hizo? —preguntó.

—Le concedieron el tercer grado y necesitaba un trabajo para poder salir durante el día. Lo contrataron como peón de albañil en una obra.

—¿Estás de coña? Pero si tu padre era marqués y empresario. ¿No podían haberle contratado en recursos humanos o en el departamento financiero? —preguntó.

—Trabajó como una mula hasta que se lesionó.

—Joder con tu viejo. Le echó un par de cojones. Aunque después de la cárcel, yo también habría cogido cualquier curro.

—En el aeropuerto de Ibiza trabajó como halconero. Vivía solo con sus pájaros, en una casa de labranza, humilde, sin apenas comodidades. Su labor consistía en volar halcones para ahuyentar a las aves que sobrevolaban las pistas y evitar que pudieran provocar accidentes aéreos.

—¿Sabes lo que pienso? Tu padre era un hombre del Renacimiento atrapado en el siglo XX. Una vez estuve en las fiestas de Villajoyosa.

Había un tipo vestido con un traje medieval que hablaba a los niños del noble arte de la cetrería mientras les dejaba acariciar el pecho de una lechuza que llevaba al puño, al mismo tiempo que otras aves rapaces con caperuzas descansaban sobre unas perchas de metal a cierta distancia. Me impresionó.

—No es todo tan bonito como parece. Quizá lo fue en la época en la que trabajó con Félix Rodríguez de la Fuente cuando yo era un bebé y criaban aves en cautividad. Ibiza era diferente. Enfermó una noche y lo ingresaron en el hospital. Se moría de pena allí solo. Le mandé un billete de avión y a la mañana siguiente lo recogí en Barajas. Parecía un emigrante sin tierra. Estaba mucho más delgado y sus ojos destilaban angustia.

—Qué pena me da, tía. No me cuentes esas cosas que me partes el corazón.

—También trabajó en el safari El Rincón, propiedad de Carlos Falcó, donde hacía exhibiciones de aves rapaces. En los últimos años antes de retirarse a la dehesa en Ávila, participó en algunos programas de televisión, mal pagados, a los que le invitaban para que diera su opinión sobre el caso.

Sentía una dualidad curiosa con Cripto. Estaba cómoda con él a pesar de las punzadas de desconfianza que me provocaba su misteriosa forma de actuar. Le conté que cada vez que mi padre salía en un programa de televisión, ponía en jaque a toda la familia. No tanto por lo que pudiera decir, pues tenía todo el derecho a defender su postura y los motivos de sus actuaciones, sino porque se tomaba alguna copa antes de ir al plató. Necesitaba armarse de valor para enfrentarse a los lápices afilados de los periodistas y las versiones contradictorias de otros personajes relacionados con el caso, quizá con más tablas que él, acostumbrados al *show* televisivo.

Cripto escuchaba con atención todo lo que compartía con él y me expresaba su cariño con gestos sinceros y compasivos. A veces parecía como si me hubiera adoptado, como si fuera una huerfanita desvalida. Algo que detestaba profundamente. Sobre todo desde que mi apellido llevaba aparejado un «¿de qué me suena?». Lo que él ignoraba era que mi fortaleza y determinación eran más potentes que mi fragilidad. Me había propuesto averiguar quiénes estaban detrás de las amenazas y los motivos por los que se arriesgaban a intimidarnos. En honor a mi padre, en honor a la verdad y con el orgullo que confiere abanderar una causa noble y valiente. Por todo ello, no iba a dejar que Cripto ni nadie jugara con nosotras. Como muchas veces había oído decir a mi madre: «Paso de buey, corazón de lobo y hazte el bobo».

Mientras Cripto me animaba a poner el broche de oro a nuestro encuentro gastronómico con el mejor helado de té verde de la ciudad, vi cómo la pantalla de su teléfono se iluminaba y aparecía el nombre de un tal Castillo en letras mayúsculas. Murmuró un: «¡Vaya, qué oportuno!», me miró, puso el teléfono boca abajo y dijo que le respondería más tarde. Me extrañó porque solía disculparse cuando esto ocurría para contestar de inmediato con el dictáfono de su móvil. Era la primera vez que no respondía al instante.

Saboreamos el helado relamiendo cada uno su cucharita. Reconocía el buen gusto de Cripto. Tenía un paladar sofisticado. Insistí en compartir la cuenta, pero una vez más quiso hacerse cargo. Salimos del japonés, que seguía vacío, y le agradecí la invitación. Él pensaba volver a su casa temprano para ocuparse de los perros o quizá para reunirse con el tal Castillo. Los encuentros con Cripto me dejaban exhausta. Cogió la mochila y me ayudó a colocármela a la espalda. Era voluminosa, pero no pesaba. Me acompañó hasta la boca de metro y me dijo que no me fiara de nadie. Parecía haberme leído la mente. Quizá hubiera intuido que desconfiaba de él.

Al llegar a casa guardé el material que Cripto me había dado en el despacho, detrás del sofá donde solía tumbarme a leer. Había quedado con Daniela en ir al cine. Un plan ideal para una tarde de domingo y, para mí, la mejor manera de desconectar un poco del desgaste que me provocaba hablar del caso. Después de cenar, me pudo la curiosidad, cerré la puerta de cristal del despacho, encendí una lamparita de luz discreta y saqué la mochila para echar un vistazo a su contenido. Al abrir la cremallera percibí el olor a humedad, a papel viejo. Saqué varias carpetas que puse sobre la mesa y el libro deshojado. El rostro de mi padre pasó difuminado por mi cabeza. Unas fotos cayeron sobre la alfombra. Eran una secuencia de instantáneas en las que aparecían Rafi, Javier, Juan y otros amigos en una fiesta, desinhibidos, quizá tomadas por alguno de ellos. ¡Qué jóvenes eran! No vi nada extraño, salvo que en el reverso se podía leer el lugar y la fecha en la que habían sido tomadas: Somosaguas, 12 de septiembre de 1980, cinco semanas después de los asesinatos. Estas imágenes confirmaban lo que el mayordomo declaró a diferentes publicaciones sobre las fiestas que se habían celebrado en la casa tras los crímenes.

Encerrada en mi despacho, perdí la noción del tiempo. Pasé varias horas clasificando el material que Cripto me había dado. Me costó leer una copia descolorida de un informe de 1985 firmado por José Romero Tamaral, en el que hablaba de testigos que enmudecían intimidados o alertados por lo que él resaltaba como «el señorío del poder y el dinero».

Se refería al mayordomo como el ejemplo más desalentador de alguien que, pudiendo testificar, había optado por guardar silencio «para después acudir a *Interviú*». Al igual que muchos otros, que prefirieron hablar con los medios a cambio de permanecer en el anonimato. Hacía referencia a testigos que de forma directa o indirecta habían sido motivados económicamente por las personas sospechosas a las que estaban investigando. Tamaral afirmaba que sabían más de lo que contaban. Otro testigo malogrado declaró que había recibido dinero de Juan, y cuyo padre, un alto cargo del Ministerio de Agricultura, le había prohibido volver a hablar del caso con la Policía por tratarse de la familia Urquijo.

Tampoco obtuvo información del padre Galera, el sacerdote que guardó con celo las confidencias que Rafi pudo haberle revelado bajo secreto de confesión. Mencionaba a Elena de Gregorio, quien trabajó en estrecha relación con Myriam, y de la perfecta coartada de Dick, su amante, al que habían llevado borracho como una cuba a su hotel en Oviedo la noche en la que se cometieron los crímenes. Hablaba también del crédito obtenido por Javier y Rafi por intermediación de Myriam con el Banco Urquijo para montar un *pub*, y concedido tras los crímenes. Hacía hincapié en el interés de Juan por una de las armas de colección del padre de Rafi. La famosa Star que desapareció y que no pudo demostrarse si Juan pagó por ella, ni si fue el arma homicida. Lo que me hizo recordar al célebre Chéjov: «Una pistola que aparezca en el primer acto de una obra teatral será disparada inevitablemente en el tercero».

Capítulo 17
Angie

Julián Zamora era otro de los personajes relevantes de la segunda lista de personas cercanas a Mauricio. Macarena no lo conocía personalmente, pero me dijo que su madre le tenía cariño y que la había ayudado en un momento en el que la relación entre sus padres atravesaba una época complicada. Quedamos con él en la cafetería Vips de la calle Orense. El típico lugar que recomendaría un psicólogo para romper una relación. Anodino, impersonal y al que no volvería nunca más si de mí dependiera, a no ser que me entrase un increíble antojo de tortitas con chocolate y nata.

Antes pasé por el estanco de la calle Zurbano. Los dos cigarrillos que quedaban en el paquete me parecieron escasos para pasar la tarde. Aproveché para comprar algunos mecheros de colores llamativos. No sé por qué, pero los pierdo con una rapidez pasmosa. Al salir encendí uno. Tenía intención de fumármelo con tranquilidad. Macarena era puntual y eso me hacía calcular un poco mejor el tiempo para no llegar tarde. Mientras miraba la ropa de primavera del escaparate contiguo al estanco, di un respingo al ver al tío de la Ducati por el reflejo del cristal. Subido a la acera, hacía rugir su moto con cada acelerón hasta que encontró el hueco que buscaba para aparcar. Me quedé inmóvil sin saber qué hacer. Sin quitarle la vista de encima seguí fumando por inercia. El tipo se bajó, se quitó el casco y se arregló el pelo con los dedos de la mano. Me miraba con una sonrisa que me pareció burlona. ¿Habrá parado para ir al estanco? No, querida, no. Se acercó a mí con paso lento y seguro. Cuando llegó hasta donde me encontraba, sacó del bolsillo de su chaqueta un paquete de Marlboro.

—¿Tienes un encendedor? —preguntó.

Ya no sonreía. Su actitud me hacía dudar, ¿de verdad fingía no conocerme de nada? Enseguida busqué uno de los mecheros que me había guardado en el bolsillo y se lo ofrecí. ¿Me estaba poniendo a prueba? ¿Quería intimidarme a cara descubierta y a plena luz del día en una calle abarrotada de gente? Creo que las tres cosas. Miró durante unos segundos el mechero, como si se tratase de un ritual previo a encender un cigarrillo. Parecía que se lo estaba tomando con mucha tranquilidad, estaba claro que le divertía ponerme nerviosa, o quizá fuera su primer pitillo del día. El mío sí lo era y no pude terminarlo. Tiré la colilla y me di media vuelta mientras prendía su cigarrillo y daba la primera calada. No me despedí ni esperaba que me devolviera el mechero. No podía soportar más esta sensación de peligro constante que no podía controlar. Anduve a paso ligero por Zurbano hasta la esquina de Martínez Campos. El motorista gritó algo que no llegué a escuchar. Paré un taxi de los muchos que pasaban a esa hora por mi calle y me subí sin echar la vista atrás.

Cuando el taxi giró para coger el paseo de la Castellana, la Ducati se colocó en paralelo al coche. El taxista agarró el volante nervioso al tiempo que aceleraba para evitar que le golpeara. Entonces el motorista tocó el cristal de mi ventanilla e hizo un gesto con los dedos en forma de uve, señalándome, como si quisiera decirme «te estoy vigilando». Como si no lo supiera ya. Después aceleró y se perdió por María de Molina, saltándose todos los semáforos en rojo.

Al llegar a Vips, subí las escaleras de acceso a la cafetería. Busqué a Macarena entre las mesas pero no la encontré. Estaba nerviosa. Me metí en una zona más apartada y allí estaba, leyendo el guion con las preguntas que habíamos preparado para la entrevista. Había pedido un té mientras me esperaba.

—Se nos está yendo de las manos, Maca.

—¿Qué te ha pasado? Tienes la cara desencajada.

—El tío de la moto está loco. Voy a denunciarlo ya. Me da igual lo que diga Cripto. Y no te extrañe que le denuncie también a él. Estoy segura de que están conchabados.

—Dijo que no fuéramos a la Policía porque no nos ha hecho nada.

—¿Te parece poco este acoso?

Macarena se quedó callada. Julián no había llegado. No sabíamos cómo era, pero la madre de Maca le había dicho que tenía aspecto de cura y que sería fácil reconocerlo. Mientras me quitaba el abrigo para sentarme junto a ella vi a un señor a lo lejos que parecía despistado. Antes de que llegara hasta nosotras volví a insistir en ir a la primera comisaría que tuviéramos cerca.

Macarena se levantó e hizo un gesto con la mano para llamar su atención. Julián nos saludó en la distancia y vino hacia nosotras. Era un señor delgado y menudo, de unos setenta años, con aspecto sobrio y vestido entero de gris. Maritha tenía razón, parecía un seminarista. Me sorprendió lo afectuoso que fue al saludarnos, como si nos conociéramos de antes. Esperamos a que la camarera se acercara para pedir un par de cafés mientras Julián recordaba la sorpresa que había sido recibir nuestra llamada e inició la conversación hablando de la madre de Macarena.

—*La conocí a través de una hermana de tu padre, tu tía Marisol. Había tratado a uno de sus hijos y me dijo que tu madre necesitaba hacerme una consulta. Maritha empezó una terapia conmigo porque quería separarse. Trabajamos juntos en varias sesiones hasta que consideré que había que incluir a Mauricio.*

—*¿Cómo reaccionó mi padre?*

—*Tenía una visión tradicional sobre la realidad de su matrimonio y no concebía que su mujer quisiera tener una vida propia al margen de la familia. Ella salía reforzada de cada sesión. Cada vez estaba más segura de sí misma y de la decisión que había tomado. A Mauricio le sugerí que para reconquistarla debía dejarla volar, y así lo hizo.*

Llevábamos más de dos meses haciendo entrevistas y esta me parecía de las más interesantes. Era esencial que profundizáramos en los personajes del caso Urquijo, aunque sentía cierto pudor ante el relato que pudiera hacer Julián sobre la ruptura de los padres de Macarena. Intuía que a ella no le importaba que yo lo escuchara, pero era un tema muy íntimo. La vida de Mauricio llegó a ser de dominio público, pero evitó en todo momento exponer a su mujer y a sus hijos.

Le pregunté a Julián si los asesinatos fueron el detonante de esa separación.

—*Maritha empezó la psicoterapia un año antes. Era una mujer extraordinaria. Reconocida socialmente. Además de guapísima, tenía un saber estar y una intuición natural que la hacían muy atractiva.*

—*¿Qué pasó entonces?*

—*Tu madre fue feliz durante muchos años con la familia que había construido junto a su marido, pero empezó a sentir inquietudes propias. Quería dedicarse al mundo de la danza, no le bastaba con ser madre. A él, el formato tradicional le parecía perfecto.*

—*A mi madre le faltaba libertad para ser ella misma, para realizarse como mujer.*

—Tu padre pretendía que entre los dos la hiciéramos entrar en razón. Nunca me perdonó que lo convenciera para dejarla libre.

Macarena se rio con el comentario de Julián. Él continuó diciendo que sabía que si Maritha se hacía fuerte, no volvería atrás. Definió a Mauricio como una persona noble y de buen corazón. Alabó su honorabilidad, los principios que le hacían ser quien era, por los que se comportaba como un señor. Había sido educado en los formalismos propios de su clase social, pero tenía un sentido de la responsabilidad y una escala de valores que determinaban sus inquietudes y la importancia que la familia tenía para él. Adoraba a Maritha y sufrió mucho por el fracaso de su matrimonio.

Lo que nos contaba Julián no era de extrañar. Entendía que Maritha sintiera la necesidad de realizarse dedicándose a otras cosas que no fueran la intendencia del hogar y la vida social junto a su marido. Estoy segura de que ella también sufrió. Es tremendo dejar marchar a la persona que amas, con quien has creado un proyecto común, porque no acepta que has cambiado y no es consciente de que necesitas otros complementos, además de la familia, para vivir en plenitud. Alejarse de Mauricio fue el peaje que Maritha pagó a cambio de su libertad. No entiendo por qué, incluso hoy en día, a muchos hombres les cuesta entender algo tan básico.

Mientras reflexionaba, Macarena continuó con la conversación.

—¿Crees que ese marcado sentido del honor le llevó a implicarse en el caso?

—Él quería llegar a la verdad y, en esa búsqueda de lo que consideraba justo, emprendió un camino propio para encontrarla. Tu padre fue una especie de don Quijote romántico al que le dieron de palos. No calculó el daño que podía hacerle a él y a su familia hurgar en la vida de los Urquijo. Aún hoy, me resulta inimaginable que un señor como tu padre fuera procesado.

Julián Zamora dio por finalizada la terapia con Maritha cuando ella se sacó el permiso de conducir. Había superado el miedo que tenía a los viajes en coche y aceptó un trabajo en una academia de danza en Aravaca. Fue entonces cuando él se dio cuenta de que Maritha había dado el paso definitivo hacia la independencia. Poco tiempo después, a finales de agosto de 1980, Maritha le llamó preocupada por un joven de veinticinco años a quien consideraba un buen amigo: Rafael Escobedo.

—Si los asesinatos fueron el 1 de agosto, él llegó a mi consulta el 1 de septiembre con una depresión de caballo. Había pensado en

suicidarse varias veces. Desde el primer momento me di cuenta de que Rafael tenía una dependencia de Myriam monstruosa y absolutamente patológica.

—¿No estaba así por los asesinatos de sus suegros? —pregunté.

—La muerte de los Urquijo no apareció en ningún momento durante nuestras sesiones. Le vi dos veces por semana durante dos meses. Fue muy intenso. Si Rafael hubiera cometido un crimen de esa naturaleza, dada su forma de ser, habría exteriorizado en algún momento ese sentimiento de culpa. Pero no salió en la terapia y, por tanto, no era un tema que resolver porque no existía.

—¿Quieres decir que él no lo hizo?

—Rafael era una persona hipersensible. Un tipo elemental y de buen corazón, amigo de sus amigos. Pero su malestar no era por los crímenes. Maritha me dijo en una ocasión que Rafi era incapaz de dispararle a un conejo y le parecía imposible que hubiera matado a sus suegros.

—Rafi intentó suicidarse aquel verano en Sitges —recordé.

—Sí, pero fue por el daño y la destrucción que le estaba haciendo la actitud de Myriam, no para desaparecer de la historia de los asesinatos.

—¿Cómo era la dependencia hacia Myriam? —pregunté.

—Era una idealización extraña. No era la típica donde le pones a la persona todas las virtudes y bondades. Rafael no podía soportar que ese personajillo con el que empezó a salir y con quien llegó a casarse se transformara en una mala bestia, hasta el punto de despreciarlo y ponerle los cuernos.

Recordé una conversación de sobremesa que había tenido con mis padres y otro matrimonio de su edad en Ibiza. Uno de ellos dijo que cuando tomas la decisión de casarte «no eres lo suficientemente maduro ni estás convencido del todo». Todos asintieron y yo me quedé atónita. «De hacerlo así, no te casarías», añadió. Le pregunté cómo podía afirmarlo si, como mis padres, llevaba cuarenta años casado y feliz. «Porque la vida no te garantiza que sigáis caminos idénticos o que esa persona siga siendo la misma diez años después», contestó con su inconfundible acento italiano y una sonrisa reflexiva. Dediqué unos instantes a regodearme en aquella meditación estival que refutaba todo lo que Julián había dicho. Repasé mi cuaderno de notas y leí una alusión al libro *Con un crimen al hombre. Yo maté a los marqueses de Urquijo*, la biografía que el periodista Matías Antolín publicó sobre Rafael Escobedo tras su muerte. En ella relató cómo fueron los inicios de esa relación que acabó siendo enfermiza para él.

—Matías Antolín escribió en su libro que cuando Rafi conoció a Myriam creyó haber encontrado un diamante en bruto —dije.

—Rafael pensó que Myriam era una niña de papá que no salía de casa y se vino arriba pensando que le iba a enseñar lo que era el mundo y la vida. Él tenía cierta prepotencia hacia ella desde el punto de vista de la integración y reconocimiento social, porque ella era una desconocida. Pero la cosa se volvió en su contra.

—¿Por qué? —preguntó Macarena.

—Esta mujer empezó a sacar sus peores cualidades y a pasar de él y a catalogarlo de niño insustancial. Se enamoró del americano y a Rafael le dieron unos celos tremendos. Esto sucedió contra todo pronóstico, porque en el guion inicial no era eso lo que tenía que ocurrir y él empezó a obsesionarse por ello.

—¿En qué basaste la terapia con Rafi?

—La única forma de ayudarle a salir de ahí fue meterle en la cabeza una misión, que en ese momento fue ponerse a trabajar con su hermano Carlos en la productora. Luego me lo llevaron a la cárcel y ya no pude hacer nada.

Pese a la terapia y su nuevo trabajo en Ofelia Films, la empresa de su hermano que llevaba el nombre de su madre, Rafi continuó sin encontrar grandes motivaciones en la vida. Decidió instalarse en la finca de su familia en Cuenca y dedicarse a criar cerdos. Allí vivió como un ermitaño hasta que fue detenido pocos meses después, en marzo de 1981, cuando la Policía encontró en el campo de tiro de la propiedad unos casquillos de bala que coincidían con el calibre del arma del crimen.

—¿Crees que Rafi colaboró en los asesinatos por Myriam? —pregunté.

—La única motivación clara que pudo tener era que, con esa oportunidad que le daba su cuñado, se vengaba de la persona que le había hecho tanto daño: el marqués.

—¿Más daño que la propia Myriam?

—Este hombre dio el braguetazo con la marquesa y no quería que él hiciera lo mismo con su hija. No fue aceptado en la familia. Rafael siempre creyó que su suegro había predispuesto a Myriam en su contra.

—Rafi estaba en la casa aquella noche. ¿Por qué nunca contó lo que pasó? —preguntó Macarena.

—Él se reconoció desde el principio como autor porque figuraba en el guion que alguien había escrito. Pero Rafael no disparó, no estaba en su personalidad. Juan de la Sierra no lo orquestó, aunque sí le dijo que no se preocupara de nada y que cuando saliera de la cárcel, que sería pronto, cobraría un buen dinero.

—Y él, que era un chico dócil, cumplió con su parte.

—Rafael era muy infantil y jugó a eso, sí. Estaba harto de Myriam porque le había maltratado durante mucho tiempo y quería recuperar el estatus que había tenido al inicio de su relación. Volver a ser el chico brillante, el chaval que sabía moverse en los círculos sociales. Quería recuperar esa fase de su relación con Myriam.

En julio de 1983, tras ser condenado por la Audiencia Nacional a cincuenta y tres años de cárcel por haber cometido un doble asesinato, Rafi Escobedo fue trasladado a la prisión de El Dueso, en Santoña (Cantabria). En aquella época, Julián Zamora mantuvo el contacto con él a través de Matías Antolín, con quien se escribía todas las semanas, y fue a verle en varias ocasiones. Según dijo, en aquella época Rafi *«pasó de ser un chaval del* dolce far niente*»* a convertirse en un hombre más cultivado. Devoró tantos libros en la cárcel que cada vez escribía mejor sus cartas, con más precisión, tanto en las narraciones como en la descripción de sus sentimientos.

—Esta historia es paradójica. La evolución de Rafael como ser humano y su mejora intelectual fue extraordinaria. Su personalidad había cambiado y no tenía nada que ver con cómo era cuando ingresó en prisión. Es una pena que lo tirara todo por la borda.

Rafi permaneció en El Dueso hasta el 27 de julio de 1988, cuando un preso encontró su cadáver en la celda. Un mes antes, en junio, recibió una noticia que le hizo desmoronarse: le habían denegado el tercer grado. En ese momento, en una carta a Matías Antolín, insinuó que estaba pensando en suicidarse. El periodista se puso en contacto con Zamora, que se desplazó hasta El Dueso para visitarle. Fue de las últimas personas que lo vio con vida. Se encontró con un hombre derrotado, con la mirada perdida, por eso cree que su muerte fue un suicidio y no un asesinato.

—Pasé toda la mañana con él y vi que había tirado la toalla. Me dio una charla sobre panteísmo y la sobredimensión que le damos a la muerte cuando estamos vivos... Pensé que lo tenía claro. Mi afán en esa conversación fue intentar agarrarlo a la vida a base de rencor. Fíjate qué elemento más horroroso. Si despertaba en él el rencor que había anulado (algo que en el ser humano se entiende para poder vivir

mejor), quizá afloraría en él un espíritu de venganza que le hiciera re-
cuperar las ganas de vivir.

—*Eso suponía que volviera a pensar en Myriam, incluso después de*
todo lo que había sufrido por ella —*dije.*

—*En El Dueso, durante mucho tiempo siguió teniéndola idealizada.*
Continuó sin aceptar que ella le hubiera abandonado y soñaba con re-
cuperarla. Con el paso de los años todo eso lo eliminó, y si le sacabas el
tema, lo esquivaba.

—*Es curioso que la primera vez que intentaste darle un objetivo*
para agarrarlo a la vida, la única posibilidad fuera la venganza.

—*Aunque el rencor y la venganza se podían considerar dos misio-*
nes bien feas, a mí me daba lo mismo porque lo importante era que no
se suicidara. La única forma de engancharle de nuevo era esa. Pensé
que así él recordaría todo el daño que le habían hecho, para que sintie-
ra un ánimo de revancha que le mantuviera vivo en la cárcel. Porque
lo que le hicieron, además de una traición, fue una salvajada.

Cuando le denegaron el tercer grado, Rafi comenzó a ser más
consciente de su realidad. Se sentía atrapado en una ratonera de la
que no podía escapar. Vivió un conflicto permanente hasta el final
de sus días. Por un lado, odiaba El Dueso y no soportaba más estar
allí; por otro lado, le aterraba la idea de salir al exterior. Era una persona muy sociable, pero no sabía con qué imagen podría presentarse
en sociedad cuando saliera. Su estigma era imborrable. No había una
salida por donde escapar de aquel laberinto. Fue abandonado por todos, incluso por su familia.

—*Me sorprende que en esta historia no aparezcan los padres de*
Rafi, sobre todo Ofelia. ¿Hablaste con ella cuando viste que aquello no
tenía vuelta a atrás? —*pregunté.*

—*Su madre estaba enferma. La historia de los Urquijo le hizo mu-*
cho daño porque Rafael era su hijo queridísimo, tenían una relación
especial. Yo le dije a Matías que le escribiera para que fuera a verle.
Cuando una persona está tan perdida como lo estaba Rafael, hay una
cosa que suele funcionar. Consiste en conectar al sujeto con la urdim-
bre básica, que es la corriente emocional afectiva que tenía de niño.
Pensé que quizá así podíamos engancharle a la vida, pero ella no con-
testó a esa carta.

—*¿Y Miguel Escobedo?*

—*Matías y yo fuimos a verle un día. Estuvimos más de dos horas*
con él porque queríamos ver cómo podíamos ayudar a Rafi. Se pasó
el tiempo hablando de su hobby, las armas. A su hijo ni lo mencionó.

—*Qué barbaridad* —*exclamó Macarena.*

—*Nos pareció que lo había hecho para despistar. No quería verse implicado en nada que lo relacionara con su hijo. Me dejó asombrado.*

Julián Zamora recordaba con nitidez la última conversación que tuvo con Rafi Escobedo. Era sábado y el lunes siguiente se reunió con el subdirector de Instituciones Penitenciarias, también psicólogo. Este le dio la razón a Zamora. Si a Rafi no le concedían el tercer grado, terminaría suicidándose. Le dijo que, aunque sabía que podía ocurrir, a Escobedo le correspondía el tercer grado un año después. No desistió en su empeño y habló con el Defensor del Pueblo. Le reconoció que lo de Rafi era una injusticia, pero que no podía hacer nada por él.

—*No me gusta ir de profeta, y menos con estos temas, pero ese final de Rafi era evidente* —*dijo.*

Julián se despidió de nosotras con un afectuoso abrazo. Cuando salimos Macarena me propuso ir a picar algo, pero le dije que otro día.

Di un paseo hasta casa. El relato de Zamora me había sumergido en un traicionero estado de añoranza. Volví a aquella sobremesa de verano en familia, mientras comíamos helado de caramelo con sal y observábamos a lo lejos Formentera. Tenía ganas de abrazar a mis padres. Macarena ya no podía abrazar al suyo. ¿Cómo podía vivir sin él? Hay cuestiones que es mejor no plantearse cuando el sentimiento que produce la respuesta provoca tanto dolor, incluso cuando es inimaginable por desconocido.

Caminando por el paseo de la Castellana tuve la loca idea de ir a Atocha y coger el primer tren que me llevara a Valencia, aunque solo fuera por un par de horas. Necesitaba el calor y la protección de mis padres, pero no era el momento de hacerlo con un tarado persiguiéndonos. Mi cabeza iba a doscientas ideas y preguntas por minuto y al mismo ritmo iban mis pasos. Cada vez pisaba con más fuerza; y con cada golpe nuevo, me venía una nueva pregunta, un nuevo planteamiento que no podía responder. ¿Valía la pena seguir inmersa en un proyecto que parecía que nos estaba poniendo en peligro? Desde que vi a Cripto con el motorista me daba la sensación de que Macarena no me escuchaba. No sabía si era porque no quería creer que Cripto era un traidor o porque su relación con él había llegado a un punto en el que ella se sentía segura con él. ¿Desde cuándo era yo la que estaba inquieta porque ese hombre nos persiguiera? Joder, Angie, ¿por qué no puedes ser una tía normal?, ¿por qué tienes que darle tantas vueltas a todo?, ¿por qué no puedes dedicar tu tiempo libre a otro tipo de cosas? Siempre se te olvida que lo importante en esta vida es simplificar.

Me hice una foto frente al espejo de mi ascensor. Esta vez no era para acordarme de lo que llevaba puesto, como solía hacer, sino para recordar mi cara y el sentimiento que me invadía aquel día. Llevaba un pantalón tobillero negro, una camiseta con hombreras y un abrigo enorme de pelo color *beige* y marrón. Cerré la puerta de casa y, cuando llegué al salón, me apoyé en una pared y me dejé arrastrar por ella hasta sentarme en el suelo. Me quedé mirando los papeles con toda la documentación del caso Urquijo. En los últimos días la pared a la que estaba enfrentada la mesa se había llenado de listas con datos y declaraciones de cada entrevista que habíamos hecho. Quería sentarme y transcribir nuestra conversación con Julián Zamora, cuanto más fresca la tuviera, más fácil sería reproducirla. Por mucho que me obligase a hacerlo, la fuerza de voluntad me fallaba. Vete a Valencia. Estás agotada. Deja todo esto y olvídate, me decía a mí misma. Tenía la motivación por los suelos, para qué iba a ponerme a teclear si me estaba planteando abandonar.

Mi lado más sensato me recomendaba lo contrario: «Ya sabes que lo que se empieza se acaba. No puedes dejar a Macarena tirada. Tenéis que ir a la Policía». Abrí el ordenador, creé un nuevo documento de Word y comencé a transcribir la entrevista. No era momento de abandonar.

Capítulo 18
Macarena

Apenas sin darme cuenta, el mes de marzo estrenaba una nueva hoja en el calendario. Las ventanas del despacho estaban cubiertas por pequeñas y finas gotas de lluvia que se deslizaban juguetonas adheridas al cristal, mecidas por el correteo de los dedos del pianista Glenn Gould interpretando a Bach. Entreabrí una de las ventanas y el olor a tierra mojada me reconfortó. Un aroma que me trasladaba a lugares en plena naturaleza donde teníamos recuerdos felices. La vida latente en el suelo parecía lista para eclosionar en cuanto el sol la cubriera con su manto de calor tibio y primaveral.

El tiempo había volado desde que nos habíamos embarcado en rescatarlo de la historia negra de España y devolverle a su lugar entre la gente de honor. Recordé otros casos igual de siniestros que tuvieron lugar a final del franquismo y al principio de la democracia. El crimen de los Galindos en 1975, El crimen de la Dulce Neus en 1981, El parricidio de Ondara en 1986, Los crímenes del Lobo Feroz en 1987 o la matanza de Puerto Hurraco en 1990, además de otros clasificados como misteriosos, pasionales, políticos, múltiples o los de intriga, entre los que destacó por encima del resto el caso Urquijo. A veces pensaba si no había sido una idea absurda de esas que si las maduras un par de días más, decides abandonarlas. Aún estaba a tiempo de hacerlo. Había una frase que me rondaba cada cierto tiempo: «Lo que sucede, conviene». Si echaba la vista atrás, los sucesos que parecían convenientes, se amontonaban en una lista interminable con muchos signos de interrogación al final. ¿Seguro que convino? ¿A quién? Necesitaba estar segura de que a todos esos acontecimientos dolorosos les seguía, al menos, un buen aprendizaje. La interpretación de una serie de señales que conformaban el mapa de lo que no podía volver a pasar. Y, me pregunto de nuevo: ¿a quién convino? Mauricio creía en la reencarnación. En la libre elección de las almas para volver una y otra vez hasta completar su aprendizaje. Dura reencarnación la suya, pues. Los hijos eligen a sus padres, solía decir. Una buena fórmula para enseñarnos que todo lo que ocurre en la vida tiene que ver con tus propias elecciones y que todo pasa por algo. Pero ¿conviene? Yo no elegí vivir lo que le pasó. Elegí estar a su lado. Me arremangué como pude para sacarlo a flote cada vez que se hundía en el barro. Recogí durante años las cenizas de su frustración. Lo arropé cuando su corazón tuvo frío y maldije mil una veces su mala fortuna.

Tras el último incidente que Angie había tenido con el motorista el día de nuestro encuentro con Julián Zamora, desoyendo las recomendaciones de Cripto de no denunciarlo, nos presentamos en la comisaría de la calle Pío XII. Después de hora y media de espera, nos sentamos frente a un agente con aspecto de veterano que comenzó a teclear nuestros datos personales usando solo un par de dedos. Pensé que íbamos a eternizarnos cuando al pedirnos los DNI se quedó mirando el mío.

—Su apellido es compuesto, ¿verdad? —dijo.

—Así es.

—Ustedes dirán.

—Soy periodista y estoy investigando un caso antiguo que ocurrió en los años ochenta. Quizá lo recuerde: el caso Urquijo.

—Lo he deducido por el apellido de la señorita.

—¡Qué observador! Mi compañera es la hija de uno de los implicados. Trabajamos juntas. Desde hace unos meses nos sigue un hombre flaco en una Ducati amarilla.

—Corpulento más bien —dije.

—Bueno, no sé. El tema es que nos han amenazado para que dejemos de investigar.

—¿Han sufrido alguna agresión?

—Todavía no. Encontramos un anónimo en mi coche. Después este tipo se acercó a mi hija en el colegio y merodea por nuestras casas —dije.

—¿Algún insulto o amenaza verbal? ¿Algo que puedan demostrar?

—Por desgracia, no —dijo Angie.

—¿Eso es todo? Sin pruebas sobre la intimidación solo puedo recoger su denuncia.

—¿A qué hay que esperar? ¿A que ocurra una tragedia? ¿Se da cuenta de la indefensión en la que nos encontramos? —pregunté.

—Yo me limito a redactar los hechos y, por lo que parece, ni siquiera están seguras de cómo es físicamente el presunto acosador.

—La próxima vez vendremos con una grabación para que no haya ninguna duda —dijo Angie molesta.

Firmamos la denuncia y salimos a la calle. Otro policía que estaba en la puerta nos llamó la atención por encender un cigarrillo sin haber salido del recinto. Nos retiramos mientras Angie daba una calada con el ceño fruncido y los brazos cruzados sobre el pecho. La respuesta del policía nos hizo pensar que el acoso del motorista estaba medido de tal manera que ninguna denuncia pudiera prosperar. Cripto sabía que no nos harían caso y cada vez teníamos más claro que estaba metido en el ajo.

En el trayecto hasta el Hotel Eurobuilding, donde había quedado para participar en un encuentro de profesionales de *marketing*, me puse en la piel de mi padre, en la frustración que debió sentir cuando Cordero rompió los nueve folios con su declaración manuscrita sobre lo que Rafa le había contado. Yo tampoco habría actuado hasta no estar segura. Qué solo debió sentirse cuando todos a su alrededor lo cubrieron de reproches. ¿Por qué no acudiste a la Policía desde el primer momento? ¿Por qué no callaste? A nadie le importó si donde otros veían cobardía, él entendía lealtad. Fue expulsado del olimpo de los hipócritas y de sus severos juicios de valor. El más terrible, el de los suyos. Mauricio no supo protegerse a sí mismo, ni a su familia, pero detrás de esa última puerta que se le cerró en la cara, empujaban con fuerza las manos de aquellos a los que sí les convino lo que sucedió.

***

Aunque una pequeña parte de mí esperaba que Cripto hubiera hecho suya mi causa, la lealtad de mi tecnológico *sir* Lancelot no me convertía en su soñada Ginebra. Le tenía cariño, pero ya no me fiaba de él. Me dolía su deslealtad. Sus socios habían puesto un precio desorbitado a mi demanda sobre la mesa redonda de contratación del ciberespionaje. Yo quería que él fabricara para mí la ventaja del conocimiento de todo lo que no pudo ver la luz, a la vez que eliminaba el rastro delirante de mi padre en Internet. Su única motivación era conseguir dinero pronto y suficiente para retirarse cuanto antes de la silla eléctrica desde la que dirigía cada día su negocio. Seguramente se sentía presionado por sus socios. ¿Estaría expuesto él también o en peligro? Solía decir que había gente que no deseaba ser encontrada y otros que lo que querían era desaparecer para siempre. Él se movía en un magma complejo del que quería salirse cuanto antes. Cripto me había engañado. Pero había algo que me desconcertaba. ¿Por qué seguía compartiendo con nosotras información comprometida que podía ayudarnos a escribir sobre quiénes pensábamos que podrían haber sido los inductores del crimen?

Según para quien, medio millón de euros podría ser una fortuna o simple calderilla. De haber mantenido el estatus y el nivel económico de los que nos precedieron en nuestra propia historia, mi padre no habría puesto los pies en la cárcel. No conozco a ningún ser humano al que se le haya privado de libertad por voluntad propia, salvo por enajenación mental. Habría salido por la puerta de atrás, como un felino. Por cualquier hueco donde le hubiese cabido la cabeza. O habría contratado a un abogado mejor, más agresivo y mediático. Con mucho dinero, la rueda de los tropiezos gira mejor engrasada. Todo se relativiza.

Lo que para mí resultaba un dineral, que además nunca habría invertido en el borrado de la información, podría haber sido una nadería para algunos de los grandes maestros del gusto por lo ajeno. Alberto Fujimori, sin ir más lejos, contaba en su haber con seiscientos millones de dólares amasados durante su mandato en Perú. De Al Capone a Pablo Escobar, pasando por el rey del opio chino, el mundo del hampa también ha dado sus cifras. La gente honrada no maneja tantos ceros. Hace lo que puede y asume las consecuencias de sus errores. Tratan de caminar erguidos sin pararse a contar cuántas plumas menos tienen sus penachos.

Me sentía traicionada por Cripto. ¿Cómo había tardado tanto tiempo en darme cuenta de su deslealtad? No había sabido interpretar las señales ni había hecho caso a mi intuición. Angie había sido mucho más lista y escéptica que yo. Me arrepentía de haberle contado a Cripto tantas cosas íntimas sobre mi padre en nuestro último encuentro. Lo que no le había dicho es que había salido de la cárcel de milagro, cuando mi hermana consideró que no debía hacerlo sin un programa asociado de rehabilitación para alcohólicos. Puedo imaginarme la cara de mi padre al escuchar a su propia hija cuestionar su capacidad para hacerse cargo de sí mismo, delante de la asistente social. La propia estancia en la cárcel lo había desintoxicado del antídoto para olvidar. Porque la gente que bebe lo hace para ocultar lo que les aflige. Se sostuvo a sí mismo con dignidad, sin perder el sentido del humor, consciente de su realidad, paciente y atento, a la espera de ese día marcado en su calendario mental que no dependía de sí mismo.

Cuando supe quién le había tendido una mano amiga, pude darme cuenta de que no había sido por ayudarlo a él, sino a mi madre. No era la primera vez que el nombre de Esther Koplowitz se oía en casa. Se conocieron en el colegio y se hicieron amigas. Viajaron juntas a Londres. Maritha tocaba la guitarra, Esther cantaba. Se querían. Aunque no sé qué tipo de amigas eran, la relación se ha mantenido intacta hasta hoy. Nunca las vi juntas, pero mi madre siempre hablaba de Esther con profundo cariño y admiración. Una tarde su chofer vino a casa a recoger un plato de porcelana china que a mi madre le encantaba. El plato estaba envuelto en un papel de seda, preparado en el *hall* sobre el tresillo isabelino en el que nunca se sentaba nadie. Cuando sonó el timbre, mi madre entornó la puerta del salón y abrió. Yo la observaba por una rendija sin que pudiera verme.

—Buenas tardes. Vengo a buscar un paquete para doña Esther.

—Por favor, tenga mucho cuidado con él. Es una porcelana muy frágil.

—La señora me ha dado este sobre para usted.

—Gracias.

Mi madre leyó la nota, dejó el sobre sobre la mesita de mármol que había en la entrada y volvió a la cocina. Cogí la nota que contenía el sobre y la leí.

Querida Maritha,

Cuenta conmigo para lo que necesites. Espero haber podido ayudar a Mauricio en esta triste situación que ojalá pase pronto.

Con todo mi cariño.
Esther

Seguramente se refería al trabajo que necesitaba para salir una vez conseguido el tercer grado. La primera y la última vez que asistí a una puesta de largo fue a la de su hija mayor. Guardé el vestido de tafetán negro palabra de honor durante años hasta que no me cupo, a la espera de otra invitación, pero el teléfono no volvió a sonar. Tampoco volví a ver un cuarto de baño en el que hubiera que subir un par de peldaños para sentarse en un trono dorado.

No sé dónde se quedaron los amigos de mi padre, los González-Abreu, los Bohorquez-Armín, los Guimarães, los Ferro y todos los demás. Tampoco volví a saber de los hijos de aquellos amigos que durante mi infancia fueron los míos. Todo fue progresivo. Al principio parecía que nada había cambiado. No se hablaba del tema. El teléfono simplemente dejó de sonar. Tampoco se quedaron los amigos y primos de apellidos compuestos y rancias tradiciones, quienes dieron un paso al costado y miraron en otra dirección. Quizá pensaran que Mauricio estaba mejor dentro que fuera. Menos líos. Menos disgustos. Más controlado entre rejas. Pero la ley es la ley, y nadie que haya cumplido la tercera parte de su condena puede quedarse por más tiempo. Fue la que ya no era su mujer quien pidió el favor a una amiga de la infancia. ¿Cuántos favores pudo pedir mi madre? ¿Cómo pudo encargarse ella sola de tres hijos? A las clases de danza que daba para sacarnos adelante, algunos lo llamaron «dar brincos». Recuerdo a Jorge, un estudiante de Medicina mexicano que vivió en casa más de un año. Apenas se relacionaba con nosotros. Cuando se marchó hubo que ventilar el cuarto durante semanas. ¿Qué comía ese hombre? No sé cuántas veces alquiló uno de los cuartos para poder pagar los gastos de la enorme casa de Doctor Fleming. ¿Cuántas piezas de valor intercambió? ¿Cuántas veces pidió ayuda a Esther? ¿Cuántas notas recibió de ella? Siempre cercana, cuidándonos desde la sombra y el anonimato. Solo quedaron las huellas de los cercos de los cuadros en la pared. Los huecos en las estanterías. ¿Qué habría dado yo por sacar al padre de mis hijos de la cárcel? Todo lo que hubiera tenido a mi alcance. Maritha estaba separada de mi padre desde 1982. Él entró en la cárcel en el año 1992 y salió en 1995. A pesar de la inconveniencia social, de las dificultades económicas, de lo que dijeron propios y ajenos, ella nunca lo dejó solo. A eso lo llamo yo lealtad.

Como me había prometido en una de sus cartas, con su primer sueldo como el peón más ilustre de la obra, mi padre, que a pesar de los vaivenes de la vida no perdía el buen gusto ni la oportunidad de compartir, nos convidó a cenar a El Viejo León, un bistró francés de los años setenta, discreto, con un aire romántico que permanecía ajeno al paso del tiempo. Las recetas de toda la vida nos recordaron la cocina afrancesada de mi abuela Teresa. No había quién le mejorase la sopa de cebolla gratinada o el *chateaubriand* flambeado al *whisky* de Oporto. Él solía decir que en casa se comía como en ninguna otra parte. Disfrutamos de una cena temprana porque debía recogerse pronto en el dormitorio compartido en la cárcel de Yeserías. Es posible que aquella noche, después de brindar con su familia con un buen vino de borgoña, pudiera conciliar un sueño tranquilo. Nunca más volví a El Viejo León, aunque recuerdo como si fuera ayer la cara de mi padre, feliz al tener a su familia reunida, a pesar de las circunstancias.

***

El sonido del teléfono me distrajo de la lectura de una novela que estaba a punto de terminar. Era casi medianoche. Me preguntaba quién me escribía un mensaje a esas horas. Me sorprendió que fuera José Romero Tamaral. Llevaba semanas detrás de él. Había conseguido que me respondiera una llamada después de varios intentos. Se había mostrado cercano y cariñoso en nuestra primera conversación. Decía tener mucho cariño a mi padre. Sin embargo, el texto no parecía ser suyo. En el último mensaje que le había enviado, le decía que estaba a su disposición para vernos. No era Pepe, como mi padre se refería a él, quien contactaba conmigo, sino su hija. Sorprendida, me incorporé en la cama para leerlo mejor. Era extenso y ella se dirigía a mí tratándome de usted. Toda la complicidad que parecíamos haber tenido su padre y yo se había volatilizado con su tono serio y distante.

> Estimada Macarena, soy la hija de José Romero Tamaral y le escribo con su permiso. Después de hablarlo en familia y de leer lo que usted ha dicho en prensa directa o indirectamente sobre la labor profesional de mi padre, no creemos oportuno que mantenga esta entrevista.

No esperaba un mensaje tan tajante. El corazón se me aceleró. Lo releí de nuevo e intenté hacer memoria a toda velocidad de lo que podía haber dicho. No recordaba haber hablado mal del trabajo de José Romero Tamaral. En el artículo que había publicado Angie en *ABC*, había declarado que me parecía que no se había investigado lo suficiente. Le respondí diciendo que no creía haber hablado mal de su padre, que no era periodista y que solo deseaba escribir sobre la vida de mi padre, a quien por cierto el suyo apreciaba y respetaba. Le pedí que me aclarara qué tema en concreto había podido disgustar a su padre. Mientras tanto llamé a Angie. Ella era un ave nocturna y me atendió al instante.

—Qué bien que estás despierta.

—Con la cafeína que llevo en el cuerpo, no te extrañe que hoy me den las tantas.

—¿Tú recuerdas que hayamos hablado mal de Tamaral?

—Para nada, Maca.

—Me acaba de escribir su hija. Están molestos conmigo. Dicen que he hecho declaraciones que cuestionan el trabajo de su padre.

—Bueno, en cierto modo sí.

—Dije que no se había investigado lo suficiente. También él lo decía en sus informes sobre el mayordomo y otros testigos que callaron por las presiones a las que fueron sometidos. Él sabe, como nosotras, que hubo más implicados, que muchos mintieron y que otros se fueron de rositas.

—Pero ¿por qué se molesta? ¿Por qué te escribe su hija? —preguntó.

—Por la misma razón que lo haría yo. Para proteger a su padre de sí mismo.

Era tarde para todo menos para comprobar si tenía respuesta. Y así era. La hija, que hablaba en nombre de su padre, me escribía para afianzar su posición.

> Por supuesto que usted ha sido respetuosa en sus mensajes y, como hija, comprendo su proyecto, pero en sus entrevistas concedidas a la prensa, asume teorías sobre la investigación que, además de ser falsas, enturbian la encomiable labor que realizó mi padre. Entiéndame usted a mí. Mi padre fue un funcionario que cumplió con el trabajo encomendado. Es todo. Le reitero mis mejores deseos.

No quería que la conversación quedara así.

> Lo que he cuestionado en una ocasión ha sido la investigación que se hizo conforme a la implicación de mi padre respecto a su primera declaración al señor Cordero. Jamás respecto a su padre. Como hijas, ambas sabemos dónde están nuestras lealtades. Si les he ofendido con algún comentario, les pido disculpas.

> Le agradezco sus palabras y le envío nuestros deseos verdaderamente sinceros para su proyecto. Mucha suerte.

> Gracias —respondí.

Tardé un rato en dormirme rumiando la conversación. Manteníamos la misma posición en lados opuestos. La familia de Romero Tamaral también sufrió los daños colaterales del caso. Para un investigador debió de haber sido frustrante no llegar a la verdad ni resolver el caso. Haber descubierto quiénes estaban detrás, moviendo los hilos. O peor aún, estar seguro de lo que sabía y no poder demostrarlo. Al fin y al cabo, los investigadores, al igual que los abogados y los jueces, tratan de impartir la mayor justicia posible dentro de sus posibilidades. En cambio, Tamaral sí había hecho algunas declaraciones en el libro de Melchor Miralles y quizá también tuviera alguna participación en el documental que estaba por estrenarse. A lo mejor, por esa misma razón su hija quería mantenerlo al margen de un nuevo escenario en el que pudiera ser cuestionado su trabajo como investigador casi cuarenta años después. Yo hacía lo mismo con mi padre cuando me decía que le habían invitado a un nuevo programa de televisión. A ver con qué nos encontramos esta vez, solía pensar cuando me enteraba, cuando ya era inevitable.

La última vez que participó en un programa, me llamó un periodista amigo que trabajaba en la cadena para decirme que Mauricio no se encontraba bien y que le habían dado un par de cafés para que pudiera entrar al plató sin tambalearse. Al día siguiente de emitirse el programa, con mi familia avergonzada una vez más, coincidí en la barra del *club* Abasota con otro periodista que se jactaba de ser amigo de mi padre. Orgulloso, me decía lo mucho que lo quería y lo bien que había estado en el programa. Mientras miraba su cara regordeta y sonrojada me dieron ganas de darle una bofetada. Ojalá no me hubiera reprimido. A cambio, le dije: «Tú no eres amigo de mi padre y que sea la última vez que lo llevas a un programa de mierda como ese. No quiero volver a verte nunca más. Aléjate de mi familia». El tipo se quedó de una pieza. Sus orejas enrojecieron. Se creía un tipo culto y elocuente. Utilizaba un lenguaje barroco plagado de rimas y frases prestadas a cuyos autores tenía la deferencia de mencionar. No se lo esperaba. Hacía años que me conocía. Abochornado, clavó sus ojos en el café aún humeante y no dijo una palabra. El camarero, que se afanaba en sacar brillo a las copas que estaba preparando para vestir las mesas para la hora del almuerzo, movía la cabeza de lado a lado sin saber dónde mirar. Todos en el *club* sabían quién era yo y quiénes eran mis padres. Saqué unas monedas del bolso y las dejé sobre la barra. Él deslizó su mano, la colocó sobre la mía y dijo: «Estás invitada».

Sin despedirme del periodista salí a la calle. Abasota estaba en el número cuarenta de la calle Pradillo. La sede del periódico, en el cuarenta y dos. Apenas tenía cincuenta metros de distancia para intentar digerir el disgusto que me había llevado al poner en su lugar al falso amigo de conveniencia. Caminé hasta la puerta del periódico. Saludé casi sin mirar a los compañeros que entraban y salían y a la recepcionista con la que tenía amistad. Mientras pensaba en la panda de sanguijuelas que eran algunos periodistas, crucé el arco de seguridad y pulsé el botón del ascensor para subir hasta la planta de publicidad y *marketing*. Las puertas se abrieron. Delante de mí apareció Pedro Jota, que subía desde el garaje. Lo saludé con un «Buenos días, Pedro» y la mejor sonrisa que pude mostrar. Marqué el número tres y me coloqué a su lado. Él inclinó su cabeza y acercándose a mí con naturalidad me preguntó:

—¿Qué perfume usas?

—Roma.

—Me gusta.

El ascensor pareció estrecharse. Me incomodó que nuestro director mostrara interés por mi perfume. Lo admiraba y sentía por él un gran respeto. Una parada a tiempo en la primera planta oxigenó la atmósfera que se había creado durante unos segundos. Él se bajó y se despidió de mí mirándome fijamente, con una de esas sonrisas que caracterizan a los hombres poderosos que se sienten seguros de sí mismos. Un sexto sentido me decía que con hombres como él había que procurar pasar desapercibida.

Al cerrarse de nuevo la puerta, me quedé mirando los números de los pisos que se iluminaban según ascendía, mientras me preguntaba si el que se decía amigo de mi padre tendría coraje de irle con el cuento. Nunca lo supe. Tampoco me importó. Pasados unos años me enteré de que el mismo personaje le había pedido a mi madre dinero prestado para poder gestionar la herencia de su mujer que había fallecido. Ella se lo prestó y él, fiel al cariño y a la amistad que decía unirlo a mi familia, nunca se lo devolvió.

Capítulo 19
Angie

Aquel 12 de marzo, cuando atravesamos Talavera de la Reina, a Macarena y a mí solo nos quedaban veinte minutos para llegar a nuestro destino. Pasar un día fuera de Madrid nos iba a venir bien. Llevábamos semanas vigilando nuestros propios pasos y siendo muy cautas al salir a la calle. Parecía como si el tipo de la Ducati tuviera el don de la ubicuidad. ¿Por qué no daba un paso más? A Daniela le pidió fuego, a mí también. A Macarena le preguntó la hora. Estábamos acostumbrándonos a su presencia, como si ese hombre fuera un mero figurante de la película que estábamos protagonizando, donde el actor omnisciente y que nos guiaba por el camino era Mauricio. Lo estás haciendo bien, me repetía. Seguiría centrada en el caso y hablaría con quien me diera la gana. No me iba a frenar nadie.

Estábamos a punto de llegar a La Nava de Ricomalillo, un pueblo perdido en medio de la nada donde vivía desde hacía tiempo Vicente Díaz Romero, el mayordomo de los marqueses. A Macarena no le hacía demasiada gracia la excursión porque sabía que no nos iba a descubrir nada nuevo y, tal y como estaban las cosas, no le parecía prudente alejarse de Madrid. Yo tenía muchas ganas de conocerle porque siempre me había parecido el personaje más alocado y extravagante del caso Urquijo.

Manuel Vázquez Montalbán decía que un mayordomo, además de discreto, tenía que ser «preciso y precioso, distinto y distante; que debía saber poner cara de ministro de Asuntos Exteriores y tener un tono de voz de institutriz inglesa y saber mirar como quien no ve». Vicente me parecía la antítesis. Nueve meses después del asesinato de los marqueses, recorrió los platós de televisión hablando sobre la relación entre padres e hijos en esa casa y lanzó todo tipo de teorías sobre el móvil del crimen. Había asegurado en las entrevistas que la pistola con la que se había matado a los marqueses era propiedad de Juan de la Sierra y que el testamento de los Urquijo fue modificado después de los asesinatos. Para dedicarse a servir en una casa, me parecía que habló más de la cuenta.

Después de una carretera complicada de curvas, paramos en el mesón La Rueda, el primer bar que encontramos al entrar en el pueblo. Un pincho de tortilla y una Coca Cola Light nos harían recuperar fuerzas.

—¿Y ahora qué hacemos? ¿Le damos un toque? —preguntó Macarena.

—Cuando terminemos vamos a su casa.

—¿Sabes dónde está?

—Me dijo que preguntásemos por la casa rosa o la casa del mayordomo. Aquí todo el mundo le conoce.

El mesón era el centro de reuniones del pueblo. Cuando entramos tuve la sensación de haber vuelto a finales de los noventa, cuando tenía unos nueve años y mi padre paraba en algún bar de carretera de camino a Andorra, donde pasábamos el fin de año. Tres máquinas tragaperras convivían con una expendedora de pelotas saltarinas y un perchero giratorio que exhibía discos de Julio Iglesias, Abba, Sergio Dalma y Ana Torroja, completamente desfasados. Parecía como si Spotify todavía no hubiera llegado al pueblo. Al otro lado de la barra, donde Macarena ya había pedido nuestros pinchos, varios jamones y cucharas enormes de madera colgaban del techo. Detrás había boletos de lotería, navajas de caza, bolsas de Cheetos y una gran variedad de licores. Todo estaba a la venta. No le encontré la gracia a que hubiera pulseras de Scooby Doo ya hechas, en lugar de vender los hilos de plástico para que cada cual las hiciera como quisiera. Me fijé en un cuadro de cerámica donde había pintado un burro que decía: «Si a los treinta no te has casado ni a los cuarenta eres rico… ¡Arre borrico!». Le hice un gesto a Macarena para que lo mirase y no pudimos contener la risa.

—Definitivamente soy burra —dije.

—¡Somos, querida! ¡Somos!

Le preguntamos a la camarera cómo podíamos llegar a la casa del mayordomo. Nos dijo que no tenía pérdida porque era la última del pueblo y, además, era muy llamativa. Un hombre que había sentado en la barra se unió a la conversación.

—Tenéis suerte de que echáramos veneno a los gatos.

—¿Perdone? —dije.

—No le hagáis caso. Saludad a Vicente de mi parte —dijo la camarera.

—¿Le conoce mucho?

—Él es quien ha decorado este mesón.

Subimos con el coche por calles empinadas. Si girábamos más de la cuenta por alguna, nos salíamos del pueblo. Hice una foto a la casa según la vi y estuve a punto de compartirla en Instagram y etiquetar a Pedro Almodóvar. La fachada estaba pintada de rosa chicle y fucsia, tenía platos de cerámica de Talavera incrustados y dos casitas para pájaros. En lo más alto, en la azotea, había una especie de torreón rematado con una medialuna giratoria. En hierro forjado se podía leer «Casa Rosada», como el palacio presidencial de Buenos Aires. Se me olvidó preguntarle a Vicente si tenía raíces porteñas.

Por el cristal de abajo de la puerta principal, que estaba roto, salieron tres gatos, dos negros y uno pardo. Vicente salió a recibirnos. Seguía teniendo presencia de mayordomo, aunque se notaba que los años habían pasado por él. Llevaba una gorra de cuadros y una americana de traje de chaqueta gris, que ya contaba años, con una camisa también a cuadros. Su manera de vestir me descolocaba en esa casa tan *kitsch*.

Al entrar me di cuenta enseguida de que, como mucha gente, Vicente vivía de puertas hacia afuera. La fachada de la casa te podía gustar más o menos, pero estaba cuidada. Y su ropa, aunque era vieja, también lo parecía. Pero el interior del inmueble no tenía apenas luz ni ventilación y estaba por terminar. Hacía mucho frío, las paredes no solo no estaban aisladas, sino que todavía se podían ver las filas de ladrillo de obra y cemento. Se me bajó el buen ánimo de sopetón y la energía con la que había empezado la mañana. Cruzamos dos estancias en penumbra, parecía una especie de almoneda siniestra de muebles que Vicente restauraba para venderlos y así ganar algún dinero extra. Nos invitó a sentarnos frente a la chimenea, el único rincón cálido de la casa. Macarena, que iba delante de mí, se detuvo y acercó el dorso de su mano a la nariz. Comprendí lo que el hombre del mesón nos había dicho cuando llegué hasta ella. El hedor a pis de gato era insoportable.

Cuando me veo envuelta en situaciones que no puedo controlar, sonrío mucho e intento aparentar normalidad. Vicente nos había abierto las puertas de su humilde casa y no podíamos salir corriendo.

—Mirad todos los muebles que queráis y si os interesa alguno me lo decís. Yo os espero aquí junto a la chimenea —dijo desde la otra punta de la casa.

Nosotras no estábamos para mirar muebles. La cara de Macarena era un auténtico poema, y me habría gustado que alguien hubiera grabado la mía para saber exactamente cómo era mi expresión en ese momento. Saqué del bolso un bálsamo labial que utilizo desde que era pequeña y que huele a menta. Hundí el dedo índice todo lo que pude en el tarro y me unté la nariz con vaselina. Se lo pasé a Macarena y seguimos hasta la chimenea.

Vicente nos esperaba con una carpeta repleta de documentos. Después de sentarnos en el sofá que había frente al fuego, nos ofreció una manta y algo de beber. Declinamos ambas cosas. Macarena observaba la estancia, que era un híbrido entre sala de estar y cocina. Detrás del sofá había una mesa de madera maciza y una alacena con una imagen del dios Ganesha y varias fotografías de folclóricas españolas. La nevera tenía más años que el propio Vicente y la pila de piedra blanca amarilleaba por el paso del tiempo.

—*Antes de que me preguntéis todo lo que queráis, quiero contaros mi historia* —dijo.

—*Claro, hemos venido hasta aquí para hablar contigo y que nos des tu versión* —respondí.

—*No he podido volver a trabajar como mayordomo desde que mataron a los marqueses.*

—*¿Y de qué vives?*

—*No tenéis ni idea de lo que he pasado. He tenido que trabajar en el campo, siendo yo un señorito. He pintado chalés y restauro muebles para sobrevivir.*

—*En los años ochenta vivías en Talavera de la Reina* —recordé.

—*Allí yo no tenía una casa, tenía un palacio. Había ganado muchísimo dinero, no lo había robado, como se han empeñado en decir. Mi casa era quizá mejor que la de los Urquijo. Ellos tenían más cosas buenas en Somosaguas, yo no tantas. Pero tenía muebles y cuadros buenos.*

—*Como esa silla de ahí* —dije. Señalé una pequeña banqueta de madera con respaldo recto que podía plegarse.

—*Esa silla es la que llevaba la marquesa cuando iba al colegio.*

—*¿Y cómo es que la tienes tú?*

—*Porque me dio la gana tenerla. Quisieron quemar muchas cosas y no quería que esta se perdiera.*

—*¿Qué más tienes de la casa de Somosaguas?*

—*La marquesa a mí me compraba cosas y también me las vendía. Tengo unas vinajeras y algún juego de porcelana.*

—¿Y su camisón?

—Lo tuve guardado con un notario más de treinta años.

—¿Para qué?

—Para venderlo. Me lo quiso comprar un inglés que se dedica a recopilar ropa de famosos que han muerto para luego subastarla. Me daba un buen dinero.

—¿Por qué no se lo vendiste?

—Tengo a Hacienda detrás y no puedo firmar nada, ni contratos ni facturas. Vivo con cuatrocientos euros al mes.

—¿Y qué hiciste con el camisón?

—Me deshice de él.

Ese camisón, según había leído, era el que llevaba la marquesa la noche que falleció. Vicente no quiso dar detalles sobre cómo lo hizo desaparecer. Yo no insistí. Me parecía marciano que tuviera una prenda que era una prueba del crimen. En realidad, teniendo en cuenta que los cuerpos fueron trasladados de Somosaguas al anatómico forense ya lavados y que las sábanas y los pijamas no salieron de la casa porque fueron directos a la lavadora, no sé por qué me extrañaba tanto que el camisón hubiera acabado en sus manos.

Vicente abrió la carpeta que llevaba y comenzó a enseñarme fotografías antiguas de su «palacio» en Talavera de la Reina. En el recibidor de la casa había unas escalinatas de mármol con barandillas de hierro forjado. Era una casa aparente. Me mostró la imagen de un cuadro que llevaba tiempo queriendo vender, decía que era de Julio Romero de Torres y que lo había comprado en un mercadillo. No conseguía venderlo porque le pedían el certificado de autoría. Yo no era experta en arte, pero por cómo hablaba del lienzo, me parecía todo mentira. Mientras escudriñaba las fotos, miré a Macarena de reojo. Estaba completamente erguida en el sofá, con los brazos sobre su regazo, como una niña buena, mientras examinaba cada rincón de la sala. Deduje que no iba a poder contar con ella durante la entrevista.

—Ya no hablo sobre el caso de los Urquijo. A vosotras os he recibido porque yo a Mauricio le tenía mucho aprecio.

—Él a ti también —dije.

Macarena pilló al vuelo la ironía y me sonrió. Desde que habíamos llegado, el mayordomo nos había dicho varias veces que le tenía cariño a Mauricio y hablaba de él como si hubieran sido muy cercanos, cuando las dos sabíamos que solo le tenía cierta estima y que lo único que compartieron Vicente y su padre fue algún momento en un plató.

—*Las televisiones me tienen frito para que vaya a hablar del tema. Pero yo no piso un plató, porque si vas te hacen un contrato y entonces tendría a Hacienda detrás otra vez.*

—*¿Cuánto tiempo estuviste trabajando para los marqueses?*

—*Entré unos meses antes de los asesinatos y me fui nueve meses después. No pude volver a mis antiguos trabajos por todo lo que pasó y porque, además, me acusaron en la prensa de haber robado dinero a los marqueses. Quedé marcado. Esta casa está por terminar y he tenido que vender todas mis cosas.*

—*¿Por qué te fuiste de Somosaguas?*

—*No me cansaré de decirlo: a mí nadie me echó. Me fui porque aquello era intransitable y estaba harto de servirles comida y hacerles de todo a los señores que habían matado a los marqueses.*

—*Pero Vicente, esa acusación es muy seria.*

—*Les escuché reñir entre ellos y decir que habían tirado la pistola al pantano. Yo trabajé con Rappel después de estar con los Urquijo, pero aun así yo no era vidente para saber esas cosas y tampoco me las podía inventar.*

—*¿Tú también pensabas que eran cinco personas las que había en la casa aquella noche?* —pregunté.

—*Lo que he dicho es que he visto cómo Juan y Rafa se peleaban porque él le pedía cuatro millones de pesetas a su cuñado y no se los daba. Yo le compré a Rafa por dos mil pesetas un centro de mesa que le habían regalado los marqueses para el piso de la calle Orense, donde vivía con Myriam. Nunca he dicho que fueran cuatro ni cinco personas. Al principio decían que era un cazador, Mauricio metía la pata muchas veces cuando hablaba. Él fue quien preparó el silenciador de la pistola, me lo dijo el periodista Manuel Cerdán.*

Llevábamos pocos minutos de conversación, pero los suficientes para darme cuenta de que Vicente vivía anclado en el pasado. El caso le había afectado tanto en lo personal y en lo profesional que parecía como si todo su mundo se hubiera detenido en los años ochenta. Lo que acababa de decir era una señal de ello porque quedó probado que ese silenciador de Mauricio no fue encargado para matar a los marqueses. Estas últimas declaraciones hicieron despertar a Macarena de su letargo, como quien reacciona ante una amenaza.

—*Mauricio esa noche no estaba en la casa y no sabía tampoco lo que iba ocurrir* —dijo ella.

—*El único que puede contar la verdad de todo esto es Javier Anastasio. Y si Mauricio le acompañó, también lo puede decir. Y lo del silenciador también es cierto.*

—*A estas alturas ya deberías saber que quedó probado que el silenciador que encargó mi padre era para un rifle y no para una pistola* —dijo.

—*¿En serio? ¿Qué me cuentas? Pues eso no lo sabe la mayoría de la gente.*

—*Por eso vamos a escribir un libro, para que todo el mundo sepa quién fue mi padre.*

Macarena sonó más rotunda de lo habitual. Vicente se quedó pensativo, como si cuarenta años después le hubiéramos descubierto y negado un dato que él no había dejado de afirmar cada vez que le preguntaban por el crimen.

—*Por lo que decís, yo ya no sé qué papel le ha tocado a Mauricio López-Roberts en esta historia.*

—*El único que tuvo es que Rafi le citó una tarde para contarle lo que habían hecho. Mauricio no se lo creyó hasta que le dio detalles. Y cuando vio que Rafi iba a la cárcel, mi padre declaró a la Policía lo que sabía e inculpó a Javier.*

—*¿Pero tu padre por qué le dio dinero a Rafa para que se fuera a Francia?*

—*A Rafa no le dio ningún dinero. Se lo dio a Javier para que, en teoría, se fuera a Londres a ver a su novia.*

—*Fueron 125.000 pesetas, que me acuerdo yo.*

—*¡No! Mauricio le dio a Javier 25.000* —dije.

Macarena y yo volvimos a mirarnos. Creo que nos estábamos preguntando lo mismo: ¿cómo podía una persona cercana al caso tener tantos datos erróneos? ¿Cómo podía seguir dando argumentos que habían sido contrastados y desmentidos? Por todo lo que contó en su momento a los medios de comunicación, Vicente cosechó varias denuncias de Juan y Myriam de la Sierra y del administrador. Para estar implicado de alguna forma en el caso, y para haber escuchado tantas cosas dentro de esa casa, el mayordomo de los Urquijo estaba bastante desinformado. Máxime cuando había pasado tanto tiempo, se habían publicado tantos libros y hubo dos sentencias del caso.

Hoy en día todavía se puede especular sobre a quién protegía Rafi o sobre quién apretó el gatillo, o sobre quiénes idearon el crimen y la razón por la que se cometieron, pero Vicente no podía cuestionar que Mauricio hubiera tenido algo que ver en los asesinatos. El vodevil que representaba el caso Urquijo podía sintetizarse en la figura del mayordomo. Empecé a darle la razón a Macarena: la visita había sido una pérdida de tiempo. Ella asentía con la cabeza, como si supiera lo que estaba pensando. Hizo un gesto que interpreté como un «te lo dije» y retomé la conversación:

—*Además de hacer un retrato a la Policía sobre cómo era la convivencia en aquella casa, ¿les ayudaste en algo más?*

—*A Romero Tamaral y a mí nos ha faltado acostarnos juntos. No ha pasado porque él tenía a su mujer. Yo robé muchos documentos de esa casa por las noches para dárselos a él. Me pidió que pusiera grabadoras en la casa y todos los días nos íbamos juntos a escucharlas.*

Vicente volvió al momento en el que el administrador, el mismo día que aparecieron los marqueses asesinados, pidió al personal de servicio de la casa que quemasen documentos. Lo hicieron en varios días. Por eso algunos papeles llegaron a la Policía, donde los archivaron en una carpeta que decía: «Documentos salvados de la quema». También quisieron que ardiera en llamas la puerta que comunicaba la piscina con la casa, la de madera por donde, según Vicente, Javier Anastasio metió la mano. Pero el mayordomo la escondió en un trastero.

—*Cuando volvió la científica a por la puerta para comprobar si el brazo de Javier cabía por el hueco, el administrador dijo que ya no la teníamos. Yo fui a por ella y la saqué. Se quedaron todos muertos.*

—*Javier niega cualquier implicación en el crimen. Dice que llevó a Rafi y se fue. Y que se deshizo de la pistola días después.*

—*Él es el único que sabe lo que pasó. Vino mucho a la casa después de los asesinatos.*

—*Pues él dice que solo estuvo dos veces y de pasada.*

—*Después de muertos los marqueses, aquello se convirtió en una casa de putas sin dueña. Venía todo el mundo y hacían unas fiestas y unas cosas...*

—*Eso lo hemos leído. ¿Qué hay de verdad en todo aquello?*

—*Lo que me sentó muy mal muy mal, que te digo que se cagan en mi madre y no me sienta tan mal, fue que un periodista dijera lo del mariconeo, cuando lo que había que hacer era hablar sobre el crimen.*

—*Se han contado tantas morbosidades que, no sé si a propósito o no, se desviaba la atención de lo verdaderamente importante, que era averiguar quién los mató* —dije.

—*Dicen que Rafael y Juan se entendían, y yo te aseguro que eso es mentira. Yo sé lo que es el mariconeo y ese ambiente y lo he practicado. Ellos se amarían mucho, pero no de esa forma. Decían que en una*

*habitación de la casa de Somosaguas habían encontrado restos de se-
men con distinto ADN, y dije yo: «¿Y quién no se ha hecho una ma-
nuela en la cama con otros tíos? Más todavía si iban hasta arriba de
copas y lo que no eran copas».*

Vicente hizo un monólogo de varios minutos sobre la homose-
xualidad, que le llevó a enlazar varios temas que no tenían nada que
ver con lo que hablábamos.

—*El mariconeo ahora está de moda y a mí no me parece bien. Yo
quizá sea más maricón que ninguno, pero soy más machista que nadie. A los ministros que salen diciendo que son maricones, tendría que
darles vergüenza. Y luego brindan el cargo a sus maridos delante del
rey, ¡vergüenza les tendría que dar! Yo he ido a sitios de ambiente en
Torrelodones y no me he acostado con un travesti en la vida, porque
para eso me acuesto con mi mujer.*

Vicente estaba perdiendo la cabeza por momentos y a mí se me
estaba hinchando una vena que no sabía ni que tenía. Me mordí la lengua varias veces. Pensé que no valía la pena discutir con
un hombre que, por mucha lástima que me diera, había enloquecido y tenía un discurso tan homófobo. La cara de Macarena había cambiado. Parecía estar harta, pero al menos prestaba atención.
Vicente siguió con su *speech*, ahora la que había entrado en tran-
ce era yo. Estaba entre enfadada y agotada. Vicente no había parado de hablar en dos horas y, además de exagerar en la profundidad
de sus relaciones con cada una de las personas que tenían que ver
con el caso, en especial con Romero Tamaral, contestaba lo que le
daba la gana.

—*Yo me tuve que quitar el bigote porque la gente me reconocía por
la calle por ser el mayordomo de los Urquijo. Cuando me bajaba del
avión en Málaga y me llamaban señor Romero, la gente me confundía
con Constantino Romero. Solo que él tiene la voz más aterciopelada,
la mía es más de maricón.*

Una sonora carcajada de Macarena hizo eco en la sala y me devolvió
a la conversación. Justo en ese momento, Vicente me interpeló:

—*Rafael ha hecho chapas. ¿Tú sabes lo que es eso?*

—¿*Chapas*?

—*Que se ha ido con mariquitas por dinero. Hija mía, y eso que eres
periodista.*

Volví a morderme la lengua. Lo de Rafa no era verdad, incluso
Julián Zamora nos había dicho que esas informaciones eran bulos
que corrieron sobre los últimos años de Rafa en El Dueso, cuando

decían que le llamaban la Madelón porque se prostituía en la cárcel a cambio de droga. No me gustó que le faltase al respeto de esa manera a alguien que estaba muerto, y que se quitó la vida para descansar después de años sufriendo todo tipo de desaires, que le llevaron a perder las ganas de vivir.

Macarena me miró, estábamos más compenetradas que nunca. Creo que entendió que tenía que seguir ella con la conversación:

—*¿Qué opinión te merecía Dick Rew?*

—*Myriam era una mujer pasional. Se puede ser puta y tonta, pero ella ni era puta ni era tonta. En casa de los Urquijo nadie estaba liado con nadie, solo Myriam con el americano. Rafael era un pobre hombre.*

Decía que Myriam era igual de lista que su madre, que «*de tonta no tenía un pelo*». Nos contó Vicente que meses atrás le habían robado a él la cartera con seiscientos euros, pero lo que más le había dolido es que en su interior llevaba una fotografía de la marquesa. Mientras lo recordaba, rompió a llorar, diciendo que él «*a doña Lourdes la quería muchísimo*». A mí me parecieron lágrimas de cocodrilo.

En ese momento, Macarena se disculpó, dijo que le dolía la espalda y se levantó. Yo no podía más con tanto delirio. Le hice una última pregunta, esperanzada por encontrar en él algo de lucidez. El crimen de los Urquijo le había dejado muy tocado. El caso era un desvarío personificado en la figura del mayordomo.

—*¿Alguna vez has tenido claro qué paso aquella noche?*

—*Siempre he dicho que Myriam no estaba metida. Eran Juan, Rafa y Javier Anastasio. Si hubieran matado al marqués, sin matar a la marquesa, habrían vivido todos de puta madre, porque el marqués era mala persona. Había perdido mucho dinero. En la casa el administrador secundaba la dictadura de don Manuel de la Sierra. Yo por Juan he llorado y lloro mucho. Tenía un coche y una moto, pero ni un duro para gasolina. Nos pedía dinero a los que trabajábamos allí.*

—*Y Rafi pagó el pato.*

—*Él nunca hubiera delatado a su cuñado porque le quería mucho.*

Esta última frase que tengo grabada de Vicente habría valido como epitafio en un obituario sobre Rafael Escobedo. Vicente nos despidió en la puerta de la casa rosada. Salí de allí con ganas de volver corriendo a Madrid. Aun así, se me ocurrió inmortalizar nuestro encuentro con un selfi. De vez en cuando Macarena y yo lo rescatamos y lo enviamos a nuestro chat de WhatsApp. Ahora que ha pasado el tiempo, nos entra la risa al recordar aquella mañana en La Nava de Ricomalillo.

***

Me pesaban los brazos y las piernas. Me dolía el cuello y tenía la boca abierta cuando Macarena me acarició el brazo y me habló bajito para decirme que habíamos llegado.

—¿Dónde estamos? —pregunté

—En tu casa.

—¿En Madrid?

—Te has quedado frita al salir del pueblo.

—¡Ay, Maca! ¡Lo siento!

—Tranquila, no se me ha hecho pesado. He intentado despertarte un par de veces para que vieras el atardecer. Ha sido espectacular.

—¿Subes a casa y te doy el disco duro?

—Vale. Así lo revisaré mañana.

No suelo dormirme cuando voy de copiloto, pero nuestra charla con Vicente me había consumido. Aparcamos en Rafael Calvo, la calle paralela a mi casa. Cuando conseguí bajar del coche, iba dando tumbos por la calle, como si todavía estuviera dormida.

—Te he ordenado todo por carpetas. En una tienes los documentos más importantes del sumario que hay que repasar, en otra la información sobre la fundación. He metido un documento de Word con enlaces a vídeos que tienes que ver. Entre ellos el programa de *Ochéntame otra vez* donde salen Melchor y Javier, el mayordomo otra vez, Yoldi y el abogado, Marcos García Montes. Por cierto, ¿sabemos algo de él?

—Después de llamarlo un par de veces, me dijo que íbamos a vernos, pero no he vuelto a tener noticias suyas. No sé cuántos mensajes le habré dejado en el contestador. ¿Sabes? Voy a dejarlo ya. Me he cansado de perseguirlo.

—Peor para él. Parece que lo único que le interesa es hablar del tema en televisión.

—Lo mismo que pasó con Romero Tamaral, también dijo que apreciaba a mi padre y luego nada.

—Por lo menos él, aunque fuera por boca de su hija y nos fastidie, nos dijo que no. Pero Marcos, ni eso. No me gusta que me mareen.

Cuando cerré la puerta del portal, me quedé mirando la acera de enfrente. Recorrí el portal hasta llegar al fondo, donde estaba Macarena esperándome con la puerta del ascensor abierta.

—El hombre de la Ducati está ahí fuera.

—¿Nos ha visto?

—Seguro que sí.

—¿Qué hacemos?

—Subamos a casa. Allí estaremos más seguras.

El acceso a la octava planta, donde estaba mi apartamento, se me hizo eterno. Nos quedamos calladas. A Macarena la esperaba Daniela en casa. La parte buena era que, si el motorista estaba en mi casa, su hija no corría peligro. La solución más sencilla era que yo la acompañara de vuelta al coche y ella me dejase en la puerta de casa otra vez. Aunque eso no impedía al motorista arrancar la moto y seguir a Macarena hasta casa. La situación con este tipo había pasado de generarme miedo a impotencia y rabia, no entendía qué quería de nosotras. Llevaba siguiéndonos más de un mes y, aunque sabíamos que no nos iba a hacer nada porque ya había tenido tiempo suficiente para actuar, detestaba la sensación de debilidad que nos producía su presencia.

Al entrar en casa, Macarena llamó a Daniela. Entre tanto serví dos vasos de agua y le acerqué uno. Después del primer trago, el vaso se le cayó al suelo.

—Dani, no te muevas de casa y apunta el número de la matrícula —le dijo a su hija. Después colgó.

—¿Qué pasa? —pregunté.

—Daniela dice que el tío de la Ducati que vio en su colegio está en la puerta de casa.

—No puede ser. ¡Si está abajo!

Macarena cogió el disco duro, lo metió en el bolso y salió de casa dispuesta a plantarle cara. No me dio tiempo a decirle que se esperase. Había que llamar a la Policía. Después del día en que me pidió fuego, que fuimos a denunciarlo y nos dijeron que no lo veían claro, si llamábamos de inmediato podríamos demostrar el acoso al que estábamos siendo sometidas. Cogí las llaves para seguir a Macarena. Cerré la puerta y corrí escaleras abajo lo más rápido que pude. Gracias a Dios la pillé saliendo del portal, había cogido de mi casa un palo de golf, que por el ángulo intuí que era el hierro 9. Espera, le dije, pero cruzó la calle sin mirar. El hombre de la Ducati se subió a la moto. Ella le bloqueó para detenerlo.

—¿Quién coño eres y por qué nos sigues? —le gritó, empuñando el palo de golf como si fuera un sable.

Llegué corriendo y me puse al lado de Macarena. No podía pedir que nos calmásemos porque no sabía quién era ese hombre, ni si podíamos hablar con él o si era peligroso. Incluso pensé si tendría una pistola debajo de la chupa.

—O nos cuentas qué está pasando o llamo a la Policía ahora mismo —dije con el móvil en ristre.

—Pregúntale a tu amigo el *hacker* —gritó.

—¿Qué estás diciendo? —dije.

—Todos tenemos un precio. ¿Cuál es el vuestro por dejar de tocar los cojones?

—Dile al que te paga que nos deje tranquilas. No estamos haciendo nada malo —dije.

—¿Dónde está Cripto? —preguntó Macarena.

—¿Cripto? ¿Así te ha dicho que se llama?

—Pasa de este tío. Vamos a llamar a la Policía.

—Espera —dijo ella.

Agarró el palo de golf con las dos manos y se colocó frente a la moto. Estaba midiendo la distancia entre el hierro y el carenado de la moto con tal seguridad que me dejó atónita.

—Llama ahora mismo al que está en la puerta de mi casa y dile que se largue —le dijo.

Él separó las manos del manillar, abrió la cazadora de cuero y palpó en su interior. Sacó el teléfono móvil. Levantó la visera un poco, aunque no lo bastante como para que pudiera verle la cara. Escribió algo, un mensaje supongo, y volvió a guardarlo con actitud arrogante.

—Ya está. Advertidas quedáis.

Macarena se apartó para dejarle marchar. Con mi móvil hice una foto a la matrícula. Intuía que no nos iba a hacer daño, pero, en cuanto se fue, nos abrazamos y me eché a llorar.

—Se ha ido y seguimos sin saber qué tiene que ver con Cripto —dije.

—Ahora tenemos claro que son dos y que alguien les ha contratado para que nos sigan.

—¿Y Cripto? ¿Qué papel juega en todo esto? —pregunté.

—Quizá esté investigando para ellos.

—Desde el principio supe que no era trigo limpio.

—Debe ser un topo que les pasa información. Un mercenario.

—¿Qué vamos a hacer, Maca? Quizá sea momento de sentarnos a hablar con él y que nos explique qué está pasando.

—Tendremos que hacerlo en algún momento. Vamos a esperar, observemos cómo se comporta Cripto estos días. Ahora ya sabemos que está con ellos.

Acompañé a Macarena hasta el coche. Estaba muy callada, como si estuviera en otro lugar. Había sido un día muy intenso. No sabía muy bien qué le rondaba por la cabeza, pero me daba la sensación de que, igual que yo me planteaba todo el tiempo ir a la Policía y acabar con esto, la postura de Macarena era otra: su intención de borrar el rastro de su padre de Google se estaba difuminando. ¿Se estaría planteando también abandonar?

Capítulo 20
Macarena

Había pasado la noche inquieta. De madrugada un sueño desagradable hizo que me despertara con el corazón acelerado. ¿Qué haces tú con Javier Anastasio? La voz de mi padre me sobresaltó. Mi subconsciente hablaba. Estaba segura de que no le habría gustado que me acercara a él. Si unos años antes el libro de Melchor hubiera caído en sus manos, habría agarrado a Javier del pescuezo para que se tragara sus delirios donjuanescos. Él solía hacer referencia a una frase de *El abuelo*, escrito por Benito Pérez Galdós: «La villanía es perdonable, la ingratitud, nunca». En las escenas que Javier había inventado para agregar morbo en su libro, destilaba ingratitud hacia mi madre y yo había decidido seguir tragándome sapos.

Tras beber un vaso de agua con limón, ajusté los cordones de mis zapatillas de correr. Me protegí la cabeza con un gorro de lana viejo calado hasta las orejas y puse rumbo hacia un camino con escaso público. Antes de cruzar la carretera miré a ambos lados, ni rastro de la Ducati. Respiré aliviada. Sabíamos que Cripto jugaba a dos bandas y sospechaba que podía haberles instalado alguna herramienta tecnológica en sus móviles para tenernos geolocalizadas. Como habría dicho mi amiga Tita con su inconfundible y dulce acento mexicano: «Qué ganas de mandarlos a todos a la fregada».

A lo lejos, un par de perros paseaban a sus dueños sobre el hielo escarchado que había dejado la madrugada. Apenas unas luces rosadas en el horizonte pintaban con trazos gruesos el amanecer. Caminé a paso ligero por una zona de umbría pegada a una tapia de piedra cubierta de musgo y líquenes. La tierra dura crujía bajo mis pies. Anduve a paso ligero para calentar mis músculos fríos y corrí hasta llegar a un punto en el que no pude más. El corazón latía con fuerza. Apenas podía respirar. Mientras recuperaba el aliento, a lo lejos, un pastor dirigía un rebaño de ovejas por un tramo de cañada en dirección al cerro de San Pedro. Su aspecto corpulento y su gorra de campo calada hasta las cejas me recordó a Vicente Romero, a quien habíamos entrevistado hacía unos días en la guarida toledana en la que malvivía, a tan solo un paso de la indigencia. Nos pareció un ser siniestro, ávido de rencor y afán de protagonismo, con escaso o nulo conocimiento de la realidad que vivió Mauricio. No parecía falto de memoria, sino de interés por la verdad. Soportaba la vida entre recuerdos, rodeado de cachivaches inservibles y un histrionismo trasnochado que me provocaba rechazo. Sentí pena por él al recordarlo mientras bajaba mis pulsaciones y veía cómo correteaban las ovejas en tropel al tiempo que su dueño levantaba una garrota y voceaba en alguna jerga pastoril. Me había costado digerir el encuentro con el mayordomo y el olor a pis de gato que llevaba desde hacía días pegado en la nariz.

Cuando llegué a casa sentí la cabeza despejada, pero una sensación de temor ante lo desconocido me provocó de nuevo inquietud. ¿Y si Javier conocía algo de mi padre que yo no supiera? Miré el calendario de la cocina en el que había marcado el día 25 de marzo dentro de un círculo rojo. No sería un día cualquiera para ninguno de los dos. ¿Qué interés tendría él en encontrarse con la hija del delator? Al fin y al cabo, fue mi padre quien con sus declaraciones puso a Javier en el punto de mira policial. ¿Estaría inquieto como yo? Había pensado muchas veces en él a lo largo de los años. Me preguntaba cuándo nos habíamos visto por última vez. Había sido en la finca de Moncalvillo, donde Rafi fue detenido, cuando la Policía encontró los casquillos que supuestamente lo inculpaban. Los mismos que a lo largo del proceso desaparecieron junto con la pistola.

Fuimos a pasar el fin de semana. A mi lado, en el asiento de atrás, viajaba Escobedone. La cabrita rumiaba incansable y miraba por la ventanilla como un pasajero más, mientras se dejaba acariciar la cabeza. Entretanto yo ojeaba un ejemplar de la revista *Súper Pop* que mi padre me había comprado en el quiosco de al lado de casa. Estaba emocionada con el póster de Paul Newman incluido en las páginas centrales y que pensaba colocar en la pared de mi cuarto junto al guapísimo Leif Garrett. Tenía trece años. Recuerdo que comimos coliflor con bechamel gratinada al horno. No me gustaba, pero Rafi tenía mano para la cocina y en casa no estaba bien visto que los niños pusieran caritas de desagrado. De Javier no me acuerdo. Tampoco si vinieron mis hermanos.

Seguí buscando recuerdos en la memoria. José Abascal es una calle por la que no me gustaba pasar. Algunas veces, cuando coincidía con mi madre por la zona, ella comentaba que si Javier alguna vez regresaba, le gustaría hablar con él. Yo no entendía para qué. Lo mismo que le habría pasado a mi padre si hubiera vivido para verlo. Señalaba el portal de la casa familiar y hacía un comentario sentido sobre sus pobres padres. El día que leí en la prensa que su causa había prescrito, deduje que tarde o temprano volvería a España. Cuando hablé con Melchor me lo confirmó. Sin la más mínima esperanza de que él accediera a encontrarse conmigo, esperé a que el periodista nos diera una respuesta.

A mi madre no le extrañó que hubiera conseguido citarme con él y no mostró ningún interés en acompañarnos. Quizá ya no tuviera nada que decirle.

Después de una larga ducha, mientras terminaba de arreglarme tranquila, hice un esfuerzo por encontrar algún otro recuerdo. Había conocido a Ben, el hijo de Dick Rew, en casa de Myriam. Conservaba una foto de mi padre en la que le mostraba al americano cómo coger un capote junto al presidente de Golden, el fiasco de empresa en la que se conocieron todos. Durante años conservamos una caja de *Juegos reunidos Geyper* que Myriam nos regaló una Navidad. El día del golpe de Estado al congreso, en febrero de 1981, mi madre y yo esperábamos en la consulta del oculista; Juan de la Sierra estaba con nosotras. No sé por qué. Me acordaba de todos ellos y, sobre todo, de Rafi. Los recuerdos de esa época se mantenían nítidos en mi cabeza, pero en ninguno de ellos aparecía Anastasio.

Con quien mis padres tenían amistad era con Rafi. Creo que a Javier lo trataron en ocasiones contadas. Una de ellas con motivo de una remesa de botas de cuero que intentaba vender a amigos y conocidos. Las había traído de Marruecos y a Rafi le pareció buena idea preguntarle a Maritha si podía echarles una mano para venderlas entre sus conocidas. No era extraño que un par de niños bien se «bajaran al moro» para pillar hachís, y, de paso, rentabilizaran el viaje con marroquinería para disimular la mercancía ilegal y sacar algo de dinero extra.

Mis padres pertenecían a otra generación. Tenían su vida hecha. Una familia con tres hijos. Éxito profesional, estabilidad. De haber sido diferente, yo no estaría contando esta historia.

Tras la muerte de Franco, los jóvenes de una sociedad hasta entonces reprimida empezaron de forma espontánea a salir a la calle, a expresarse a través de la música, la fotografía, el cine. Surgió en Madrid el fenómeno de la movida madrileña, una nueva forma de vida libre, un movimiento contracultural y artístico. La gente joven comenzó a innovar, a expresar sus pensamientos y emociones. Sonaban voces dispuestas a desarrollar su talento y llevarlo a su máxima expresión artística. El éxtasis creativo llevó aparejado un exceso de consumo de alcohol y drogas, quizá en busca de la máxima inspiración. Muchos artistas murieron de sobredosis o en accidentes de tráfico. Otros, más afortunados, vivieron algunos años más enfermos de sida o tuberculosis, abandonados a su suerte, o permanecieron con sus familias rotas por el drama; el lado más oscuro de la movida. En aquellos años, Rafi y Javier se movían en un ecosistema hecho a medida. Eran ligones y juerguistas. Desinhibidos, quemaban la noche madrileña en la sala El Sol o en La Fábrica de Pan. Tampoco faltaron las fiestas en casa de Juan y Myriam, como daban testimonio las fotos que Cripto nos había enseñado, y como el propio mayordomo decía haber visto.

Aún tenía un par de horas para bajar a Madrid. Respondí por *e-mail* a un cliente que llevaba un tiempo dando manotazos de ahogado para lanzar un proyecto con pies de barro. Había desarrollado para él los contenidos de un *club* de ocio para mujeres de cabellos plateados. Él intentaba encontrar financiación para ponerlo en marcha, pero los números no le salían. Era un tipo ambicioso a quien no le gustaba que le dijeran que no. Al sugerirle que lo guardara por un tiempo en un cajón, me preguntó molesto si siempre decía lo que pensaba a mis clientes. Por suerte ya había cobrado la mayor parte de mi trabajo. Quedamos en tomar un café y cerré el ordenador.

A mi derecha, sobre una mesita baja en un rincón del despacho, conservaba un tocadiscos que había cumplido medio siglo. Era negro y compacto. Aún conservaba algunos discos que había comprado en esa época para alimentar el aparato que tanta compañía me había hecho. Christopher Cross, George Benson, Chris Rea, Earth y Wind & Fire, entre otros, restos de una colección que había vendido en el Rastro cuando me hizo falta dinero. Hermes, el gato, se cruzó entre mis piernas con su caminar sinuoso acariciando con la suavidad de su cola mis tobillos desnudos. Saqué la caja de discos y busqué un LP de Burning: *Noches de rock and roll*, del sello discográfico Belter, de 1984. Uno de los primeros grupos que cantaron *rock* en castellano, influidos por los Rolling Stones, Deep Purple y Lou Reed.

Retrataban escenas y personajes de la vida real. Sus letras hablaban de historias marginales, de delincuentes callejeros, prostitutas, drogas, amores y fiestas hasta el amanecer. En la portada, los cinco músicos salían de noche del edificio Metrópolis en la Gran Vía de Madrid, como si este fuera de papel. Saqué el vinilo de la funda. A mí no me gustaba la música *rock*, pero quería escuchar el tercer corte: «Una noche sin ti». Un tema editado en homenaje a Toño, el vocalista canalla del grupo. La aguja se deslizó por los finos surcos del vinilo arrancando un sonido armonioso y cálido. Tarareé el estribillo y me emocioné pensando en mi primo Pepe. Él, como otros que conocí, se quedaron por el camino. Los excesos de los ochenta sufrieron su resaca en los noventa. Como si hubiera llegado el fin del mundo, el que más y el que menos experimentó con la psicodelia del LSD, la heroína, el alcohol y el sexo libre y urgente. Porque de eso se trataba, de sentirse libres para elegir cómo vivir tras cuarenta años de represión franquista y un día a día convulso en el que la sociedad se resentía por los asesinatos cometidos por ETA que se hacían eco en la prensa, y con especial crudeza en los telediarios del mediodía.

Durante cuarenta años, ETA fue protagonista de la vida política española. Mató a 856 personas e hirió a centenares más. Su primer golpe de efecto fue en el año 1973 con el asesinato del almirante Carrero Blanco. Los años setenta fueron especialmente sangrientos, con atentados indiscriminados que se cobraron la vida de más de un centenar de personas.

En la década de los ochenta, ETA recrudeció su ofensiva para forzar las negociaciones con el Gobierno y los atentados masivos e indiscriminados azotaron a la sociedad española como no lo habían hecho hasta entonces. 1980 fue el año de los cien muertos de ETA. En 1982 comienza la llamada guerra sucia de los GAL. Del año 1984 a 1986 se cometieron veintitrés asesinatos. Atentaban contra militantes y simpatizantes de ETA residentes en el sur de Francia. El secuestro y posterior asesinato de Lasa y Zabala a finales de 1983 y el secuestro de Segundo Marey en 1984 marcaron el inicio de este grupo de mercenarios financiados con los fondos reservados y amparados desde el Ministerio del Interior. La guerra sucia minó la lucha antiterrorista y acabó salpicando, de cara a la opinión pública, a algunos de los cuerpos que trabajaban desde la legalidad contra el terrorismo. Durante años, la lucha antiterrorista dio por segura la existencia de un entramado empresarial que permitía a ETA financiar sus actividades y blanquear el dinero recaudado mediante la extorsión y el chantaje. La red empresarial movía cerca de dos mil millones de pesetas al año, se extendía desde el País Vasco hasta Cuba, Panamá, Venezuela y Cabo Verde.

Una mañana temprano, reventaron los cristales de mi cuarto que daban a la calle Juan Bravo. Mi abuela y mi padre se despertaron por el estruendo. Él vino a mi cuarto a toda prisa y me encontró en la cama con una lluvia de cristales sobre mis sábanas, con la cara y los brazos intactos. Aún no me lo explico. No te muevas hasta que yo vuelva, dijo. Salió a la calle y al poco tiempo regresó con la camisa y los pantalones ensangrentados. Un coche bomba con veinte kilos de Goma 2 que ETA había colocado en la esquina de las calles de Juan Bravo y Príncipe de Vergara había explosionado al paso de un coche ocupado por nueve guardias civiles. Mi padre se encontró con sus cadáveres destrozados y carbonizados. Intentó socorrer a uno de los que aún respiraba mientras llegaban las ambulancias.

Te has hecho mayor, me dije mientras cerraba la tapa donde ponía el año de fabricación del aparato: 1969. Sentí nostalgia al recordar el tiempo en el que había vivido con mi padre en casa de la abuela. Cursaba el último año de colegio. Me había saltado algunas clases de Filosofía y mi madre se había enterado al recibir una llamada del director. Tras pillarme en un renuncio, me hizo la maleta y llamó a mi padre para que viniera a recogerme. Así, sin más. Ya me echará de menos, mascullaba mientras mi padre conducía hacia el mausoleo de la calle Castelló. Pasaron semanas hasta que volví a hablar con ella.

Solía estudiar en el comedor que solo se abría para celebrar la Navidad, en una de las cabeceras de la mesa de caoba que había conocido tiempos mejores, junto al tocadiscos. El ambiente en casa en los años después de que Rafi fuera condenado era tenso. Mi padre sufría y nos tenía a mi abuela y a mí en un estado de inquietud permanente. Pero eso a mi madre no pareció importarle. Quizá pensó que una temporada con él nos vendría bien a ambos. Yo hacía una vida normal de estudiante y volvía todos los días para comer en casa. Mi abuela y yo le esperábamos sentadas a la mesa. La mayoría de las veces pasaba de largo y se iba a la cama meditabundo y angustiado. El caso Urquijo le estaba destrozando. La abuela no permitía que nadie hiciera ningún comentario sobre su hijo. Entre nosotras se imponía un silencio de acero cada vez que él no nos acompañaba. Nunca la oí quejarse. Lo defendía a muerte. Qué carácter y qué dignidad tenía doña Teresa: «Niña, si no estás a gusto, te vas a tu casa con tu mamá». No tuvo que repetírmelo.

***

En la entrevista que Javier había concedido a *Vanity Fair* en 2010, treinta años después de los asesinatos, se despachaba diciendo que él no acusaba a nadie, pero aseguraba que las coartadas de Juan de la Sierra y del administrador fueron falsas y no hubo interés en desmontarlas. Supongo que a Romero Tamaral tampoco debió de gustarle esta afirmación, como otras más que siguieron. La entrevista había tenido lugar en Buenos Aires. Javier se había escondido como un prófugo en cinco países, en una huida constante para evitar los sesenta años de cárcel que pedía para él el fiscal. Se había refugiado como un falso anacoreta en un pueblo pequeño de la Patagonia profunda. Sin teléfono móvil, cuentas bancarias, ni tarjetas de crédito.

¿Cuántos secretos guardaba Javier después de tantos años de silencio? Era libre para hablar y contar su verdad o para seguir evitándola con las mismas respuestas que sonaban como ciertas a fuerza de ser repetidas. Tenía claro que no me la iba a contar a mí. Aseguraba que el autor de los crímenes fue un profesional y que el móvil había sido económico, no de carácter pasional, como se hizo creer. Reconocía su error al haberse deshecho de la pistola, pero afirmaba que Rafi era su amigo y que habría hecho cualquier cosa por él.

Anastasio hablaba de nuevo porque necesitaba pasar página y, a pesar de que muchos pensábamos que no decía toda la verdad, él trataba de arrojar una luz nueva sobre viejos argumentos. Una de las preguntas de la periodista se refería a la relación con mi padre. Él afirmaba que Mauricio parecía haberse olvidado de que le debía un dinero que le había prestado para pagar la letra de un coche. Por tanto, el dinero con el que Javier viajó a Londres era irrelevante porque no huyó hasta tres años después.

Cuando Melchor me escribió para decirme que Javier había accedido a que nos viéramos y que sugería el restaurante De María para comer, no me hizo especial ilusión. Parecía que él tenía la misma curiosidad que yo. Quizá quisiera ponerle cara a la hija de Maritha y de Mauricio después de tantos años. Me había conocido de niña y ahora su mente intentaría reconocer algún rasgo infantil en una mujer. ¿Qué esperábamos el uno del otro? Enseguida llamé a Angie para contárselo.

—¿Cómo tienes el viernes para comer con Javier Anastasio?

—¿Me estás hablando en serio, Maca?

—Melchor me lo acaba de confirmar.

—No me lo creo, tía. Por fin.

—A las 14:30 en De María, en la calle Félix Boix.

—Lo conozco. He entrevistado a algún futbolista allí.

Como solíamos hacer, Angie y yo habíamos redactado un guion para la entrevista. Treinta preguntas dirigidas a profundizar en su relación con Rafi, Mauricio y Maritha. ¿Qué le prometieron a Rafi? Si no tuvieras hijos, ¿dirías la verdad? ¿Leíste *Las malas compañías*? Incluso alguna pregunta más filosófica del estilo de: ¿qué es para ti la amistad? Mientras las releía pensaba quién era ese ser humano que había titulado su libro *El hombre que no fui*. Un lobo solitario, un fugitivo sin patria, sin arraigo.

¿Qué habría sido de Javier sin el dinero y la influencia de su familia? ¿Quiénes fuimos nosotros? Quizá nos convertimos en mejores personas o puede que todo lo contrario. Resilientes en una sociedad que no olvida, señalados por el dedo acusador de quienes se pasaron la moralidad y los principios por el arco del triunfo. Yo admiraba a mi padre, entre otras cosas, porque la resistencia genera admiración.

En menos de una hora iba a sentarme frente a un hombre a quien no conocía. La imagen que me había formado de él era un puro cliché compuesto de fotografías y declaraciones superpuestas en la memoria. Formaba parte de mi vida de una manera tangencial. Lo único que teníamos en común eran las cenizas y el dolor atenuado por el tiempo de un drama común. Para mí el encuentro carecía de sentido. Quizá la mera satisfacción de enfrentarme a un personaje real. Terminé de leer el cuestionario, taché unas cuantas preguntas que me parecieron superfluas y lo dejé sobre la mesa del despacho. No necesitaba llevármelo. ¿De verdad quería conocer al amigo, al cómplice, al prófugo, al hombre que no fue? No. No me interesaba demasiado y mucho menos después de leer el capítulo de su libro en el que afirmaba que mi padre actuó en su contra por celos. ¿Celos de Javier? Es como decir que Grace Kelly pudiera haber puesto sus ojos en Marty Feldman despertando la ira de Rainiero de Mónaco. «¡Vamos, hombre! ¡Qué poca madre!», dirían mis amigas mexicanas. Como si haber tirado «los trastos de matar» no le hubiese comprometido hasta la médula en la trama siniestra. ¿Cómo tienes la cara de inventar algo así? Esa era la única pregunta que de verdad tenía ganas de hacerle y darme el gusto de ver cómo agacharía la cabeza a sabiendas de que lo escrito era una pura y frívola invención.

Aparqué el coche y puse el máximo de tiempo que me permitía la aplicación. Angie fumaba un cigarrillo en la esquina donde nos habíamos citado. Se movía de un lado a otro mirando a ambos lados de la calle. Me acerqué hasta ella. La abracé y le sugerí que diéramos una vuelta a la manzana para entretenernos mientras llegaba la hora y bajar así un poco la tensión soterrada que nos conmovía. Cuando nos aburrimos de estar en la calle, entramos en el restaurante. Preguntamos por la mesa reservada a nombre del señor Miralles. No nos gustó dónde nos habían ubicado, era una zona oscura, y pedimos al metre que nos cambiaran a otra más cerca de la cristalera. No era un sitio discreto, pero al menos tenía luz. Nos sentamos la una al lado de la otra de frente a la entrada del local para verlos llegar. Un camarero nos ofreció una copa de cava rosado como aperitivo. Lo aceptamos y brindamos por todo lo bueno que nos quedaba por vivir. La zona en la que estábamos era bulliciosa a pesar de las pocas mesas que había ocupadas.

—Estoy pensando en grabar la entrevista —dijo Angie.

—No lo veo. Demasiado ruido. Además, es un encuentro amistoso. Si se puede llamar así.

—Nos quedamos como estamos. Quizá necesitemos entrevistarlo otro día. Si quiere. Si nos apetece. Bueno, no sé. Me estoy poniendo nerviosa —dijo.

La figura de un hombre alto y flaco que hablaba con un camarero junto al atril de las reservas nos distrajo de nuestra conversación. Lo reconocí al instante mientras observaba cómo caminaba hacia nosotras con aire desgarbado. En tanto daba los últimos pasos, deslizó ligeramente sus gafas sobre la nariz para vernos mejor.

—*Sí, somos nosotras* —dijo Angie.

Me levanté para acercarme a él y saludarlo. Javier esbozó una media sonrisa que dejaba entrever su mala dentadura. Sentí el roce de la piel áspera al besarle y la dureza de los pómulos de su cara en la mía. Un olor a humo de tabaco rubio impregnó mi mejilla. Le sonreí y le presenté a Angie.

—*Tú eres la periodista* —dijo.

—*Angie Calero. Encantada.*

Javier se sentó frente a Angie. Nos mirábamos con curiosidad. No me sorprendió sentir cariño hacia él. Quizá porque lo vi como un hombre mayor o porque una vez más, como tantas veces en mi vida, me pudo la compasión. El camarero le ofreció una copa del mismo cava que estábamos bebiendo nosotras. Él lo pensó unos segundos, pero prefirió que le trajeran una cerveza. Le pedí al camarero que me rellenara la copa, y me la bebí de dos tragos.

—*Cómo te pareces a tu madre* —dijo.

—*Me lo dicen mucho. Cuanto más mayor, más me parezco.*

—*Yo la quería mucho. Todos la queríamos. ¿Cómo está? ¿Sigue dando clases?*

Me dieron ganas de tirarme a su cuello y decirle lo impresentables que me habían parecido sus insinuaciones sobre mi madre. Me contuve en un alarde de autocontrol, asentí y le dije que estaba estupenda y le mandaba recuerdos. Él sonrió. Maritha pensaba que él no había dicho la verdad. Al menos no toda, y que se llevaría su secreto a la tumba por proteger a sus hijos, y porque ya no beneficiaba a nadie un ataque tardío de conciencia y sinceridad.

Al cabo de unos minutos llegó Melchor. Tenía el pelo largo peinado hacia atrás, recogido con una fina diadema negra, al estilo de los futbolistas. Lucía varios collares con medallas y amuletos, una camisa escocesa de cuadros verdes y azules y zapatillas de loneta sin cordones. Nos abrazamos. Algunos en la profesión lo llamaban Malhechor Miralles. Nos conocíamos desde 1989. Había empezado a trabajar en el periódico para pagarme la carrera y ayudar con los gastos de casa. Enseguida se incorporó a la conversación. Me caía bien. Cuando nos cruzábamos en la redacción siempre tenía una sonrisa amable y franca para regalar. Él también conocía a mi madre. El *club* Abasota había sido una extensión del periódico donde coincidimos todos durante años. Haber desarrollado parte de mi carrera profesional en un medio de comunicación de prensa escrita cuando mi padre fue condenado me hizo más fuerte. Aprendí a moverme en un ecosistema menos hostil de lo que parecía. Todos sabían quién era yo, pero nadie hizo una alusión directa al caso en mi presencia. A excepción de un señor del Departamento de Publicidad poco informado y algo torpe que me preguntó de qué le sonaba mi apellido y si tenía que ver con el mayordomo maricón de los Urquijo. Mi respuesta fue tan contundente que la silla en la que estaba sentado pareció tragárselo. Sentí vergüenza ajena de aquel pobre tipo.

—*Tenía muchas ganas de conocerte en persona. Quiero entrevistarte para mi periódico* —dijo Angie.

Javier asintió sin decir nada. Tomó la carta entre sus manos y la ojeó. Nosotras le imitamos mientras cruzábamos miradas de jugadoras de póker.

—¿Hace cuanto que vives en Madrid? —preguntó Angie.

—Creo que ya me han hecho esta pregunta antes.

Javier y Melchor sonrieron y se miraron con complicidad. Comenzábamos a estar relajados.

—Vivo en Aranjuez con mi mujer y mis dos hijos. Me gusta la zona. Es tranquila.

—¿Cómo lleva ella que hayas publicado un libro sobre tu vida? Supongo que ahora va a ser más difícil pasar desapercibido —dijo Angie.

—La culpa la tiene Melchor y el rodaje del documental. Mi mujer pensaba que la vuelta iba a ser más tranquila, pero bueno, en casa no se habla mucho del tema.

Seguramente la intranquilidad fue el precio a pagar por vivir junto a un prófugo de la justicia.

—Vamos al tajo —dijo—: ¿Habéis leído el sumario? Porque no quedó una sola prueba que sustente lo que intentaron demostrar. Desaparecieron porque no les interesaba sacarlas o porque no coincidían con las hipótesis policiales que barajaban.

—Melchor nos lo pasó. Es un engendro difícil de leer, pero pude con ello —dijo Angie.

—El otro día llegamos a la conclusión de que el sumario estaba completamente orquestado. Tiene razón en lo que dice Javier: es un desastre y una guía equívoca —dijo Melchor.

—Les dio igual que no hubiera pruebas o que no coincidieran. Había mucha gente detrás: políticos, jueces, banqueros y grandes empresarios. En mi caso fue todavía peor, porque no tenían un móvil ni pruebas contra mí. Me retuvieron en la cárcel durante cuatro años. Cuando señalaron la fecha del juicio, me dejaron en libertad, recuperé el pasaporte y al cabo de nueve meses en los que cambiaron varias veces las fechas de la vista, recibí un mensaje de uno de los jueces para que me fuera del país porque me iban a condenar.

—Si te invitaron a marcharte, ¿por qué tenías miedo de que te detuvieran en Brasil? —dije.

—Pensaba que en cualquier momento vendrían a buscarme. Solicité la residencia en la Policía Federal de Río Branco, en el norte de Brasil. Me preguntaron si tenía algún problema en España. Dije que no, pero lo sabían todo del caso. La Interpol me estaba buscando. Código rojo, dijeron. Me fui de allí después de que me echaran una pequeña bronca por haber mentido en una declaración jurada. Renové mi pasaporte en Río de Janeiro y pensé que con todos los datos actualizados, era cuestión de tiempo que me localizaran. Pero nunca vino nadie.

—*Cuando volvimos para rodar el documental nos presentamos en el consulado para recabar información de aquellos años. La respuesta del funcionario cuarenta años después fue: «Sobre esto no podemos hablar». Parece que nunca tuvieron intención de detenerlo* —dijo Melchor.

Tres años después de su fuga, Javier concedió una entrevista a Jesús Quintero para su programa *Qué sabe nadie*. El encuentro tuvo repercusión en varios medios, pero a nadie le interesó detenerlo.

—*No tenían pruebas contra mí: mi mano no cabía por la puerta de la piscina, ni tenía quemaduras. La Policía se lo inventó* —dijo.

Mientras nos repartíamos un queso provolone a la parrilla y unas empanadas argentinas que no probé, llegó el segundo plato. Javier había pedido una ensalada, parecía estar molesto al masticar. Angie un buen bife con chimichurri. Melchor y yo compartimos medio pollo deshuesado. El camarero nos ofreció la carta de vinos, pero preferimos continuar con agua el resto de la comida. Yo habría pedido una copa si alguien me hubiera acompañado. La inquietud de la mañana se me había pasado y aunque tenía la certeza de que no íbamos a averiguar nada nuevo, estaba tranquila. No sentía a Javier como una amenaza. ¿Cómo pensaba él pasar página si respondía exactamente igual en cada entrevista? Todo lo que Javier contaba me parecían testimonios viejos, manidos. Según los expertos del interrogatorio, alguien que responde siempre igual a la misma pregunta formulada varias veces miente.

—*Yo creo que a tu padre le amenazaron con implicar a tu madre. Igual que me dijeron a mí que harían con Patricia, mi novia, o a Rafi con interrogar a su madre. Tamaral me dijo que declarara ciertas cosas contra Juan. Yo no sabía nada de él y no iba a seguirle el juego a la Policía. Cuando vieron que no conseguían nada, desistieron y dejaron de presionarme.*

—*Pero las declaraciones de Mauricio salen en el sumario. ¿También lo manipularon?* —preguntó Angie.

—*Tamaral va de honesto y es un sinvergüenza. Tu padre declaró lo que Rafi le había contado. No podía saber nada porque no estuvo allí.*

—*El tío tenía lo suyo* —dijo Melchor—. *Se jactaba de saber quiénes habían sido los asesinos.*

Según Melchor, la frase literal de Romero Tamaral había sido: *«Claro que sé quién asesinó a los marqueses de Urquijo»*. El periodista esperaba que acto seguido le dijera quiénes habían sido. Afirmó que todo lo que tenía que decir estaba en sus informes. En ellos él hablaba de que el crimen había sido cometido por motivos económicos, no por venganza de Rafi contra el marqués, ni por un arrebato de unos niñatos. Romero Tamaral, que conocía a Juan de la Sierra, investigó en unas condiciones del todo irregulares: sin que lo supieran los inspectores que habían empezado la investigación y reportando directamente al jefe superior. Él era un chavalín que llevaba muy poco tiempo en el cuerpo e investigaba el caso junto a su mujer. ¡Un disparate!

—*No tenía sentido inventar. Tú ya habías reconocido que acompañaste a Rafa a Somosaguas y que te deshiciste de la pistola* —dijo Melchor.

—*Eso no indica nada. Ni siquiera se ponían de acuerdo con la hora en la que sucedió. Además, si fue a las seis de la mañana, ¿qué hizo Rafi desde las doce y media que yo le dejé? A los tres días me pidió que tirara la pistola y lo hice.*

Me venía bien que fuera Angie quien formulara las preguntas. Así podía disimular mi incredulidad. Cuando terminamos de comer Javier y ella salieron juntos a fumar antes de que nos trajeran la carta de postres. Melchor lo había dejado.

—*Nunca pensé que Javier accediera a encontrarse conmigo. Supongo que le habrá pasado como a mí, tendría curiosidad después de tanto tiempo.*

—*Me preguntó qué esperabas de él. Le dije que solo querías tener una charla informal. Le pareció bien.*

Contuve las ganas que tenía de decirle lo que pensaba del libro sobre Javier, pero preferí que estuviéramos todos de nuevo en la mesa para que escucharan lo que quería decirles.

—*¿Tú crees que Javier dice la verdad?*

—*Yo tengo mi propia teoría.*

Melchor me contó lo que pensaba sin ambages. Decía que su hipótesis en realidad carecía de valor porque no era juez, ni fiscal, ni detective, ni policía. Lo suyo era un análisis objetivo de los hechos que había conformado un criterio propio sobre el caso.

—*Este doble homicidio se acerca mucho a lo que podríamos llamar el crimen perfecto, en la medida en que los autores no han sido juzgados.*

Tanto los inductores, quienes deciden hacerlo, como los autores materiales, me da la impresión que se han ido de rositas.

—*Así que los ideólogos que conocían a los personajes organizaron una escena del crimen en la que pudieran colgarle el muerto a un tercero* —dije.

—*Yo creo que Rafa Escobedo estuvo allí, eso es evidente, y creo que Javier, además de llevarle, se quedó. No creo que entrara, pero esa misma noche se deshizo de los trastos de matar tirándolos al pantano de San Juan.*

—¿Crees que Rafi o Javier fueron los ejecutores?

—No tengo ninguna prueba, pero no creo que se pueda encontrar un sumario donde haya tantas irregularidades ni tantas barbaridades policiales y judiciales juntas. Todas las supuestas pruebas desaparecieron, y esas no son condiciones en un Estado de derecho para condenar a nadie. Fueron los más tontos de la película y los que se comieron el marrón.

—¿Qué pasó esa noche?

—No tengo ni idea, pero el que lo hizo está libre como un pájaro.

—Al fiscal le pareció un disparate que los hijos de los marqueses estuvieran en el punto de mira de la investigación —dije.

—Pues no sé por qué se extrañaba tanto, la historia de la humanidad está llena de parricidios.

—La pregunta del millón es: ¿a quién beneficiaba la muerte de los marqueses? —pregunté.

Melchor tenía muy clara la respuesta. Apuntaba a los herederos, que eran sus hijos y quienes deseaban la fusión del Urquijo con el Hispano, a la que se oponía el marqués.

—En el sumario consta que Juan de la Sierra, ayudado por el administrador, quemó documentos mientras la policía iba en busca de un cerrajero para abrir la caja fuerte, de la cual tenía llave el administrador, por supuesto.

—¿Nadie se la pidió?

—Incluso hay un sobre entre los documentos del caso guardados en la Audiencia Provincial que pone: «Documentos salvados de la quema». Es la cosa más demencial que he visto en mi vida —dijo Melchor.

—No sé, me parece un delirio. ¿Qué ganaba Rafi?

—Nada. Se casó con Myriam en régimen de separación de bienes. Fueron otras manos las que mecieron la cuna y urdieron un plan para incriminar a dos incautos.

Coincidía con Melchor en que ni Javier ni Rafi daban el perfil de asesinos. La mayoría de las personas que habíamos entrevistado opinaban lo mismo. No fue un arrebato de un niño pijo vengativo y despechado. Una cosa era que Rafi viviera como cualquier chaval en los años ochenta, en el auge de la movida madrileña, desinhibido, que coqueteara con drogas o se fuera de copas hasta el amanecer, y otra muy diferente que fuera un asesino.

Me gustaba hablar con Melchor. Era un tío listo, con la cabeza muy bien amueblada y una personalidad magnética. Angie y Javier volvieron a la mesa después de un buen rato. Se les veía contentos. Ella tenía la piel de la cara luminosa, en contraste con el color mortecino de la de Javier. Quizá fuera por su extrema delgadez, el escaso cabello ralo o las grandes medias lunas que tenía bajo sus ojos, pero me pareció un hombre envejecido, enfermo.

—*Estábamos hablando del móvil del crimen* —dijo Melchor.

—*Es evidente, ¿no? El dinero* —dijo Javier.

—*¿Qué crees que le prometieron a Rafi para involucrarlo?* —preguntó Angie.

—*No tengo ni idea de lo que le prometieron. Nunca me contó nada porque me decía que cuanto menos supiera, mejor.*

Para mí era evidente que le ofrecieron dinero. Hasta el mayordomo había oído a Rafi increpar a Juan reclamándole lo que le había prometido. Javier seguía contestando a nuestras preguntas. Desde el principio de la conversación me di cuenta de que no íbamos a conseguir nada de él, igual que de Vicente Romero. Tenía las respuestas bien aprendidas, incluso automatizadas. Yo en su lugar no habría soltado prenda. Tampoco me pareció que hubiera que profundizar en su relación con mis padres. Ya había dicho que tenía cariño a Maritha y que a Mauricio le habían presionado y chantajeado como a él, como también había sugerido Cripto.

Después de pedir unos cafés, Javier le dijo a Angie que podía entrevistarlo cuando quisiera. Para él, como para Melchor, los culpables no habían pagado por los crímenes. Entonces le dije a Javier lo que tenía pensado desde el principio.

—*En uno de los capítulos de vuestro libro, hablas de que Mauricio dibujó en su mente un escenario equivocado y que por eso te devoró.*

—*Pregúntale a Melchor* —dijo con una media sonrisa.

—*Los dos sabéis que esa escena no tuvo lugar. Insinúas que mi padre actuó por celos en contra de Javier. ¿En serio hay alguien que pueda creérselo? Además, ellos estaban separados desde 1982. A mi madre no le gustaba Kenny Rogers, ni había un tocadiscos en el salón. Y mucho menos se dio ese flirteo que decís.*

—*Había que ponerle un poco de picante a la novela* —dijo Melchor.

Se habían sacado de la manga una escena de traca. A pesar de que me parecieron en ese momento un par de capullos, no quise darle más importancia al tema. Melchor se hizo cargo de la cuenta. Salimos a la calle. El cielo estaba despejado y lucía el sol. La aplicación me avisó de que quedaban diez minutos de aparcamiento. Angie y Javier encendieron un último par de cigarrillos. Él dejó abierta la puerta para un segundo encuentro. Hablamos de quedar los cuatro para ir algún día a tomar una copa en el local donde actuaba uno de sus hijos, que era músico. Antes de irnos, le pedimos al aparcacoches del restaurante que nos hiciera una foto. Me coloqué al lado de Javier. En medio, Angie, y a su derecha, Melchor. El cómplice, la hija del encubridor, la joven periodista y el veterano investigador.

Capítulo 21
Angie

Llevábamos catorce días sin saber nada de los tipos que nos perseguían en las Ducati. Aunque pareciera que un solo hombre nos seguía a todas partes, ya habíamos averiguado que eran dos, pero no habíamos conseguido saber sus nombres ni para quién trabajaban. Nunca olvidaré aquella noche en la que Macarena decidió encararse con uno de ellos. Quizá, si lo hubiéramos hecho antes, habrían desaparecido. Continuamos con nuestras vidas sin estar del todo tranquilas. Lo que yo sí tenía más o menos claro era que, después de habernos enfrentado a ellos, si hubieran querido callarnos habrían sido implacables. El hombre que había debajo de mi casa aquella noche nos dijo que estábamos tocando las narices, pero hacíamos lo que cualquiera de mi profesión. Pensé que quizá sabrían por Cripto que no teníamos nada nuevo y por eso ya no nos molestaban.

Es curioso, todo lo que rodea el caso Urquijo está lleno de suposiciones y pistas a las que se les pierde el rastro. Me preguntaba cuántas partes involucradas en este tema, con ganas de saber la verdad y hacer justicia, sufrieron desde hace cuarenta años (y en adelante) intimidaciones parecidas o peores a las que Macarena y yo habíamos tenido que enfrentarnos durante tres meses. Nuestra situación era diferente porque después de tanto tiempo era difícil que fuéramos a encontrar algo nuevo, por eso me sigue resultando increíble que hubiera alguien tan trastornado como para encargar que nos siguieran a todas partes.

Algo me decía que no íbamos a volver a ver a los hombres de las Ducati. Aun así, yo seguía en alerta, imaginando que giraba una esquina y esa sensación de calma chicha se interrumpía al volver a ver una moto amarilla de cualquier marca, aparcada en la acera o al hombre delgado que me seguía pidiéndome fuego. Cuando estos pensamientos perturbaban mi tranquilidad, recordaba a Javier Anastasio. El día que lo conocí, al despedirnos, me quedé en la puerta del restaurante De María viendo cómo se iba. Cuando estaba a punto de girar la esquina, miró hacia atrás, como si vigilara sus propios pasos. Quizá solo fue un acto reflejo que ya tenía antes de los asesinatos, pero pensé en cuántas veces a lo largo de su vida se habría visto obligado a mirar tras de sí.

Desde que volvimos de visitar al mayordomo, en mi cabeza no dejé de tachar días en el calendario. Esperaba todo el tiempo a que pasara algo que no llegaba a suceder. Poco a poco me fui relajando. Supongo que es una cuestión de supervivencia, aunque una parte de mí buscaba un impulso para mantenerme alerta. Esa reacción fue menguando a lo largo de catorce días. La sensación de alarma comenzó a disminuir al no apreciar ningún signo de amenaza. En realidad, tenía su lógica: en momentos de inestabilidad e incertidumbre hay que dejar que pase el tiempo para sentir que vuelves a recuperar las riendas de tu vida. Solo así se apacigua el miedo. Solo así vuelves a ser tú la dueña de tus decisiones.

El sosiego me inquietaba, sobre todo si recordaba la inseguridad que sentí aquella noche, cuando tras devolver el hierro 9 a mi bolsa de palos de golf me pasé horas dando vueltas por el salón de mi casa encendiendo y apagando cigarrillos. Cuando vi el cenicero lleno de colillas me di cuenta de que había perdido la noción del tiempo. Aun así, llamé a Germán por teléfono. Sabía que era tan noctámbulo como yo y que la una de la madrugada era pronto para él.

—¿Qué tal? ¿Estás bien? —dijo al descolgar.

—¿Dónde estás?

—En Estrasburgo por un viaje de trabajo. ¿Qué pasa?

—¿Cuándo vuelves?

—La semana que viene.

—Vale.

—Siempre dices que a estas horas conectas el modo avión para ver algún documental y desconectar. ¿Ha pasado algo?

—Me acabo de acordar que una vez para un reportaje me ofreciste un contacto que tenías en la Policía. Necesito averiguar quiénes son los propietarios de unas motos.

—¡Claro! Envíame los números de las matrículas. Aunque esto es mejor que lo gestione personalmente. ¿Te corre prisa?

—Un poco. Pero no te quiero molestar.

—Nunca molestas, Angie. En cuanto sepa algo te digo.

—Muchas gracias, Germán.

—¿Seguro que estás bien? Te siento rara.

—Sí. Todo bien. Solo que es tarde y tengo mucho trabajo.

—Venga, pues te dejo. Te iré informando.

No tuve noticias de Germán durante las dos semanas siguientes. Cuando ya empezaba a perder el miedo y a pensar que quizá era mejor ignorar las identidades de esos hombres, me llamó. Se extrañó cuando le dije que quedábamos en mi casa, pero la información que me iba a dar no era para una conversación de barra de bar. Yo tenía la tarde libre y había aprovechado para ir a pilates. Volvía a casa cuando le vi sentado en las escaleras de mi portal. Le esperaba un poco más tarde y me pilló medio despeinada y sudada. Aunque le advertí de que tenía que ducharme, me dio un abrazo. Cuando lo hizo, entendí que hacía mucho que lo necesitaba.

—Gracias por venir —dije.

—Me quedé preocupado, pero no he podido volver antes.

—¿Subimos y me cuentas?

—Vamos.

Después de entrar en casa, mientras preparaba un té, me contó que al día siguiente de mi llamada habló con su contacto en la Policía y que acababa de recibir toda la información. Los hombres que nos habían estado siguiendo se llamaban Walter y Oswaldo Castillo. Ese apellido me sonaba. Alguien lo había mencionado hacía relativamente poco, pero no conseguía acordarme del contexto ni por qué.

—El pasado 14 de marzo cogieron un avión a Colombia.

—¿Ya no están en España?

—Al menos no con esos nombres.

Me senté en el sofá y respiré aliviada. Él sacó varios documentos del portafolios que llevaba. Eran fichas policiales. Los hermanos Castillo eran dos mellizos de cincuenta y dos años y, según datos de la Interpol, tenían antecedentes por intimidación, tráfico de drogas y armas en Ecuador. Sus padres, un matrimonio de españoles que se instalaron en Panamá al poco tiempo de casarse, les dieron por perdidos en la adolescencia, cuando los mellizos empezaron a vender cocaína por la calle. Identifiqué a Walter rápidamente en uno de los documentos. Él era el que me vigilaba, el mismo que estaba con Cripto aquel día cuando habíamos quedado para comer. Había estado cinco años en prisión por ser el testaferro de un capo boliviano de la droga. Oswaldo, el que seguía a Macarena, era más corpulento.

También había cumplido condena en una cárcel de Venezuela por pertenecer a una banda armada que se dedicaba a asaltar chalets de lujo.

—Según me ha dicho mi colega, estos tíos ahora hacen trabajos por encargo. Llegaron a Madrid hace cuatro meses.

—Las fechas cuadran, más o menos.

—No sabe quién los contrató, solo que la última vez que estuvieron en España fue en el verano de 1988.

—No creo que tenga nada que ver, pero ese verano fue cuando murió Rafi Escobedo.

—Pero espera. ¿Cómo que Rafi Escobedo? ¡Yo pensaba que estos datos los necesitabas para algún reportaje de «Gente»!

Le conté de la forma más somera posible todo lo que había ocurrido durante estos últimos meses con los hermanos Castillo. Sentado en el sofá, mientras yo me movía por el salón, Germán me miraba muy serio y sin pestañear. Me puse muy nerviosa mientras le contaba todo porque era la primera vez que lo relataba en voz alta y lo exteriorizaba con alguien que no era Macarena. Seguí hablando sola y me marqué un monólogo de varios minutos.

Le dije que, de toda la información que me había traído, había un dato que no se podía pasar por alto y era que los hermanos Castillo habían nacido en Panamá, donde los marqueses de Urquijo tenían negocios. Quizá las nuevas generaciones habían continuado con ellos.

Lo que sí encajaba era la fecha de salida de los hermanos Castillo de España. El 12 de marzo por la noche fue nuestro encontronazo con Walter. No era descabellado pensar que su partida a Colombia dos días después podía estar relacionada con la conversación que tuvimos. Quizá, al cerciorarse de que éramos inofensivas, cobraron y recibieron órdenes de desaparecer. Existía también la posibilidad de que Cripto, que para mí era el topo, hubiera intervenido para que nos dejasen en paz. Me extrañaba, ya que tampoco había dado señales de vida en las últimas semanas.

Germán seguía atónito, con la espalda muy recta y en tensión. Daba la impresión de que no sabía muy bien qué hacer ni qué decir.

—La foto que me mandaste de una de las matrículas estaba tomada de cerca, en movimiento.

—Le plantamos cara a uno de ellos aquí mismo, frente al portal. No podíamos más. Si nos hubieras visto —dije.

—¿Estáis locas? ¿Por qué no llamasteis a la Policía?

—¿De qué habría servido? No me imagino la cantidad de explicaciones que tendríamos que haber dado. Además, ya lo intentamos en una comisaría y se nos quedó cara de tontas.

—Angie, no es una broma. Mírame: os han amenazado con un anónimo y os han intimidado varias veces. Esta gente es peligrosa.

—¿Qué íbamos a decir? ¿Que estamos intentando escribir un libro sobre un crimen de hace cuarenta años que está sin resolver y que alguien nos sigue? ¡Es delirante! No me canso de decirlo: ¡no tenemos nada nuevo! Sigo sin entender por qué nos seguían.

—¿Y ahora qué vais a hacer?

Se hizo un breve silencio entre los dos. En ese momento no era capaz de contestar a su pregunta. Llevaba semanas repitiéndome que lo que hacíamos era legítimo y que no habíamos hecho nada malo. Incluso a mí, desde un punto de vista informativo, me fastidiaba no haberles dado razones de peso a esos panameños para que nos persiguieran. Tras reflexionar unos instantes, dije:

—En este momento lo único que quiero es recuperar mi vida —dije.

Era la frase más contundente y sincera que había dicho en voz alta en meses. Quería salir, divertirme, volver a la frivolidad de los eventos, dejar de pensar por un tiempo y hacer lo mismo que la mayoría de las chicas a mi edad. Por un momento quise convertirme en una oveja más del rebaño.

Germán se quedó mirándome, sonrió y me dio otro fuerte abrazo. Me quedé con las ganas de darle un beso y, por primera vez desde que le conocí, algo se había desbloqueado en mi cabeza y estuve a punto de hacerlo. Sentí que él también se estaba reprimiendo. Decidí que, de ser así, era mejor que él diera el paso. Al fin y al cabo, me había acostumbrado a convivir con el chasco que me producía ver que lo nuestro no iba más allá. Tampoco me apetecía descompensarme emocionalmente si me rechazaba. Estaba en un momento en el que no quería dramas en mi vida.

Me metí en la ducha en cuanto se fue. Me arreglé el pelo, me maquillé y me fui paseando hasta Alonso Martínez, donde había quedado con mis amigas para cenar. Unas suculentas viandas acompañadas por dos botellas de vino nos llevaron a un garito que nos encantaba de música en directo. La chica de la puerta, que nos conocía desde hacía tiempo, nos coló y nos hicimos fuertes en la barra. Saludé a otros parroquianos del bar, a los que hacía tiempo que no veía. Me encantaba haber recuperado estas rutinas nocturnas.

Inés y Judith pidieron una ronda de chupitos de tequila, a la que se sumaron Isabelita, Andrea y Julieta. Nada más beber el mío, todavía con la cara desencajada, miré al otro lado de la barra y ahí estaba Germán partiéndose de la risa. No me lo podía creer. Otra vez él. Me hizo ilusión volver a verle, pero en ese momento hubiera preferido que no estuviera allí: por la tarde había salido airosa y no me había afectado verle, pero no sabía si lo volvería a encajar igual de bien.

Se acercó hasta donde yo estaba y aproveché para preguntarle por su viaje a Estrasburgo. Con toda la historia de los panameños, se me había pasado preguntarle qué tal estaba y cómo iba todo por el despacho. Hablamos durante un buen rato. El mundo se volvió a parar y estábamos los dos solos. Él hablaba más de lo normal y yo sonreía como una cría. Percibí un cambio de actitud por su parte. Le veía más receptivo. Al contrario que otras veces, no sentí que hubiera un muro entre los dos. Me invitó a una copa, hasta ahí todo normal. Pero lo siguiente fue que me cogió de la mano, nos perdimos entre la gente y nos pusimos a bailar. No entendía lo que estaba pasando. Y al final, me besó. El subconsciente me traicionó y dije en voz alta: «Ya era hora». Germán se empezó a reír. Nos abrazamos, nos volvimos a besar y seguimos bailando.

Capítulo 22
Macarena

La familia directa de mi abuela, los Melgar, tienen fama de estar un poco chiflados. De tanto en tanto, un par de cabras se les escapan del redil. Algunos de ellos se tachan entre sí de locos y otros, de maliciosos. Al parecer, a los de la generación de mi abuela no se les notaba tanto. Quizá porque estaban mejor educados o sus taras eran menos escandalosas. Los descendientes carecían de esa sabia compostura ante el agravio, puede que por la mezcla de sangre nueva, pero lo que estaba claro es que algunos andaban a bofetadas.

Los de mi quinta habíamos aprendido a ver, oír y callar. Teníamos la buena y sana costumbre de no interrumpir las conversaciones de los mayores, y menos aún expresar una opinión. De esta manera la relación con nuestros familiares y vecinos de las dehesas contiguas fueron cordiales y diplomáticas.

La nuestra era la más agreste de las tres fincas. Un coto de caza con escasas encinas, mucho espliego y agua suficiente para abastecernos. Al menos, los de arriba. Podría decirse que éramos la rama más pobre de la familia, pero todos sentían un orgullo de pertenencia que celebraban juntándose en lo que llamaban la Melgarada de agosto, a la que nunca fui.

Dentro de la categoría de loco, se podían hacer algunas subdivisiones que rozaban más el esnobismo o la impostura. Cada dehesa contaba con un loco titular. La lista de malvados no tenía fin. El tío Fredy, quien ostentaba el título de tarado mayor del reino desde hacía cuatro décadas, fue de los pocos que habían visitado a Mauricio en la cárcel. Incluso le había regalado una pequeña televisión para hacer más llevadera su estancia en Carabanchel.

Marta me había avisado de que tendríamos un encuentro a tres bandas. Patricio tomaría el aperitivo con nosotras. No lo tenía catalogado, pero era de los que te examinaban a traición sobre cualquier disciplina, ya fueran piezas de música clásica o fórmulas matemáticas, donde él se movía con soltura, al tiempo que solía dejar en evidencia mi escaso o nulo conocimiento sobre ciertas materias. Era ingeniero y solía trufar sus enseñanzas magistrales con frases en perfecto inglés. A mí me parecía que lo que en realidad dejaba entrever era un cierto trastorno obsesivo compulsivo. Un ansia de control, y, por qué no, cierto aire de superioridad hacia sus sobrinos.

Me sonreí al repasar mentalmente a cada uno de mis tíos. Muy normales no eran. Algunos de ellos habían vivido en la dehesa durante largas temporadas, incluso años. Asilvestrados, embruteciéndose en un entorno tan hostil en invierno como abrasador en verano. «Los que viven de la tierra» los llamábamos. La incomodidad en el campo es como el pescado o un invitado molesto: a los tres días resulta insoportable.

Paré en el pueblo para comprar un poco de pan y unas cervezas en la tienda de ultramarinos. El tiempo seguía detenido entre los productos básicos expuestos en las estanterías. Todos me conocían, aunque pocos recordaban mi nombre. Era la hija de Mauricio. La nieta de Teresa. Tras la breve parada, llegué hasta el inicio del camino que llevaba a la finca. Al tomarlo, bajé las ventanillas del coche. Respiré profundo. El cielo estaba limpio y el campo empezaba a verdear después de un invierno duro y poco lluvioso. Las ramas de las encinas estaban cuajadas de amentos color ocre. A lo largo del camino, las vacas pastaban con ese aire plácido tan característico de los rumiantes.

Marta era prima hermana de mi padre. La más pequeña de una familia de siete hermanos y la más cercana a mí en edad. Directa y pragmática, como buena abogada, no solía andarse por las ramas. De todas las personas que habíamos entrevistado, salvo mi tía Campana, era con la que me sentía más a gusto. Con Marta no hacía falta estar alerta. Con Patricio era diferente. Estaba ayudándola a instalar unas placas solares y tenía la seguridad de que participaría en la conversación. Como esperaba, cuando llegué, ya habían terminado sus quehaceres. No tenía muchas ganas de recibir una clase magistral fotovoltaica y por la hora que era, lo que más me apetecía era abrir una de las latas que había comprado, descalzarme, disfrutar del sol y de la conversación.

Casi no habíamos terminado de sentarnos alrededor de la mesa en el porche cuando Patricio me preguntó por el motivo de mi visita.

Como si necesitara una explicación. Sorprendido al enterarse de que quería entrevistar a Marta, y tras unas frases de cortesía más propias de un desconocido que de un familiar, tomó la voz cantante y dijo de sopetón:

—*Lo que está claro es que tu padre habló más de la cuenta. Seguir removiendo esto no te lleva a ningún sitio.*

¿Quién era él para decirme lo que podía o no hacer? Me molestaban los hombres que asumían hacia mí un rol paternalista. Marta me guiñó un ojo. Parecía darse cuenta de que intentaba ser paciente mientras le ayudaba a colocar los platos en la mesa.

—*Mauricio se calló lo que Rafael Escobedo le dijo al poco tiempo del asesinato. Incurrió en un delito de encubrimiento* —dijo Marta.

Patricio seguía cuestionando el porqué de remover el pasado. Ella había colocado unos aperitivos a base de queso en aceite de la zona y lomo de caña de alguno de los mataderos cercanos. Mientras tanto, él continuaba disparando preguntas en voz alta: ¿para qué remover?, ¿a quién le importa lo que puedas escribir?, ¿a quién beneficia?

—*Un santo no era. Eso lo sabemos todos. Además, lo que cuentes puede afectar a personas cercanas. Quizá no convenga* —dijo Patricio.

—*No sé por qué lo cuestionas, a mí me parece que quién mejor que su hija para hablar de él. Para mí tus padres eran la pareja ideal. No he visto en mi vida a un hombre más enamorado de su mujer que tu padre. Algo fuera de serie* —dijo Marta.

Entonces Patricio volvió a la carga.

—*¿Quién es la señora que acompaña a tu madre? ¿Qué relación hay entre ellas?*

—*¿Te refieres a Lin?* —pregunté.

Lin había sido bailarina de *ballet* clásico y profesora de danza, como mi madre. Unos meses después de la separación de mis padres, dejó su pequeño apartamento de la calle Apolonio Morales y se vino a vivir con nosotros. Ella era mucho más que una íntima amiga para mi madre, era una hermana. Había sido un apoyo incondicional para mi madre, que cuando se conocieron, luchaba por sacar a sus hijos adelante. Era imposible pensar en ellas por separado.

—*Pues yo he querido tanto a tu madre que me he pasado la vida odiándola. Pensaba que era ella la culpable de su separación* —dijo Patricio.

Marta parecía tan sorprendida como yo por la extemporánea confesión de su primo, que se esmeraba en ponerme a prueba.

—*Entonces, cuando una señora se junta con otra señora te pones a divagar. Es más, ¿si hubiera sido un señor, también lo habrías etiquetado*

y odiado igual que a Lin? O aún peor, ¿habrías arrojado sobre él todo tu
rencor de macho alfa? —dijo Marta.

—*Bueno, qué quieres que te diga.*

—*Es que no entiendo a qué viene tanto rencor.*

Marta entró en la casa. Había olvidado poner servilletas. Patricio
elevó el mentón en actitud orgullosa. Parecía estar rumiando la siguiente pregunta. Me armé de paciencia mientras esperaba un nuevo ataque de sinceridad. Me preguntó de sopetón si recordaba el día
en el que mi padre se había entregado a la Policía. Hizo alusión a la
foto de portada de la revista *Época*, en la que estábamos mi padre y
yo en primer plano. Él me rodeaba con su brazo, despidiéndose de
mí, rotos de dolor. No entendía por qué evocaba un recuerdo tan
triste y desagradable.

—*¿Vas a hablar de todo esto sin cambiarte el apellido?* —preguntó.

Sus palabras estaban cargadas de ironía y mala leche: sabía que mi
hermana ya no se apellidaba igual que yo. Había estudiado Derecho
y la injusticia cometida con nuestro padre y el recordatorio constante de quiénes éramos y lo que habíamos pasado hizo que partiera en
dos su apellido compuesto. Eliminó López y se quedó con Roberts.
Algunos en la familia lo consideraron un golpe bajo. Otros, la peor de
las traiciones que se le pueden hacer a un padre. Nunca supe lo que
mi padre sintió al enterarse. Otra de las cosas de las que era mejor
no hablar, pero mi tío se había encargado de recordármelo.

Marta volvió a la mesa.

—*El problema de tu padre, en mi opinión, es como el tema de ETA en
el País Vasco. Su madre, tu abuela, ha sido la consentidora. Lo ha male-
ducado hasta límites insospechados. Yo, que veía las cosas desde un pris-
ma personal, por ser la pequeña de mi casa, puedo decirte que tu madre fue una superviviente que supo adaptarse a la relación entre madre
e hijo* —dijo.

—*Mi padre nos contó que a la petición de mano de tus padres tu abuela
no fue* —dijo Patricio.

Los golpes bajos no cesaban. Continuó diciendo que la abuela había tenido un embarazo de riesgo y que había estado a punto de
perder a su primer hijo en varias ocasiones. De no ser por el gine-
cólogo que la atendía en Berlín, se habría malogrado. Como anéc-
dota, la abuela contaba que había coincidido en la consulta con Eva
Braun. En mayo de 1942, nació Mauricio sin mayores complicaciones. El bebé se quedó en Madrid con su abuela y su madre regresó
junto a su marido, que trabajaba como secretario de primera en la

Embajada de España en Berlín. Corrían tiempos difíciles para la diplomacia y la abuela consideró que debía estar a su lado. Se reencontraron cuando el niño había cumplido un año.

Marta y Patricio hablaban de sus diferentes grados de TDAH en tono de humor y aseguraban que mi padre también lo padecía. Yo no estaba de acuerdo con su afirmación. Mauricio podía pasarse horas en una espera cuando iba de montería, hacer moscas para pescar con hilos de seda, recargar balas en su cuarto de caza, estudiar cartas astrales o devorar libros hasta el amanecer.

—No tuvo suerte —dijo Patricio—. *Fue una pena lo que pasó con la armería. Él era el espíritu del negocio, y su socio, el contable, quien tenía la relación con los proveedores y, a los que, por cierto, no pagaba. Por eso quebró la empresa y arruinó a tu padre. Cuando montó el restaurante de caza, le fue mejor. Todo Madrid lo conocía. Se comía de fábula.*

Patricio continuó diciendo que en un momento dado de su vida, a mi padre dejó de funcionarle el instinto de conservación. Según él creía, fue a raíz de la separación de mi madre. Por eso reconocía sentir cierta tirria cuando pensaba en ella. Ante semejante afirmación, Marta le dijo que ya era hora de que cambiara el discurso, pero no hubo manera.

—*Yo pensaba que lo que le estaba pasando era porque tu madre no le quería. Tomé partido por él de una forma que se escapa a la razón. Aún hoy siento cómo me duele todo lo que le ha pasado* —dijo Patricio.

A esas alturas de la conversación ya había asumido que él representaba el papel protagonista de mi drama familiar. Después de mirar la hora en mi móvil, le pedí a Patricio que definiera a mi padre. Eran casi las dos. Se tomó unos segundos y dijo que a las personas que se ha querido mucho no entras a valorarlas. Estaba claro que a mi madre no la había querido en absoluto. Apuró su cerveza, se despidió de nosotras y se marchó con aire despreocupado imitando los andares de Charles Chaplin por el camino de vuelta a su casa.

—*Ahora podemos hablar tranquilas. Mi opinión sobre tu padre es que era un hombre de instintos primitivos, básicos, de naturaleza masculina en estado puro, sin matices, sin cribas, ni tamiz de ningún tipo. Él era así, y no podías pedir que comprendiera cosas más elevadas* —dijo Marta.

Era cierto que tenía esa naturaleza primitiva, pero también una sensibilidad extraordinaria y a flor de piel. Tarareaba a voz en grito *Carmina Burana* o se emocionaba en silencio al escuchar *Agnus Dei*, la variación coral del *adagio* para cuerdas de Barber. Quizá su amor por la música, la literatura y la naturaleza estuvieran dentro de los instintos primarios de los que ella hablaba.

—*Tu padre era un hombre del Renacimiento. Yo lo quería mucho. Era tan cariñoso como imprevisible y cuando se le cruzaba el cable podía ser un capullo* —dijo.

No era la primera persona que se refería a Mauricio como un hombre de otra época. Cripto también había coincidido con ella sin apenas conocerlo. Cuando Marta dijo que podía actuar de forma imprevista, me hizo recordar el día que me caí con el coche de mi abuela por un barranco, camino del pueblo. Nos habían invitado a una barbacoa con motivo del santo de uno de sus hermanos. Al parecer uno de ellos hizo un comentario sobre lo patosa que había sido y el estado lamentable en el que había quedado el coche. Cuando mi padre se enteró fue a encararlo. Me defendió de una manera primitiva y visceral, como lo haría un jabalí que protege a sus crías.

Marta hablaba con cariño y sin tapujos. Me contó cómo él armaba los coches de caballos en la finca de Villamejor, donde me había criado hasta que no quedó más remedio que escolarizarme tras mi quinto cumpleaños. Preparaba la calesa y cepillaba el caballo para llevar a mi abuela a misa los domingos. Lo definió como un hombre generoso. Contó que había montado una granja de pollos cuando en España era un auténtico lujo del que solo se disfrutaba en días especiales. Por lo visto, los pollos enfermaron por algún virus y murieron. Tras comprobar que no eran peligrosos para el consumo humano, les llenó el congelador de casa. En otra ocasión fue una vaca entera o piezas de venados que cazaba en El Pardo y que descuartizaba junto al padre de Marta. Mauricio tenía un instinto protector con su familia. Continuó hablando de lo mucho que había sufrido en la época en la que no estaba claro si lo iban a encarcelar. Pasaba temporadas en la dehesa. Estaba enloquecido y dormía con el revolver debajo de la almohada. Su coche apareció un día con las ruedas destrozadas, con los asientos hechos trizas. Encontró una nota que decía que como siguiera metiéndose donde no le llamaban iban a ir a por sus hijos. Esto debió de ser más o menos en el año 1986. Vivía con miedo a los Urquijo. Pensaba que querían silenciarlo igual que a Rafi. Preferí no contarle a Marta nada sobre los motoristas y seguí escuchándola. En el pueblo contaban que le habían visto bajar montado a caballo con dos pistolas y dos escopetas, armado hasta los dientes, como Billy el Niño.

También comentó que había habido personas de la familia que dudaron de que mi padre no tuviera algo que ver en los crímenes. Como si yo no lo supiera. Gente de su entorno más íntimo le habían preguntado si compartía con ellos sus sospechas. Quizá por su afición a la caza o simplemente les divertía fabular. El crimen dio mucho juego a las mentes fantasiosas de algunos de ellos. Marta negó con rotundidad, me miró a los ojos y volvió a decirme lo mucho que lo había querido.

Después de comer nos quedamos frías. La temperatura había descendido y a mí se me revolvía el cuerpo al recordar el viacrucis de mi padre. Me reconfortó entrar en casa. La chimenea estaba encendida. Coloqué en un plato unos milhojas que había llevado, mientras Marta preparaba café. Me acomodé en el sofá bajo una vieja manta de *mohair*. Le pregunté su opinión sobre la condena que, como a todos, le había parecido desmesurada, pero afirmó que su estancia en la cárcel le había equilibrado. Se acostumbró a los horarios y rutinas de la cárcel. Trabajó en administración y en el gimnasio. Leía hasta que la luz de la celda se lo permitía y no tenía conflictos con sus compañeros. Vivía tranquilo a la espera de obtener el tercer grado y así recuperar su libertad.

***

Había quedado con mi madre en tomar el aperitivo. Era domingo y el tiempo se mantenía con la misma temperatura primaveral del día anterior. Aunque no era nuevo para mí, me costaba entender cómo algunas personas de mi familia habían dudado de la inocencia de mi padre. Repasaba las caras de la mayoría de ellos y no podía imaginar quiénes podrían ser. Me había quedado un sabor agridulce tras el encuentro con los Melgar y, aunque la conversación con Marta compensaba con creces los comentarios de Patricio, tendrían que pasar unos días hasta que mis sentimientos volvieran a acomodarse.

Camino de la terraza acristalada del restaurante que hacía esquina al inicio de la calle Padre Claret, intenté espantar ese sentimiento recurrente que me provocaba más rabia que dolor. Aparqué el coche sin la presión del parquímetro de la zona. A lo lejos, vi que mi madre ya estaba sentada en la mesa que solíamos ocupar, lo más alejada posible de la zona de fumadores. Junto a mí, a pocos metros del local, una pareja de enamorados se hacía arrumacos mientras él le agarraba una nalga con pasión. Mi madre, que contemplaba la escena divertida, me hizo un gesto con la cabeza a medio camino entre complicidad y reproche.

—¿Cómo está mi flor de té?

Me gustaba cuando me llamaba así. Maritha tenía muy buen aspecto. Llevaba un pantalón color crema y una blusa de encaje que dejaba entrever sutilmente un *top* interior que realzaba su figura. Tenía el pelo recogido a los lados con unas horquillas, y unos finos bucles caían por un lado de la frente. Estaba guapa y relajada.

—¿No me estarás ocultando nada, no?

—¿Por qué lo dices?

—Cada vez que pasa una moto la sigues con la mirada.

—Nos han estado siguiendo. Primero pensamos que era un tipo y hace poco nos hemos enterado de que son dos. Son conocidos como los hermanos Castillo. Unos panameños que hacen trabajitos por encargo.

—¿Qué tipo de trabajos?

—Han estado acosándonos desde que empezamos a investigar.

—Ya te dije que a algunos no les iba a hacer gracia que hurgarais en el pasado.

El dueño del restaurante se acercó a nosotras para saludarnos. Era un chico joven que solía estar de buen humor. Mi madre era su fan número uno y él lo sabía. Le pedimos dos vinos blancos y nos despreocupamos del aperitivo. Ya sabíamos que nos traería algo especial para acompañar.

—¿Cómo está Angie? Espero que seáis prudentes. Si le pasa algo a esa chica, a ver qué le vas a decir a su familia. No me gusta nada lo que me cuentas.

—Si nos hubieras visto el otro día, te habrías sentido orgullosa. Enfrentamos a uno de ellos en la calle armadas con un palo de golf. Fue entonces cuando nos dimos cuenta de que eran dos. Un amigo suyo ha averiguado que son mellizos, uno corpulento y el otro más flaco.

—Digna hija de tu padre.

Nos trajeron un par de copas de Martín Códax, la suya con un hielo. Decía que así se le subía menos el vino a la cabeza. Era tan divertida que, ¿a quién le importaba que se achispara de vez en cuando? Maritha no dejaba de sonreír y de darme besos. Siempre ha sido una madre cariñosa y a mí me encantaba dejarme mimar.

—Mira qué lindo ese gordito que viene de frente —dijo.

—No me lo puedo creer.

Con su paso tranquilo y su cara de bonachón, Cripto avanzaba sonriente hacia nosotras vestido con pantalón de chándal, una sudadera de cremallera abierta y una gorra de visera plana, estilo americano, que ponía: «*Make money, not friends*». Sobre su brazo izquierdo, sobresalía acostado un ramo gigante de margaritas amarillas. En un primer momento, pensé que sería una casualidad que estuviera en el mismo sitio que nosotras. En unos segundos se había plantado delante de nosotras. Mi madre parecía divertirse observándolo y me miraba como animándome a comentar.

—Hola, soy el ángel guardián de esta magnífica mujer y su más leal admirador.

—¿Qué haces aquí? —pregunté.

—Recuerda que conozco todos tus movimientos. Te tengo geolocalizada.

—¿Me estás vacilando? He desconectado todas las aplicaciones.

—Parecéis novios —dijo Maritha.

—Tu hija no me da bola.

—Ya veo que os conocéis. ¿Me he perdido algo?

—Nada que contar. Te presento a Cripto. Nos estaba ayudando en la investigación del caso, pero se ha vendido a un mejor postor.

—¿De verdad te llamas así? Encantada —dijo.

Le invitó a sentarse mientras alargaba su mano para estrechársela. Él se la besó caballeroso.

—¿Por qué no nos acompañas? ¿Te apetece un vinito?

—Prefiero agua con gas.

Cripto se sentó con toda su cara dura y colocó con delicadeza el ramo sobre su regazo.

—Las flores son para ti, Maritha —dijo.

—¿A qué se debe este detalle tan precioso?

—Como eres bailarina, dudé. El amarillo es un color que tiene mala fama, por aquello de la cromofobia de los artistas, que por cierto es un mito. Parece que Molière no vestía de ese color cuando murió, ni lo hizo sobre un escenario.

—¿Te gusta la danza?

—Soy un enamorado de Baryshnikov. Mi exmujer era bailarina en el *ballet* de San Petersburgo. La pobre era un ángel endemoniado. Le perdí la pista en los noventa. La muy golfa se largó con otro tipo menos divertido y con mucho más dinero que yo.

—Vaya, cómo lo siento —dijo Maritha.

—Eres mucho más guapa al natural que en foto —dijo Cripto.

—¿Qué sabes de mí?

—Absolutamente todo. Hasta la edad que tienes de verdad. No la que pone en tu DNI. Pero no te preocupes, tu secreto está a salvo conmigo.

—No te fíes mucho —dije.

—¿Qué eres? ¿Un espía?

—Un artista. Un fabricante de ventajas.

—¿De dónde has salido tú? ¿Te estás quedando conmigo? —preguntó Maritha.

—Hace unos años caí dentro del pozo más inmundo que puedas imaginarte. Fui devorado por la ambición desmedida de mi socia y la corrupción política.

—¿A qué te dedicas ahora?

—Soy un mercenario. Un antisistema. Desintegro la porquería ajena a cambio de dinero.

—No entiendo nada de lo que dices —dijo Maritha.

El dueño del local se acercó a nuestra mesa para presentarse y preguntarle a Cripto qué quería tomar.

—Soy el novio de la niña y he venido a presentar mis respetos a su señora madre. Si no te importa, ¿podrías poner las flores en agua? —dijo.

Maritha aplaudió la ocurrencia de Cripto. La escena era tan disparatada que no me quedó más remedio que reírme. Me recosté sobre el respaldo de la silla, cogí mi copa de vino y brindé con mi madre mientras pensaba lo que me gustaba el color amarillo y la manía que le había cogido durante los últimos meses. El refresco de Cripto llegó a la mesa y repetimos el brindis como si estuviéramos celebrando algo de verdad, mientras él sonreía satisfecho. Yo tenía ganas de matarlo.

—¿Qué tal tus colegas motoristas? Supongo que ya sabrás que uno de ellos te delató.

—Me acojo al secreto profesional.

—Sí, claro, ese que te pasas por el arco del triunfo.

—¡Macarena! No seas ordinaria —dijo Maritha.

—Tú no eres mi cliente. Eres mi amiga.

La respuesta de Cripto me descolocó. Me miró con sus pequeños ojos azules a través de los cristales de las gafas y sentí que lo decía de corazón. Su teléfono vibró. Nos pidió disculpas, se levantó y se paró unos metros de nosotras para hablar.

—Ya me dirás que es todo este *show*, nena.

—No te creas que lo tengo claro. No sé si podemos fiarnos de él. Estoy segura de que alguien ha contratado a Cripto para que le pase información de lo que hacemos. Igual que a los motoristas. Incluso, puede que sepan de lo que hablamos y con quién.

—O es muy listo o está como una regadera —dijo Maritha.

—Las dos cosas.

—¿Qué hacemos?

—Pedir otro par de vinos.

El cuerpo de Cripto basculaba de un lado a otro, me divertía su particular manera de caminar. Volvió a la mesa y dijo que sentía tener que marcharse tan pronto. Hizo ademán de llamar a un camarero para pagar la cuenta, pero Maritha le pidió que nos dejara invitarle. Se despidió de ella con una reverencia como si fuera una bailarina que me recordó al hipopótamo de *Fantasía*, la película de Disney. Después se acercó a mí, alargó sus brazos para que me levantara y me abrazó, como si las casi tres semanas que habían transcurrido sin saber nada de él no tuvieran importancia. Seis segundos intensos duró nuestro abrazo fraterno.

—Algún día entenderás —dijo.

—No me extraña que te hagas llamar Cripto. A lo mejor cuando llegue ese día tengo la suerte de conocerte de verdad.

—Todo es mucho más sencillo de lo que parece. Recuerda: solo hay que saber mirar.

Lo vimos alejarse con paso tranquilo. Un coche gris oscuro se detuvo junto al semáforo. El conductor se bajó para abrirle la puerta. Echó un vistazo rápido a su alrededor y, tras cerrarla de nuevo, se colocó en su asiento, arrancó y desaparecieron.

—¿Qué coche era ese? —preguntó Maritha.

—Un Aston Martin.

—Nena, ¿quién es en realidad este chico?

Le conté que cuando le conocí, llegaba de una reunión con chaleco antibalas. Se movía en círculos extraños con clientes poderosos. Mi madre volvió a preguntarme por los matones que no lo eran tanto y pareció quedarse más tranquila al saber que habían desaparecido.

—¿Cómo va el tema de eliminar el rastro de tu padre en Internet?

—No hay nada que hacer. No tengo dinero para pagarle y tampoco sé si podría conseguirlo. Hay miles de entradas sobre el caso.

—¿Ni siquiera vas a intentarlo?

—Creo que hay que dejarlo estar.

—Ojalá se pudieran eliminar todas las mentiras que se han dicho sobre tu padre y saliera a la luz lo que a nadie le ha interesado airear.

—A veces me parece que sabes más de lo que dices.

—Yo ya no sé lo que sé. Mis recuerdos son una amalgama difícil de definir —dijo Maritha.

No todos los recuerdos de Maritha eran borrosos. Cuando operaron a Rafi del pulmón se hizo pasar por la mujer de uno de sus hermanos para que le dejaran entrar a verlo. Ella le preguntó en qué podía ayudarlo para resolver su situación. Él le dijo que quedara con Juan y que le exigiera la retirada de la acusación particular contra él o tiraría de la manta. Maritha se citó con Juan y este actuó de inmediato. Tenía la prueba. La fotografía en la que salían ambos y mi padre esperándola dentro de un coche, pero no se lo dije. También me habló de cuando fue a visitar a Rafi al penal de El Dueso. Convencida por Julián Zamora, intentó en un acto desesperado que Rafi luchara por seguir vivo. No lo lograron. Maritha se arrepentía de haberlo abandonado, más por la presión familiar a la que se vio sometida que por voluntad propia. Ella nunca dudó de su inocencia. Y yo confiaba en lo que me decía.

—Lo que más siento de todo esto, aparte de la muerte de Rafa, es por lo que tuvo que pasar tu padre. Mal que bien yo seguí mi vida con vosotros. Tenía a Lin, mi familia, amigas, una profesión. Tu padre sufrió mucho cuando su honor fue puesto en entredicho. Lo perdió todo. Su *modus vivendi*, sus amigos, su círculo social y a su mujer. No solo en la década de los años ochenta a los noventa, sino hasta que murió.

A ella le parecía que el mayor error que mi padre había cometido había sido confiar en que se haría justicia conforme a sus principios y valores, primero con Rafi y después con él. Maritha lo visitó muchas veces en la cárcel, aunque estaban separados, y estuvo a su lado en los malos momentos y en los peores. Nunca la oí hablar mal de él. Mauricio pudo adaptarse a la cárcel, a convivir con su madre de nuevo, a la falta de dinero, a las traiciones, a la soledad. Lo que nunca encajó del todo fue perder al amor de su vida.

Pude darme cuenta de que no le apetecía continuar con la conversación cuando me preguntó si me parecía bien que llamáramos a Lin para que comiera con nosotras. Ella solía mantenerse al margen cuando hablábamos del caso Urquijo. Mi madre sufría por el pasado a pesar de su mente positiva. Era una mujer sensible y delicada a la que no le había quedado más remedio que fortalecerse. Con Cripto y los hermanos Castillo tenía suficiente para una mañana de domingo. Evité hablarle sobre el encuentro con los Melgar. ¿A quién le importaba lo que pensara un primo político suspicaz sobre la relación que había entre ellas? Cuando Lin llegó hablamos de planes para hacer en verano. Cada vez que podía intentaba escaparme para ir a verlas a Menorca y aquel año, con mayor motivo, quería cambiar de aires. Volvía a estar soltera. Ya nadie hacía apuestas sobre mi matrimonio, ni se divertía a mi costa. Como Chely había pronosticado aquella tarde frente a una copa de vino en Galicia, me estaba preparando para vivir una catarsis, una purificación de mis emociones, una liberación de los malos recuerdos.

Capítulo 23
Angie

Cuando hace seis años pisé Madrid con la intención de que se convirtiera en mi ciudad, supe que permanecería aquí mucho tiempo, y de momento esa sensación no ha cambiado. Han sido años intensos y llenos de retos. Desde encontrar una casa que pudiera considerar un hogar, pasando por conocer grupos de gente a los que poder llamar amigos y, lo más importante, un periódico donde hacerme un hueco. Vivir en Madrid me ha dado la oportunidad de crecer en lo personal, pero sobre todo en lo profesional. No sé si podría vivir de nuevo en Valencia porque ya no soy la misma persona que cuando me fui. Pero eso no quita que cuando estoy allí y tengo que regresar, no sienta que una parte de mí se queda en la ciudad donde nací. Con los míos.

Cuando me toca volver, siempre tengo la sensación de que traiciono a alguien, pero no consigo saber a quién o a qué. En lugar de ver lo positivo y la suerte que tengo por vivir a caballo entre dos ciudades, parece que solo veo la parte negativa. Esto me ocurre sobre todo cuando vuelvo a ver a mi familia después de mucho tiempo separada de ellos; y me dura lo que tardo en pisar Atocha cargada de maletas y alguna provisión culinaria que me permite no echar tanto de menos Valencia.

Estos sentimientos se intensificaron aquel mes de abril, cuando llegué a la estación del AVE Joaquín Sorolla para iniciar el viaje de vuelta a Madrid. Había pasado tres meses sin ir a casa y esa semana fue increíble. Estuve un par de días con mis amigas del colegio y de la universidad, y el resto los pasé con toda mi familia en Jávea. Una mañana me escapé con mi madre a un rastrillo de antigüedades que hay en Jalón, un pueblecito del interior. Otro día jugué al golf con mi padre, mis hermanos y mis sobrinos. Salí a correr con mis cuñadas, toda la familia comimos la mona de pascua en Denia y, un par de tardes, mi padre y yo dimos paseos por la playa.

—Cuídate mucho, hija. Ve siempre recta, ¡y a triunfar! —me dijo mi padre al dejarme en la estación de tren aquel día.

Ese es nuestro momento. Cuando llego a Valencia y cuando me voy. Pese a lo cerca que está la estación de casa de mis padres, él me recoge y me lleva de vuelta. Al arrancar el coche aquel día le dije adiós desde la distancia y sentí un vacío enorme. En los últimos meses la figura de Mauricio había invadido mi vida y cada vez que Macarena me hablaba de su padre, era inevitable que yo pensara en el mío.

Mi padre pertenece a una generación que no expresa sus sentimientos. Es un optimista nato, que planta cara a los problemas y de los que piensa que la gente buena es la que acaba venciendo. Tiene un sentido de la justicia inmenso. Estoy convencida de que si hubiera conocido a Mauricio, habrían sido buenos amigos. Mi padre es un hombre observador, práctico y prudente, creo que al padre de Macarena le hubieran venido bien sus consejos. Le habría dicho a Mauricio que no se metiera en líos y que pensara en sus hijos. A veces, cuando las injusticias no cesan, es mejor resignarse, pasar página y olvidar. Como abogado, supongo que le habría aconsejado que hay que saber escoger las batallas que se pueden ganar porque la ley puede llegar a ser muy injusta.

Después de haber escuchado a Macarena hablar sobre cómo eran sus encuentros con Mauricio en la cárcel a través de un cristal, me siento muy afortunada de haber tenido a mi padre siempre a mi lado. Aunque lo sabe, me mira raro cuando le digo que le quiero, y desde que empecé este proyecto con Macarena, se lo he ido diciendo con más frecuencia.

Me considero una persona bastante empática, pero creo que nunca podré llegar a sentir toda la tristeza, rabia y frustración que Macarena debió padecer al ver sufrir a su padre. De hecho, me sorprende esa gran habilidad que ha desarrollado para relatar anécdotas muy dolorosas de su historia personal, reírse y hacernos reír a todos. Con el paso del tiempo, creo que ha sido su forma de sobrevivir, sobre todo para eliminar el rencor. No debió ser fácil ver que los amigos de su padre le daban la espalda por una injusticia; que su madre se convertía en la cabeza de la familia y tenía que doblar turnos en la academia de *ballet* para sacar a sus tres hijos adelante con un solo sueldo.

Una vez en el tren, me desplomé en el asiento. Las vacaciones de Semana Santa me habían hecho «*tocar mare*», esa expresión tan de mi tierra que se traduce en «tocar madre» (estar a salvo), y que yo aplico a volver a mis orígenes, al nido, y a sentirme reconfortada por estar con mi familia. Durante los últimos tres meses mis padres se extrañaron mucho al ver que no iba a verles. Nunca les conté que mi decisión tenía que ver con unos panameños que nos seguían a todas partes. Achaqué mi ausencia a la falta de tiempo para ponerme al día con el libro que estaba escribiendo con Maca, descansar y trabajar en mis artículos para el periódico. Supongo que en algún momento debieron intuir que me pasaba algo que no les quería contar. Los padres siempre perciben las preocupaciones de los hijos. Mi madre dejó de ponerse en lo peor cuando antes de las vacaciones de Semana Santa le mencioné varias veces que había hecho planes con un tal Germán.

Lo que ella no sabía es que Germán, como bien lo definió un buen amigo mío, resultó ser un mito caído. Un día, sin más, desapareció. Después de darle vueltas y más vueltas, de repasar todo lo acontecido e intentar encontrar una explicación a por qué no había vuelto a saber nada de él, concluí que no todo el mundo se toma la responsabilidad afectiva tan en serio como yo y que alguna vez tenía que experimentar lo que se siente cuando alguien te hace *ghosting*. Así que esa Semana Santa en Valencia también me sirvió para resetear mi ánimo después de una desilusión.

Cuando el tren salió de la estación vi a la derecha la antigua fábrica de harinas de mi abuelo Pepe. Tengo muy presente su sonrisa y el cariñoso beso que todas las noches le daba a mi abuela antes de acostarse. Lamenté lo pronto que se había ido. Recordé algunas imágenes de las tardes que pasé en su casa haciendo los deberes. Me ayudaba con las multiplicaciones y las divisiones mientras merendaba una caracola de chocolate que me traía de alguno de los hornos donde vendía harina. Luego pasábamos a la lectura en voz alta y me frustraba porque tartamudeaba al leer. Debía tener unos ocho años, y le decía que yo no servía para nada. Él se reía y le quitaba hierro al asunto. Se me ha quedado grabada una frase que me dijo un día sin venir a cuento mientras plantábamos geranios en su balcón:

—Tú llegarás lejos porque eres muy observadora, Geli. Y eso es sinónimo de ser inteligente.

Nunca fui consciente, hasta tiempo después de su muerte, de lo que esa frase me ayudó a superar baches, sobre todo aquellos que tenían que ver con el aprendizaje. Me pasé años preguntándome cómo podía ser inteligente si suspendía cinco y seis asignaturas en el colegio. Todo cobró sentido cuando mi psicóloga, ya en la universidad, me dijo que había sido disléxica y que lo había superado como había podido porque en el colegio nunca detectaron que lo fuera.

Ahora soy incapaz de valorar si, como afirmó mi abuelo Pepe, he llegado lejos o no en la vida. Soy joven para hacer ese balance y me quedan muchas conquistas por delante. Además, sería muy pretencioso por mi parte. Mi abuelo era un hombre muy curioso e inquieto, se preguntaba el porqué de todo y siempre aprendía cosas nuevas. Le encantaba saber más. Mi profesión tiene mucho de eso: de observar, de ser prudente y precavido, de aprender, de saber cuándo hablar y cuándo callar, de ejercitar la paciencia y esperar a tener una información bien atada para publicarla. No soy nadie para dar lecciones de periodismo, pero creo que es importante hacer autocrítica. Quizá, si algunas noticias sobre el crimen de los Urquijo hubieran estado bien contrastadas, se habría evitado que la imagen de Mauricio quedase tan dañada. Como aquel reportaje de *Interviú* que le valió el apodo de «el cazador» y que muchos todavía lo relacionan erróneamente con esa mano experta que mató a los marqueses. Por este tipo de informaciones entiendo la obstinación de Macarena por borrar el rastro de su padre en Google. Que esos datos estén al alcance de cualquiera contribuye a crear una imagen distorsionada sobre la figura de su padre y la importancia que tuvo a la hora de investigar el caso Urquijo.

Puedo ponerme también en la piel de Juan y Myriam de la Sierra. ¿Es necesario que las fotos de los cadáveres de sus padres todavía aparezcan en Google Imágenes? Hace poco, cuando se iban a cumplir los cuarenta años del aniversario del crimen, publiqué un reportaje en *ABC* recordando lo que sucedió la noche del 1 de agosto de 1980, la investigación y los juicios posteriores. Llamé a Myriam de la Sierra por teléfono para comentarle que estaba trabajando en ello, por si quería aprovechar el artículo y hacer alguna declaración sobre el asesinato de sus padres. Sabía que diría que no, pero había que intentarlo. Agradeció que me hubiera puesto en contacto con ella y declinó de forma muy educada mi propuesta. Me comentó que durante esas semanas le habían llamado varias televisiones y colegas de otros medios. Aproveché para comentarle que, además, estaba trabajando con Macarena en un proyecto sobre el derecho al olvido relacionado con el caso Urquijo. Reconoció que para ella también era «una tortura» que su nombre y el apellido de su familia se mencionase en alguna parte todos los 1 de agosto desde hacía cuarenta años. Dijo que entendía perfectamente a Macarena.

La prensa ha cambiado mucho desde los años ochenta. En aquel momento no se tenía en cuenta la integridad de las víctimas y esas fotografías aparecieron en los periódicos. En este sentido, todo fue a peor cuando en 1990 llegaron las televisiones privadas. Desde entonces, y sobre todo a raíz del tremendo espectáculo que supuso la retransmisión en directo de los sucesos sobre las niñas de Alcácer, ha habido un extenso debate en las redacciones de los medios de comunicación sobre el tratamiento que hay que dar a ciertas informaciones con la finalidad de respetar a las víctimas y sus familiares. Hoy por hoy sería impensable la publicación de las imágenes de los marqueses asesinados en prensa o en televisión.

Sigo pensando que el derecho al olvido necesita una profunda regulación jurídica. Google no se puede convertir en un buscador que censura información. Hay que estudiar muy bien cada petición que se haga para borrar contenidos, o para cambiar nombres por iniciales para impedir que ciertos contenidos sean encontrados. Ya ni hablo de la posibilidad que se plantea de crear avatares con perfiles inventados que nada tengan que ver con la persona de la que se habla. Esto último ya me parece marciano. Incluso en el caso que defiende Macarena, y aunque empatizo con su causa, no me parecería bien que se borrase todo el contenido sobre su padre porque la investigación del caso Urquijo no hubiera sido igual sin Mauricio López-Roberts. Porque además, si el nombre de Mauricio desapareciera de la línea temporal del caso Urquijo, sería imposible entender qué ocurrió. Porque entre un sumario y otro, entre la condena de Rafi Escobedo y hasta que Javier Anastasio fue procesado, hubo una pieza clave que dio un giro a los acontecimientos: la declaración de Mauricio López-Roberts.

Dejé el bolso sobre la mesa del asiento delantero del vagón para que me sirviera de atril para el teléfono. Conecté los cascos y busqué en YouTube las últimas palabras que Rafi Escobedo le dijo a Jesús Quintero en *El perro verde* en julio de 1988. Rafi planeó quitarse la vida en directo, pero cuando le dijeron que el programa se emitiría en diferido, cambió de opinión. Su cuerpo sin vida apareció tres días más tarde en su celda de la prisión de El Dueso.

—*Según tú, no hay crimen perfecto, sino crimen por investigar* —le dijo Jesús Quintero a Rafi ese día en la cárcel.

—*El caso Urquijo no se ha investigado ni se va a investigar porque no le ha interesado a nadie que se investigue.*

—*¿La cárcel te está destruyendo?*

—*La cárcel me ha destruido. He llegado ya al final. Todas nuestras respetables autoridades jurídicas y penitenciarias pueden sentirse tranquilas y orgullosas de, a una persona como era yo (con condena o sin condena, me da igual), que cuando empecé con toda esta aventura era un chaval que no sabía ni dónde estaba la derecha ni la izquierda, que era ingenuo y tal vez un poco inmaduro, con cantidad de ilusiones, sano, alegre... Un chico normal. Esa gente ha conseguido que hoy en día yo ya no sea nada. Lo único que me falta ya para terminar es la cajita con la crucecita encima. Lo demás prácticamente lo han conseguido todo.*

—*¿Ahora vives sin amor? ¿Sin sentimientos?*

—*Ahora vegeto para intentar no sufrir. Y aun así no lo consigo.*

—*¿Y en qué te refugias?*

—*Exclusivamente en las drogas. Nada más. Es lo único que utilizo para poder seguir viviendo, o sobreviviendo. Si algún día me muero, lo único que espero es que nadie tenga la poca vergüenza de ir a derramar una lágrima sobre mi tumba.*

Rumié durante un rato esa primera frase de Quintero y recordé la cantidad de veces que Rafi utilizó la expresión «tirar de la manta» para decir que iba a contar lo que sabía. Nunca lo hizo. Su secreto se fue con él a la tumba. Un funeral al que por cierto, y según las crónicas, asistieron cerca de un centenar de personas. Y algunas lloraron.

Llevaba semanas preguntándome si habíamos hecho todo lo que estaba a nuestro alcance para saber la verdad sobre el caso Urquijo, si nos habíamos dejado algún hilo del que tirar.

Por supuesto que nos hemos dejado cosas por indagar, pensé. Este caso es inabarcable por todas las hipótesis que se plantearon, pero me había absorbido tanto que llegué a pensar que descubriría qué pasó aquella madrugada del 1 de agosto de 1980. Pero la finalidad de mi proyecto con Macarena no era descubrir la verdad. La visualicé en aquel almuerzo que tuvimos en Richelieu a la vuelta de Navidad: «Quiero devolver a Mauricio al lugar que le corresponde», dijo.

Desde entonces, me había sucedido en varias ocasiones que confundía el crimen de los marqueses de Urquijo con el papel que había tenido Mauricio en el caso. Existía un abismo entre conocer qué ocurrió aquella noche con lo que el padre de Macarena investigó para no ser condenado por encubrimiento y para intentar salvar a

Rafi. Lo importante no era saber la verdad sobre lo que pasó, aunque por el camino me hubiera gustado descubrirla; lo relevante era saber hasta dónde llegaron las indagaciones de Mauricio y cuál era su hipótesis sobre lo que sucedió. Ahora, después de meses inmersa en el asunto, de haber leído y visto todo lo referente al caso y de hablar con quienes han querido recibirnos, puedo afirmar que Mauricio es la figura más desconocida del caso Urquijo.

A la altura del embalse de Contreras me quedé atontada mirando por la ventana del AVE un atardecer que parecía sacado de una postal. Con la tranquilidad que me transmitía viajar en silencio, recordé cómo era mi día a día antes de entrevistar a Macarena para *ABC*. Estaba sumida en una rutina que me inquietaba, sentía que me había estancado. Mi trabajo me seguía apasionando, pero una parte de mí buscaba nuevas metas, nuevas ilusiones. «Te cuesta convivir con la estabilidad y la tranquilidad», me dijo mi psicóloga por aquella época. Me daba mucha rabia sentirme así porque en el ámbito profesional estaba donde quería y en el personal todo me iba bien. Mientras cruzaba Castilla-La Mancha de vuelta a Madrid lo entendí: esos casi cuatro meses de trabajo con Macarena me habían hecho estar centrada en algo nuevo. Había conseguido salir de la rutina y compaginar mis días en el periódico con un proyecto personal que me fascinaba, con el que había aprendido muchísimo —sobre todo leyendo y ordenando los sumarios del caso Urquijo— y que me había llevado a conocer a una mujer tan maravillosa como Macarena. Ahora que todo había terminado, tenía muchas ganas de salir, divertirme con mis amigas y disfrutar de la vida sin preocupaciones, pero debía encontrar otro reto personal que me permitiera avanzar y seguir aprendiendo.

Desde hacía tiempo sentía que me faltaba una base jurídica. Para mis artículos en *ABC* la mayoría de las veces necesitaba consultar asuntos legales con abogados. Está muy bien tener unos padres juristas disponibles las veinticuatro horas del día para resolver mis dudas, pero con el caso Urquijo me había dado cuenta de que el derecho me gustaba.

Por suerte solo había tres personas en el vagón porque estuve a punto de llorar de la risa. ¿En serio, Angie? ¿En serio te estás planteando estudiar Derecho, cuando se te daba tan mal estudiar? Recordé una máxima que mi madre me decía desde que era una cría y que me repitió esa Semana Santa, cuando le dije que me proponía volver a la universidad:

—Lo que se empieza se acaba —dijo.

—Esa es la idea, aunque tarde diez años.

—¿Lo podrás compaginar?

—No tengo prisa. Lo que quiero es informar mejor cuando me toque escribir sobre temas jurídicos.

Me recosté en el asiento pensando en todo lo que iba a aprender y en las ganas que tenía de empezar. El traqueteo de la marcha, la tensión acumulada en los últimos meses y el cansancio de aquellos días en casa provocaron que no me despertase hasta llegar a Madrid.

En la puerta de la estación de Atocha, un coche en doble fila pitó dos veces. Era Tomás, un chico de Madrid al que le perdí la pista hace años, cuando se fue a vivir a Nueva York. Antes de las vacaciones, cuando el desconcierto por lo que había pasado con Germán todavía era muy reciente, me lo encontré en un bar de copas cerca de casa. Desde entonces, Tomás había insistido varias veces en verme antes de volver a Estados Unidos. Y yo, que siempre he preferido tenerlo todo controlado, por primera vez en mi vida había decidido dejarme llevar. Porque si algo había aprendido en los últimos meses es que todo pasa por una razón; que nada es eterno —ni las situaciones, ni los sentimientos ni las personas—; y que en esta vida las cosas no se pueden dar por sentado.

Solo el tiempo podría decirme si mis decisiones personales y profesionales eran las correctas, pero hasta entonces había decidido que era el momento de que empezaran a pasarme cosas. Y estaba en mi mano que ocurrieran, solo tenía que provocarlas. Me sentía feliz. Todo empezaba a encajar.

Capítulo 24
Macarena

Era 1 de mayo. Habían transcurrido seis meses desde que nos habíamos embarcado en la aventura de descifrar el enigma del caso Urquijo. Quise llamar a Teresa en varias ocasiones para hablarle de Cripto, pero por alguna razón terminaba dejándolo pasar. No quería preocuparla. Era su amigo, confiaba en él y estaba convencida de que no había nadie mejor para eliminar el rastro de mi padre en Internet. Qué ilusa fui al pensar que podría conseguirlo. Lo que mi amiga ignoraba era cómo había cambiado la historia desde aquel día que nos presentó en su estudio. Estaba tan cerca y a la vez tan lejos en mi memoria que los detalles empezaban a desdibujarse.

La llamada de Teresa no me sorprendió. Había pensado mucho en ella. Lo que la mayoría de la gente percibía como una casualidad, mi padre lo llamaba «sincronicidad». Era un apasionado de la física cuántica, capaz de predecir comportamientos increíbles o paradójicos relacionados con cierta mística, más allá de lo científico. Solía decir que los seres humanos somos islas en un mar, separados en la superficie y a la vez conectados en las profundidades. Aún hoy me pregunto cómo podía saber tanto de tantas cosas que solo él parecía entender.

—Hola, cariño. Estoy muy preocupada por Cripto. ¿Os habéis visto últimamente? —preguntó Teresa.

—Creo que fue hace más o menos un mes. No he vuelto a saber de él. ¿Ha pasado algo?

—Espero que no. ¿Puedes acompañarme a su estudio?

—¿Ahora?

—No quiero subir sola.

—Llegaré en cuarenta minutos.

—Voy a llamar al 112.

247

Ya me había acostumbrado a los silencios de Cripto y no me parecía raro que no diera señales de vida durante semanas. Él era así. Iba y venía a su antojo. El tono de preocupación de Teresa me inquietó. Quizá debería haberle dicho antes que Cripto jugaba a dos bandas.

Después de lavarme la cara y los dientes, me vestí con unos vaqueros y un jersey. Dejé una nota a mis hijos en la cocina en la que les decía que volvería para comer con ellos. Salí disparada hacia el Puente de Segovia. Eran las nueve de la mañana del Día del Trabajador y las carreteras estaban casi desiertas. Sentía un vacío en el estómago que achaqué más a la preocupación que a haber salido de casa sin desayunar.

Aparqué en el primer hueco que encontré. Sobre la acera, frente al mío, había un coche de la Policía Municipal con las luces puestas sin nadie en el interior. Aceleré el paso. Caminé como había hecho el primer día hasta llegar al callejón sin salida donde estaba el estudio. Encontré a Teresa hablando con dos policías nacionales que estaban junto a la pareja de los municipales. El corazón me latía con fuerza. ¿Habrían encontrado muerto a Cripto?

Hablaba con ellos abrazada a su bolso como si quisiera protegerse de algo. Al verme llegar se disculpó y se acercó a mí.

—No te asustes. Es el protocolo —dijo.

—¿Le habéis encontrado?

—Aún no podemos subir. Tienen que venir los bomberos.

—¿Para qué?

—Por si hay que tirar la puerta abajo.

Me presentó a los policías como amiga de ambos. Entregué mi DNI a uno de ellos y dejé que Teresa contestara sus preguntas.

—¿Cuándo habló usted con el señor Escarpín por última vez? —preguntó el policía.

—Me envió un mensaje a través de Telegram hace tres días.

—¿Qué le decía?

—Necesitaba consultarme algo. Le asesoro en temas legales.

—¿En qué tipo de temas?

—Económicos.

—¿Sabe usted si tenía problemas?

—No sabría decirle.

—¿Ha puesto usted una denuncia por desaparición?

—Todavía no. He preferido venir primero aquí.

¿Cripto Escarpín? Me sonó a cómic. Mientras pensaba en preguntarle a Teresa el nombre, me acordé del coche que lo había recogido en nuestro último encuentro. ¿Cómo no se me ocurrió anotar la matrícula? ¿Y si los panameños tenían algo que ver con su desaparición?

A los pocos minutos llegó un camión de bomberos del que descendieron cinco hombres fornidos. Hablaron con la policía, regresaron al vehículo y dos de ellos, pertrechados con unas bolsas negras, dijeron que estaban preparados para subir.

La puerta de entrada al edificio estaba entreabierta. No tenía nada que ver con el aspecto que recordaba del primer día, con aquellas obras, lleno de polvo, cascotes y plásticos. Estaba limpio e irreconocible. El ascensor no tenía ningún cartel, pero seguía averiado. Había desaparecido cualquier rastro de la reforma que hacía casi intransitable el acceso al estudio de Cripto. No nos quedó otra opción que subir una vez más por las escaleras. Los dos policías nacionales y los dos bomberos nos llevaban medio tramo de ventaja. Nosotras los seguíamos a cierta distancia sin perderlos de vista. Al llegar al rellano, uno de los bomberos, el más alto, se acercó a la puerta y pegó la oreja. El otro, que llevaba una bolsa de la que sacó una maza compacta de color naranja chillón, nos hizo un gesto con la mano para que nos resguardásemos junto a la pared. El primero llamó al timbre, pero este no sonó. Parecía estar desconectado. Sin mirarnos, hizo un gesto con la mano para que nos retirásemos un poco más. Tras dar unos fuertes golpes en la puerta con el puño dijo: «Policía. Abran». Nadie respondió. Volvió a golpear una segunda vez. Cogió la maza que le tendió su compañero y le dio tal golpe a la puerta que hizo saltar la cerradura, que acabó en el suelo del descansillo rodeada de astillas con restos de pintura roja.

Cuando los policías se aseguraron de que no había nadie en el interior, nos llamaron para que entrásemos. Me impresionó ver que el estudio estaba vacío. Teresa respiró aliviada. No había rastro de los muebles ni de las obras de arte. Tan solo permanecían los cactus y el terrario con la iguana, que estaba inmóvil bajo el foco de luz que la calentaba.

—Está claro, ¿no? —dije.

—Es rarísimo. Algo se nos escapa.

—¿Qué hacemos ahora?

—Puede ser que se haya mudado sin más. Voy a hablar con la policía y decidimos qué hacer.

—¿Has pensado que quizá no quiera que le busquemos?

Teresa habló con los agentes en la cocina tras firmar el acta de actuación. No oí lo que dijeron, pero no pareció importarles que nos quedáramos un rato a solas en el piso. Abrí la puerta que daba a la terraza y salí a tomar el aire. Tampoco estaban los palés de madera. Nada que pudiera identificarle. Me sonreí al recordar su cara de chico listo. ¿En qué lío se habría metido? Era extraño que la iguana siguiera allí. ¿Por qué no se la habría llevado? Me acerqué al terrario y eché un vistazo al reptil que parecía de cartón piedra. Cripto había diseñado un ingenioso sistema expendedor de frutas y vegetales liofilizados para dar de comer a su mascota, además de una fuente de agua con un pequeño motor que emitía un suave ronroneo. Por lo que pudimos observar, había previsto alimento suficiente para que el animal sobreviviera una temporada. No me encajaba que hubiera tenido tiempo de llevarse sus esculturas, pero no de encontrarle un hogar a un animal al que le tenía tanto cariño. Cripto no parecía un hombre cruel.

—Me temo que no lo vamos a volver a ver —dijo.

—Quizá contaba con que viniéramos a buscarlo.

—No sé qué pensar.

—¿Todo bien con la policía?

—He tenido que pagar a los bomberos. *Peccata minuta*. Por lo demás, bien. ¿Qué hacemos con este lagarto repugnante?

—Me lo voy a llevar a casa —dije.

Cerramos la puerta con unos pedazos de cinta americana que uno de los bomberos le había dado a Teresa. Entre las dos bajamos como pudimos los siete pisos con el terrario a cuestas. Estuvimos a punto de caernos rodando por las escaleras en un par de ocasiones. A ella lo único que le preocupaba era que el bicho no se escapase. Acomodamos al reptil en el asiento de atrás de mi coche. Me fijé en que tenía la piel un poco escamada. No sabía si era porque le tocaba mudarla o porque estaba más muerta que viva.

Antes de despedirnos, quedamos en no denunciar su desaparición. Si Cripto había desmantelado su oficina, tendría sus motivos. Recordé que nos había dicho que el edificio se había vendido. Aunque también podría haber conseguido todo el dinero que necesitaba para retirarse. Confiaba en que estuviera bien. No obstante, sospechaba que Teresa se guardaba información.

A Darío se le iluminó la cara al ver el paquete que traía. Habíamos tenido un camaleón bastante antipático que de un día para otro se murió por una indigestión de grillos. La llegada de la iguana a casa supuso una revolución. Hermes, nuestro gato, merodeaba alrededor del cubículo de cristal a la espera del momento oportuno para darle caza. Mis hijos estaban felices. Eran tan amantes de los animales como su abuelo. Decidimos hacerle un hueco en el cuarto de Darío. Limpiamos la bandeja del terrario y pusimos de nuevo en funcionamiento el sistema de alimentación, el circuito del agua y el foco de luz infrarroja. Nos quedamos observando sus movimientos a cámara lenta. Parecía un animal arcaico.

—Me encanta que hayas traído una dragona a casa —dijo Daniela.

—¿Cómo sabes que es una hembra?

—Porque tiene el cráneo alargado y menos papada que los machos. Fíjate en ese círculo de color verde clarito, ahí, justo en medio de la cabeza.

—¿Qué es eso? ¿Un respiradero?

—Es el tercer ojo. Por ahí pasa la luz. Les sirve para orientarse.

—¿Cómo sabes tanto de reptiles?

—Un amigo tiene una parecida a esta. Es un símbolo de protección. ¿No te parece raro que alguien que cuida así a su mascota la haya abandonado?

—Quizá no podía llevársela.

—¿Qué es eso que está pegado en el cristal junto a la fuente? Mira, es una pegatina —dijo Daniela.

—Supongo que es la marca del terrario. ¿Qué pone?

—Es un código QR. ¿Tienes un lector en tu móvil?

Daniela me trajo el teléfono y se ocupó de evitar que el gato pasara al cuarto de su hermano. Enseguida empecé a maquinar. ¿Esperaba Cripto que fuera a buscarle al no saber de él en tantos días? ¿Dedujo que me llevaría el terrario a casa? Aun así, si no hubiera sido por mi hija, no habría reparado en que había un código pegado al cristal.

La aplicación lo leyó al instante. En segundos se ejecutó un vídeo. El corazón me latía con fuerza. ¿Le habrían secuestrado? Con una voz metálica de robot, un perro Chihuahua animado que sonreía con expresión humana apareció en la pantalla. El engendro de perro con dentadura postiza que parecía escapársele de la boca comenzó a hablar. Intuí que Cripto estaba detrás. No era su voz, pero sí su manera de expresarse.

Amiga mía:

Siento no haberme despedido de ti, pero las cosas se pusieron feas después de nuestro último encuentro. Me alegra saber que Marylin está en buenas manos. Sabía que no me fallarías. ¿Recuerdas lo último que te dije? Solo hay que saber mirar.

El perro parlanchín fue engullido por una especie de agujero negro mientras gritaba: «¡Me llamo Samuel!». La pantalla del móvil se apagó. Intenté encenderlo de nuevo para volver a escucharlo, pero no hubo opción. ¿Marylin? ¿Samuel? De todos los nombres del mundo, nunca hubiese imaginado que se llamara Samuel. Con el lío de la iguana había olvidado preguntárselo a Teresa. Samuel Escarpín. ¿Es posible que si los panameños no lo conocían como Cripto hubieran tenido algún contacto con él en el pasado, cuando no ocultaba su verdadero nombre? Todo eran incógnitas. Intenté conectar de nuevo mi teléfono. La pantalla se iluminó. Volví a acercar el lector al código adhesivo, pero no funcionó. Dejé el teléfono encima de la mesa y me fijé en la iguana, que parecía mirarme de reojo. Solo hay que saber mirar... ¿Qué tenía que mirar?

Mis hijos me hicieron un montón de preguntas que no supe responder sobre el origen de la iguana y su dueño. Hasta entonces no les había hablado de Cripto. Ni siquiera cuando uno de los panameños merodeaba por el colegio y por mi casa, o cuando el acoso empezó a ser insoportable. Mientras les contaba lo que sabía de él y la relación que habíamos tenido, una bombilla se encendió en mi cabeza. Subí al despacho, deslicé la puerta corredera de cristal, me senté y abrí el portátil. Tardó unos segundos en arrancar. Mientras esperaba impaciente el característico sonido del Mac al encenderse, sentí cómo una descarga de adrenalina llegaba hasta los dedos de mis manos. Tras unos segundos, la pantalla de Google apareció ante mis ojos.

Escribí el nombre de mi padre entre comillas. Al colocar la flecha del ratón en imágenes, encontré fotografías antiguas de mi bisabuelo, que se llamaba como él y que había sido diplomático y escritor. Era como si hubiera entrado en la hemeroteca de un viejo diario impreso en blanco y negro. No podía creérmelo y volví a intentarlo. El resultado fue el mismo. No encontré ninguna de las imágenes relacionadas con el juicio. Intenté acceder a los artículos de la revista *Interviú* y también a los publicados en el diario *El País*. Busqué algunos de los vídeos de Telecinco y La Sexta que había solicitado a Google que retirara. «Error 404 not found». ¡*Not found*! ¡*Not found*!

No me lo podía creer. Como una *hooligan* grité: «¡Sí, sí, sí! ¡Es el puto amo!». Mis hijos dieron unos golpes en la puerta corredera del despacho. No entendían nada. Les pedí que entraran y los abracé. No pude contener las lágrimas. Reía y lloraba al mismo tiempo.

—¡Ha desaparecido! —dije.

—¿Quién? —preguntó Daniela.

—Tu abuelo.

Cripto no nos había vendido a quienes intentaban boicotear nuestra investigación. Quizá el dinero de los otros le había servido para desaparecer y retirarse por fin en algún paraíso soñado. Germán nos había confirmado que los panameños habían salido de España rumbo a Colombia. Tras meses de pesquisas, no teníamos las claves de la resolución del caso, pero coincidíamos con Mauricio en que los actores principales, los inductores, los verdaderos culpables no habían sido juzgados. La mayoría de las personas que habíamos entrevistado coincidían en que Rafael Escobedo no pudo haber urdido solo el plan macabro. No le quedó más opción que permanecer callado en la cárcel para proteger a alguien a quien quería, a cambio de un dinero que nunca recibió. Silencio y lealtad, un binomio difícil de conjugar.

Habíamos compilado testimonios y afinado teorías. Estábamos preparadas para publicar un libro en el que queríamos mostrar que Mauricio había sido mejor persona que personaje. En cambio, la sombra del ciprés Urquijo continuaba siendo alargada. Compartía con Angie, amiga leal, compañera de fatigas, la sospecha de que ninguna editorial en España querría publicar nuestro manuscrito tras el primer intento fallido que habíamos vivido. Otro amigo periodista y editor nos dijo que fuéramos cautas y nos protegiéramos legalmente contra posibles demandas. Accedimos a través de una amiga a un editor de renombre con más entusiasmo que esperanza. La exaltación inicial del editor se tornó en menos de doce horas en un no rotundo seguido de la cancelación inmediata de la reunión prevista para conocer a las autoras. A nosotras casi no nos había dado tiempo de ilusionarnos. Nuestro contacto nos dijo en confianza y *off the record* que la temática de la novela había sido vetada por el consejo editorial. No me sorprendió. Tampoco era la primera vez que ocurría algo así; a Mauricio y a Jimmy les secuestraron por orden del juez la edición completa de *Las malas compañías*. Además de imponerles dos multas y otra a la editorial, con la consiguiente pérdida económica a consecuencia de la retirada de todos los ejemplares del canal de distribución.

Después de cuatro décadas, los tentáculos del poder, las fuerzas ocultas que protegían a la madre de todas las mentiras, no estaban dispuestos a que nadie arrojase un poco de luz sobre la opaca oscuridad que envolvía el caso Urquijo.

Tras el portazo en la cara, Angie se había recuperado del disgusto e insistía en que tarde o temprano se descubriría la verdad. Confiaba en que el enfoque del libro y la historia de Mauricio convencerían a otros editores con los que habíamos contactado y nos responderían. Algún valiente habrá, decía. Yo lo dudaba. Igual que había dudado de la lealtad de Cripto, hasta que me demostró su amistad.

Los días que siguieron a mi descubrimiento me dediqué a buscar enlaces a noticias relacionadas con mi padre y el caso. Guardaba el secreto con celo y me reservaba el derecho a no contárselo a nadie. Solo mis hijos sabían lo que había ocurrido en la red. Si alguien se enteraba, se daría cuenta de que lo habíamos conseguido utilizando la puerta de atrás y no tenía ninguna intención de dar explicaciones. Pensaba cuál sería la reacción de Angie cuando se lo contara. Ella merecía saberlo por mí. Era una mujer honesta que abogaba por el derecho a la información. Desde que nos conocimos, había sido el único punto en el que no estuvimos de acuerdo. Ambas habíamos sido respetuosas con la postura de la otra y no había supuesto una traba que nos impidiera avanzar. Dos derechos legítimos y contrapuestos. Entendía su postura, pero si hubiera sido su familia en vez de la mía, quizá su percepción no sería la misma. Tenía principios y madera de jurista. Lo llevaba en los genes y había decidido estudiar Derecho. Quizá pensó que nunca conseguiría eliminar el rastro de Mauricio. Yo también lo dudé. Pese a ello, desde la primera entrevista en Rosales 20, tuvo claro que para mí lo importante era luchar por ejercer el derecho de mi familia al olvido. Si no conseguíamos publicar el libro, ni devolver el honor a mi padre, al menos me quedaría la satisfacción y el consuelo de haber intentado aligerar la carga emocional de los míos.

La ausencia de fotos de Mauricio relacionadas con el caso era solo una parte del regalo de Cripto. Busqué la portada de la revista *Época*, el día que se entregó a la Policía. Había sido la imagen más dolorosa de mi vida. Imaginaba a Cripto programando algoritmos para desplazar la información y dificultar la búsqueda. Tampoco encontré el obituario de su muerte escrito por Antonio Rubio, a quien llamé cuando supe que era él quien lo escribiría. Cripto había ocultado las noticias cuyos titulares atentaban contra el honor de mi padre. Tampoco pude ver los programas de televisión en los que había participado, como *El perro verde* o *La máquina de la verdad*. La purga tecnológica que Cripto había hecho iba mucho más allá de una simple ocultación de unas cuantas noticias de las miles que había en Internet. Él parecía haber sido tan empático como selectivo.

Una tarde de búsqueda en la soledad de mi despacho, vi en Internet que las fotos de los cadáveres de los marqueses asesinados también habían desaparecido, así como cualquier alusión a la supuesta implicación de los hijos en los crímenes. A pesar de lo que había sufrido con el caso, me alegré por los hijos de Myriam y de Juan. La dantesca imagen de sus abuelos ensangrentados, asesinados en sus propias camas, me seguía provocando escalofríos. Durante unos instantes me quedé mirando un retrato de Myriam que aún permanecía en las imágenes que me mostraba el buscador. Había sopesado en más de una ocasión si llamarla para contarle mi cruzada particular para ejercer el derecho de mi familia al olvido.

Cripto había hecho un gran trabajo con el que todos salíamos beneficiados. Parecía como si hubiera pasado por un tamiz cuarenta años de crónica negra. No busqué más. Como él había dicho en alguna ocasión: «A la tercera página de Google no llega ni Perry Mason». Entonces cerré la tapa del portátil, satisfecha por todo lo que habíamos conseguido.

Abrí la ventana de mi despacho y respiré el aire fresco de la tarde. Apenas faltaban unos minutos para que se pusiera el sol. Entonces lo vi. Un petirrojo se había posado en la barandilla, junto a mi ventana. Movía su cabeza a un lado y a otro, como si me observara. Se acercó a mí dando unos pequeños saltitos. Alargué una mano despacio y giré la palma hacia arriba por si se posaba en ella. Para mi sorpresa lo hizo mientras emitía un suave y agudo trino y se deslizaba por mi piel haciéndome cosquillas con sus finas patas. Pensé que quizá a un alma como la de mi padre le habría gustado reencarnarse en un ave. Un instante después el pájaro emprendió el vuelo y lo vi difuminarse entre los colores anaranjados del atardecer.

Epílogo

Zita Moreno, amiga y lectora beta del manuscrito, me envió un enlace a un artículo de *El País* publicado el 19 de enero de 2021, cuyo titular decía: «RepScan quiere democratizar el derecho a eliminar contenidos de Internet». Josep Coll, fundador y CEO de la empresa, se posicionaba como el Robin Hood de la reputación digital a través de una plataforma tecnológica que permite detectar, documentar y eliminar contenido de manera rápida, legal y económica. Apuntaba que algunos contenidos publicados vulneran derechos como el de la imagen, el del honor, el de la reinserción social o el derecho al olvido y, añadía, que el derecho a la información existe y tiene un tiempo, pues también el derecho al olvido es reconocido por la legislación europea. Por último, daba unas pinceladas sobre la estrategia que seguir, en la que no siempre la solución es borrar las noticias. Decía que se puede cambiar el nombre de la persona afectada por iniciales o desindexar la noticia de los buscadores pasado un tiempo, aunque dicha información permanezca en la hemeroteca del medio de comunicación.

Junto a Josep Coll, abogado especializado en propiedad intelectual, figuraban Alejandro Castellano, ingeniero en telecomunicaciones, y Coque Moreno, especialista en la protección de activos en el ámbito digital.

Busqué en su web una dirección de *e-mail* para escribirles unas líneas. Quise felicitarlos por la iniciativa en un gesto de reconocimiento sincero, sin esperar una respuesta, y mucho menos de manera inmediata.

Josep Coll y Alejandro Castellano respondieron diciendo que mi mensaje les había conmovido y que veían más claro que nunca el sentido de su trabajo. Me ofrecieron estudiar el caso de mi padre. Buscar la manera de dar un giro a algo tan injusto y quizá, en un futuro, hablar de ello como un caso de éxito, lo que de antemano sabíamos que iba a suponer un reto.

La primera imagen que encontré me gustó: un equipo de personas dedicadas a temas serios que sonreían ante la cámara con actitud desenfadada y que transmitían confianza. Siempre he defendido que no está reñida la profesionalidad con la calidad humana en el trato hacia los demás. Después me detuve en los tres valores fundamentales sobre los que se asentaban las bases de la empresa: «Somos selectivos con nuestros clientes. No perjudicamos a terceros. No falseamos la verdad».

A primeros de febrero les hice llegar la documentación del proceso de un íntimo amigo para que pudieran valorarlo. Nos pusimos cara a través de una videollamada y comenzamos a trabajar paralelamente en la definición del alcance y la estrategia de ambos casos.

A los pocos días recibí un informe sobre mi índice de reputación negativa en Internet. Dicho baremo había sido creado por RepScan con la participación de un grupo de investigadores y académicos internacionales y permitía conocer numéricamente cuál es la reputación de personas y empresas en Internet. El índice solo analiza la reputación que afecta negativamente, con una escala que iba de -10 (la peor nota) a 0 (la mejor puntuación).

Resultó paradójico y a la vez tranquilizador comprobar que el caso Urquijo no había repercutido negativamente en mí. El resultado fue 0. Sin embargo, mi padre estaba en un rango negativo de -7,55 sobre una escala de -10. De todos los contenidos que habían evaluado, con la eliminación de solo seis de ellos, podría reducirse a un -3,22.

Sin embargo, por muy generosos y empáticos que fueran conmigo, tenía claro que no podría asumir el coste de su trabajo.

Durante seis meses he tenido la oportunidad de trabajar en ambos casos en estrecha relación con Marbila Reyes, directora general de contenidos, y Alejandra Mathieu, especialista en protección y eliminación de contenido *online*. De ellas he aprendido cómo una estrategia bien fundamentada sobre una base legal es la clave para la consecución de los resultados. Además de la diplomacia y la determinación que han demostrado en todo momento en su relación con los medios de comunicación a quienes han dirigido cada una de las peticiones.

A finales de verano, Alejandro me llamó para decirme que solo dos contenidos de esos seis permanecían activos. Me proponía, tras consensuarlo con el equipo, la eliminación de otros cincuenta. No había duda de que todo el equipo de RepScan había hecho suya la causa de mi padre, por lo que les estoy profundamente agradecida.

Entre tanto, Angie y yo continuábamos en la ardua tarea de buscar un editor valiente y comprometido que quisiera publicar la novela. Fui dándole pinceladas a mi amiga de los fructíferos avances de RepScan, a sabiendas de que ella no compartía ni los pasos que estaba dando ni mi satisfacción ante los resultados. Nos encontrábamos frente a las dos caras de una misma moneda, pero habíamos llegado a un punto de entendimiento que iba más allá de la historia de mi padre y de su puesto como periodista en la sección de España en el diario *ABC*.

Nuestro debate sobre el derecho al olvido trascendía la superioridad de uno sobre otro. Las dos estábamos de acuerdo en la ponderación de cada circunstancia personal para alcanzar un equilibrio entre los diferentes derechos e intereses.

Había leído un artículo escrito por la periodista Rahel Klein, publicado en el diario digital alemán *DW*, donde la ministra alemana de Justicia, Christine Lambrecht, hablaba de que el olvido en la red es una oportunidad para aprender del pasado, para poder dejar atrás los errores cometidos y continuar con un desarrollo personal legítimo. «El derecho al olvido es fundamental para la protección de la privacidad», decía. También se mencionaba a Karl-Nikolaus Peifer, un jurista alemán, director del Instituto de Derecho de los Medios y Derecho de la Comunicación de la Universidad de Colonia, quien afirmaba que:

En el mundo analógico el olvido es la regla y el recuerdo la excepción. Sin embargo, en el mundo digital ocurre al revés: recordar es la regla, olvidar la excepción. Si casi nada se olvida o se borra, entonces necesitamos herramientas para olvidar en casos individuales.

Esta es la razón por la que el Tribunal de Justicia de la Unión Europea ha creado normas en los últimos años y ha elevado el derecho al olvido a una cuestión de derechos humanos, con el objetivo de acercar un poco más el mundo digital al analógico.

Desde que el abogado austriaco Viktor Mayer-Schönberger, a finales de la década del año 2000, solicitara que se le diera a la información digital una fecha de caducidad para que se borrara automáticamente después de un cierto periodo de tiempo, y hasta la sentencia del Tribunal de Justicia de la UE de 2014 (la llamada sentencia Google-España) —donde los jueces fallaron a favor de un español que había pedido a Google que eliminara de los resultados de búsqueda información obsoleta sobre él—, los ciudadanos de la UE tenemos la oportunidad de pedir a los buscadores que eliminen información personal sensible. En 2018, este derecho se consagró en el Reglamento Básico de Protección de Datos de la UE. Desde entonces, los tribunales han tenido que equilibrar «el derecho al respeto de la vida privada y la protección de los datos personales por parte del interesado, y la libertad empresarial del operador del buscador por el otro».

Sin embargo, por muy globalizados que estemos en este primer quinto del siglo XXI, los buscadores solo eliminan la información de las listas de resultados dentro de la UE, y no a escala mundial. En Estados Unidos, el derecho a la libertad de expresión y a una prensa libre son dos pilares básicos sobre los que se sustenta la democracia. ¿Es posible que puedan convivir con el derecho fundamental del individuo a preservar su derecho a la privacidad? Es un tema muy controvertido que colisiona con la primera enmienda, la cual prohíbe al Congreso aprobar leyes que restrinjan la libertad de prensa y la libertad de expresión. La realidad es que prevalece sobre los derechos personales. En ese marco, en una sentencia del Tribunal Federal de

Justicia alemán dictada en 2020, los jueces fallaron a favor de la prevalencia del derecho a la información sobre el derecho individual. Lo que demuestra que en Europa no hay una restricción automática a la libertad de información, y que se dirime en cada caso.

El objetivo de esta novela es llamar la atención sobre nuestro lugar en el mundo digitalizado en el que vivimos. Donde somos observados por un gran hermano con altas capacidades tecnológicas y una memoria indestructible. Hemos regalado en las redes sociales una gran parte de nuestra vida cotidiana, de nuestra intimidad y la de nuestros hijos, revelando una infinidad de detalles que se acumulan en una nube algorítmica que procesa datos y nos exponen ante personas que no nos conocen ni nos aprecian. Y casi sin darnos cuenta, hemos entrado en un bucle en el que tratamos de acomodarnos a un ritmo frenético para el que no estábamos preparados. Nos encontramos ante un desafío que pone a prueba nuestra capacidad de adaptación y convivencia. Ahora que el ser humano tiene más libertad que nunca, parece haber olvidado los valores tradicionales y, por el contrario, se ha fundido en un abrazo fraterno con todos los deseos y vicios, accesibles a un golpe de clic. Estamos más solos y más expuestos que nunca en la era de la hiperconectividad.

El olvido es necesario para vivir, sobre todo tras una experiencia traumática. Es la única manera de reenfocarse, perdonar y disminuir la intensidad emocional de lo vivido. Aunque escribir ha sido un ejercicio de hurgar en el recuerdo, puedo afirmar sin temor a equivocarme que esta vivencia ya no afecta de una manera determinante a mi vida de hoy.

Como diría el psiquiatra Luis Rojas Marcos: «El olvido es el verdadero regalo de la memoria, capaz de curar muchas heridas de la vida».

MACARENA LÓPEZ-ROBERTS

Agradecimientos

Esta novela, un híbrido entre realidad y ficción, ha sido elaborada entre los años 2016 y 2020. Recoge toda la labor de documentación que realizamos hasta 2018, cuando planteamos la estructura del libro y comenzamos a escribir. La pandemia truncó nuestros planes de publicar para el verano de 2020, cuando se cumplieron cuarenta años del crimen de los marqueses de Urquijo.

Tal y como se ha ido especificando a lo largo de estas páginas, los datos referentes a los asesinatos han sido extraídos de los dos sumarios del caso Urquijo, el 133/81 Especial y el 101/83 Especial. La prueba de que este suceso generó una gran expectación en España está en la cantidad de artículos que se publicaron en los medios de comunicación de la época. Podemos afirmar casi con total seguridad que hemos leído todo lo que se publicó en prensa sobre el crimen de los Urquijo. Nos han sido de gran ayuda las informaciones de *ABC, El País, Interviú, Ya, El Caso* y *¡Hola!*

Para intentar comprender a algunos de los protagonistas del caso Urquijo, hemos recurrido a los libros que publicaron en su momento. Algunos firmados por ellos mismos y otros por periodistas que cubrieron el suceso de cerca: *Las malas compañías: hipótesis íntimas del asesinato de los marqueses de Urquijo* (Planeta), de Jimmy Giménez-Arnau y Mauricio López-Roberts; *Con un crimen al hombro. Yo maté a los marqueses de Urquijo* (Editorial Antares), de Matías Antolín; *¿Por qué me pasó a mí?* (Espasa Libros), de Myriam de la Sierra Urquijo; y *El hombre que no fui* (La Esfera de los Libros), de Javier Menéndez Flores y Melchor Miralles.

Hay otros libros que hemos utilizado como fuentes documentales, que son *El crimen de los Urquijo* (Argos Vergara), de Francisco Pérez Abellán; *Todos los documentos del crimen de los Urquijo* (Revista Tiempo); *Crímenes, mentiras y confidencias. Los casos más destacados de mi carrera de forense* (Temas de Hoy), de José Antonio García-Andrade; *El asesinato de los marqueses de Urbina* (Editorial Roca), de Mariano Sánchez Soler; y *Más allá del punto de no retorno* (Libros.com), de José Yoldi.

Gracias al archivo de RTVE y a vídeos que hay subidos en YouTube, hemos tenido acceso al contenido audiovisual que se publicó desde 1980 y en adelante sobre el caso Urquijo.

Hemos tenido especial cuidado a la hora de transcribir las entrevistas para que se reflejara exactamente lo que nos contaron los entrevistados. De ahí las cursivas, que esperamos que al lector no se le hayan hecho pesadas.

Nuestro agradecimiento a algunos de los periodistas que investigaron el caso Urquijo y que aparecen en esta novela, como Manolo Cerdán, Alfredo Semprún, José Yoldi, Julio Martínez Lázaro, Mariano Sánchez Soler, Ángel Colodro y Juan Madrid. Y en especial a Antonio Rubio por sus sabios consejos y la sensibilidad que ha mostrado en todo momento respecto a la figura de Mauricio.

A Campana López-Roberts, Julián Zamora y Vicente Díaz Romero, por participar en esta aventura y regalarnos parte de su tiempo. Gracias a Melchor Miralles por estar siempre disponible para lo que hemos necesitado y por organizar ese primer encuentro con Javier Anastasio en el restaurante De María, al que le siguió otro para entrevistarlo en profundidad.

No nos olvidamos de nuestro querido Leopoldo Estrada, esperamos que te haya gustado tu pseudónimo. Ni de Teresa Bueyes, por apoyarnos desde el principio y ofrecerse para hacer un cameo que diera más peso a la trama del derecho al olvido.

A Joaquín Muñoz, abogado especializado en propiedad intelectual y nuevas tecnologías, que nos ayudó a entender mejor cómo funcionan los trámites del derecho al olvido. A Carmen Duerto, por estar pendiente de nuestros avances y celebrar cada buena noticia.

Sin la exigencia y perseverancia de Leonor Sánchez, habría sido muy difícil que este libro a cuatro manos tuviera sentido. Tampoco sin el compromiso y la apuesta del director de Almuzara, Manuel Pimentel, y el trabajo de Ángeles López, nuestra editora.

A Santiago Calle, José Manuel Gaztelu, María Usera, Zita Moreno, Helena Cortés, Amparo Soria, Jorge Sanz Casillas y Carmen Boix por ser los primeros lectores beta. A los incondicionales María de Rojas, María Jofre, Rafael Bustamante, Pedro Alonso, Mercedes Cabeza, Tita, Chely Edith, Carmen Hernández, Judith Bassa, Rossana Puchalt, Belén Alamar, Juan Payá, Chiru Campo, Inés Batlló y Borja O'Connor y familia. A Lola Semper.

Estamos muy agradecidas a todos los que han querido participar en esta aventura, que para nosotras ha sido apasionante y liberadora. Gracias a Carmen de Carlos, Martín Bianchi, Inés Martín Rodrigo, Isabel Gutiérrez, Alexis Rodríguez, Jesús García Calero, Juan Fernández-Miranda, Gonzalo Zanza, Javier Chicote, Javier Díaz-Guardiola, Laura Revuelta, Pablo Alcalá, Raúl Cosín y Manuel Conejos, compañeros que desde *ABC* se han interesado por el libro. A otros colegas periodistas que han estado pendientes de cada paso de la novela, como Sara Montero, Gonzalo del Prado, María Serrano, Silvia Lorente, Iñaki Laguardia, Javier Girela, Amy G. Williams y Paloma Herce. A Patricia Moreno, Viena Payo, Mauro Belenguer, Javier Huerta, Carla Macián, Irene Herreras y Bea Ureña.

Nos gustaría poder decir que desempolvar el caso Urquijo también ha sido esclarecedor, pero transcurridos cuarenta años este crimen sigue teniendo demasiadas sombras. En este sentido, lamentamos que ni el abogado Marcos García Montes ni el que fuera inspector del caso Urquijo, José Romero Tamaral, hayan querido ayudarnos a arrojar algo de luz entre tanta oscuridad. Al igual que el juez Félix Alfonso Guevara, quien dictó la sentencia de Mauricio López-Roberts en febrero de 1990.

Especial agradecimiento al archivo del Diario ABC por las imágenes que ilustran este libro. Y al equipo RepScan por su calidad humana, compromiso, generosidad y eficacia. Gracias

Josep Coll, Alejandro Castellano, Coque Moreno, Marbila Reyes, Lluís Llorens, Alejandra Mathieu, Anabel Gonzalvo, David Ramos, Albert Llorens y Mar Jufresa por ofrecer un *e-mail* de consultas para todas aquellas personas que deseen exponer su caso.

RepScan
(cripto@repscan.com)

Pero si hoy estamos aquí es gracias al coraje, el sentido del honor y esa pizca de inconsciencia de Mauricio López-Roberts Melgar. Nobleza obliga. Todo lo que hizo por esclarecer los hechos ocurridos aquella mañana del 1 de agosto de 1980 es el motivo que nos unió una mañana de noviembre de 2015. Es tiempo de agradecer y tiempo de olvidar. Por él y por Maritha. Por Marta, Fermín, Darío y Daniela. Por Ángeles y José Luis. Por Coco, Inma, Borja, Lucía, Joselu, Sofía y Jacobo. Gracias por estar ahí y animarnos siempre a ser libres y mejores.

«Bueno, ya se me ha cansado la mano. Dale muchos besos
a Marta y a Fermín, también a tus padres. Para ti un besazo
super especial. Rafi». Sobre postal y extracto de una de
las cartas que Rafael Escobedo le escribió a una de las
autoras, Macarena López-Roberts, en octubre de 1983,
mientras cumplía condena en el penal de El Dueso.

El presente libro se terminó de imprimir, por encomienda de la editorial Almuzara, el 25 de febrero de 2022. Tal día, de 1981, Leopoldo Calvo-Sotelo era elegido presidente del Gobierno por el Congreso de los Diputados.